新装版

一の悲劇

法月綸太郎

祥伝社文庫

目次

一章　発端――とりかへばやの誘拐

1

流れた水滴の筋が、何本も車窓をつたっていた。いつの間にか、雨が降り出していたのだった。ぼんやりとにじんだ街灯の列が、墨色の夜の中に、淡い光の尾を曳《ひ》いて、次々と窓をよぎっていく。

「――今、どの辺《あた》りですか？」

ガラスに映《うつ》った冨沢耕一《とみさわこういち》の横顔が、運転席の警官にたずねている。耳打ちするような小声だった。

東大和市《ひがしやまと》、という返事がかえってきただけで、それ以上の説明はなかった。冨沢はわたしのほうをちらと見たが、何も言わず、シートの真ん中に背を押しつけた。

わたしは、腕時計に目をやった。

午前三時半になろうとしている。久我山《くがやま》の自宅を出てから、すでに一時間近くたっていた。しかし、不案内な土地なので、あとどれぐらいで目的地に着くのか、見当もつかない。

今頃になって、打ち身の傷が、体のほうぼうでずきずきと痛み始めた。右耳の上にそっと手を当てると、前にぶつけたところが、熱を持って腫《は》れ上がっている。わたしはガラスに頭を寄せて、皮膚にひんやりとした刺激を与えた。だが、そうしたところで、内なるとがめを抑《おさ》えることはできない。

「茂《しげる》——」

左奥のシートから、喉を絞るようなむせび声が聞こえた。冨沢の妻、路子《みちこ》のものであった。その後に、言葉の形にもならないうめきが続いた。

その声に呼応して、冨沢耕一が上体を半身《はんみ》にかがめると、路子の手をぎゅっと両手で握りしめた。わたしは、耳をふさぎたい気持ちを懸命に抑えていた。

今度は助手席の刑事が、顔を半分だけわたしたちのほうに向けた。竹内《たけうち》という名の、杉並署《すぎなみ》の警部補である。目が合ったが、向こうも黙ったまま、また前方に目を戻した。やがて路子はうなだれて、静かになった。

わたしはまた、窓の外に目をそらした。深夜で、車の数も少なく、しばらくはワイパーが雨滴をはじく音しか耳に入らなかった。サイレンは回していないのだった。

「竹内警部補」

　五分ほど走ると、ざらざらした男の声が、警察無線から飛び出してきた。竹内はマイクロフォンを取り上げ、呼び出しに応じた。

「青梅《おうめ》署の捜査員が、子供の遺体を発見しました」

　無線の声が告げた瞬間、車中の空気が凍《こお》りついたかのようだった。冨沢耕一の体が、脈を打つようにびくんと痙攣《けいれん》した。狭いリアシートで膝を接していたために、震えはわたしの体の芯《しん》まで伝わった。すぐに路子の顔を見るだけの勇気はなかった。

「場所は？」竹内が妙に低い、抑揚《よくよう》のない声で先方にたずねた。

「犯人からの連絡どおり、青梅保養院のそばの工事現場で、子供の特徴も一致しています。遺体はすぐに青梅東病院に運ばれます」

「病院の場所は？」

「青梅署から南に五〇メートル。同じ通りに面しています」

「了解。こっちは、十五分ほどで病院に直行する。子供の両親が一緒だから、身元確認の準備をしておくよう伝えてくれ。なるべく手早くすませたい」

「わかりました」

　ブツッという音を残して、無線は切れた。

「遺体と言ったわ。今、子供の遺体と言った」路子が発作《ほっさ》的に、熱でうなされたような声を洩《も》らした。

冨沢耕一はとっさに妻の体を抱き寄せ、その額《ひたい》を自分の二の腕に押しつけた。

「まだ、何かのまちがいという可能性もある。どうか、山倉《やまくら》さん、妻に言ってやってください」突然、わたしの名を呼んでそう言った。

わたしは答えることができなかった。今、気休めを口にしても、明らかに嘘になると思ったからだ。正直なところ、ずっと前から、このような最悪の事態を予想していたのだった。

「――冨沢さん、それに奥さん」竹内の声がした。二人の様子をルームミラー越しに見ている。「どうやら、お宅のお子さんのようだ。今から覚悟なさったほうがいいでしょう」

わたしは内心、複雑な思いであった。竹内の言うことは道理にかなっているが、わざわざここで念を押すべきことだろうか。しかし、今やそれは、単なる手続きの問題にすぎないのかもしれなかった。

竹内の言葉をきっかけに、路子が嗚咽《おえつ》の声を上げ始めた。冨沢耕一は妻を慰めるすべもなく、ただ呆然《ぼうぜん》と車の天井を見つめているだけだった。

二人と行動を共にしたことを後悔し始めていた。傷の苦痛のせいではない。同行することを申し出たのは、一種の責任感から出た行為のつもりだったが、その気持ちの裏側には、免《まぬが》れることのできない罪悪感が貼りついていた。

久我山の自宅を出てからずっと、わたしは冨沢夫妻の悲嘆を自分から切り離したいと願い、そう願うことによって、いっそう自分自身の罪悪感を深めていた。悪循環そのものである。しかし、最悪の場面は、まだこの後に控えているのだ。そして、わたしにはその場に居合《い》わせる義務があった。

車は青梅街道を左に外《はず》れた。市の中心部に入ったようだ。建築中のマンションの脇を通り過ぎると、灯《ひ》の落ちた商業ビルの間から、青梅警察署の建物が姿を見せた。暗くて読み取れないが、防犯スローガンを掲《かか》げた垂《た》れ幕が、正面の壁に吊《つ》るされている。その前を通り越し、さらに通りを五〇メートルほど進むと、車のヘッドライトが「青梅東病院」の看板を照らし出した。蛍光塗料で書かれた矢印が、夜間進入口の方向を示している。閉ざされた正門の前からいったんバックして、手前の道を左折した。

夜も更《ふ》け、しかも雨の中というのに、夜間進入口の周《まわ》りにはちょっとした人の山ができて、まばらに傘《かさ》の花が開いていた。素姓《すじよう》をたずねるまでもなく、事件を嗅《か》ぎつけた報道陣の先兵であろう。ハイエナのような連中である。

運転席の警官が、何度もクラクションを鳴らして人垣を崩し、ようやく構内に車を入れた。竹内が振り向いて、わたしたちに告げた。

「着きました。降りてください」

わたしは自分の側のドアを開け、濡れたコンクリートの路面に足を下ろした。カメラを構えた男たちが、リアバンパーまで押し寄せていた。顔を出した拍子《ひょうし》に、いっせいにフラッシュがたかれ、思わず手を上げてさえぎったが、それでも目がくらむばかりのまばゆさだった。

人垣の中から、わたしを目がけてマイクを突き出してくる者もいた。子供の父親と勘違いしているのだ。とりあわず、冨沢夫妻のために道を空《あ》けてやろうとした。

「犯人にお子さんを殺されたお気持ちは？」

「うるさいぞ」怒鳴りつけて、思いきり腕を払った。何かが手にぶつかって、妙な音がしたが、気にしなかった。

冨沢夫妻が抱き合って、顔を伏せたまま、やっと車から出てきた。駐車場を飛び交《か》う声が、路子の嗚咽をかき消している。竹内がカメラの列をかき分け、二人を報道陣からガードした。これでは、検挙された重罪犯と変わらない。わたしたちは、やみくもに建物の中に駆《か》け込んだ。

院内は、外での騒ぎなどなかったかのように、うそ寒い静けさに打ち沈んでいた。顔つきを険《けわ》しくした男たちが幾人か、言葉少なにフロアを往き来《いき》している。杉綾織《すぎあやお》りのブレザーを着た男がすぐに気づいて、竹内を呼び止めた。

「君が、杉並署の？」

「竹内警部補です」

「青梅署の刑事課長の松永《まつなが》だ」同業者だけに通じる視線が、二人の間でやりとりされた。

「こちらが、被害者の両親です」竹内はわたしのことを紹介しなかった。

松永は、改めて冨沢夫妻に自分の名と責任者である旨《むね》を告げ、型通りの悔《く》やみの言葉を述べた。冨沢耕一はそれをさえぎって、

「まだ、息子と決まったわけではありません。遺体はどこに?」

「この地下の霊安室です。これから、すぐに確認していただけますか?」

冨沢はうなずいた。結果はどうあれ、早く事を終わらせてしまおうという感じだった。路子は頬を濡らしながら、無感覚な人形のように黙っていた。

「じゃあ、行きましょう」と竹内が言った。

松永刑事課長が先に立って、わたしたちを案内した。フロアの突き当たりの階段を降り、強い消毒薬の匂いが漂《ただよ》う地下室の廊下を、ひとかたまりになって歩いた。誰も喋《しゃべ》らず、足音だけが響いた。

廊下の奥に、そっけなく「霊安室」と書かれた薄気味の悪いドアがあった。どうぞと言って、松永がそのドアを開けた。

路子はドアの前で躊躇《ちゅうちょ》した。冨沢は妻の肩に手を置いて、一緒に中に入るよう促《うなが》した。路子は逆《さか》らわず、夫に従った。わたしも二人の後に従おうとしたが、竹内に阻《はば》まれた。

「あなたは、だめだ。中には入れない」

「なぜ」

「子供の遺族ではない」

それだけ言って、竹内は鼻先でドアを閉めた。異議をはさむ暇などなかった。廊下には、わたしひとりが取り残された。

三十秒とたたぬうちに、泣き崩れる路子の声が耳に届いた。やはり、まちがいである可能性などなかった。泣き声はしばらく続いた。歯を食いしばってドアの前にとどまり、路子の嘆《なげ》きを自分の耳に刻《きざ》みつけようとした。いきなりドアが開いて、松永刑事課長の顔が現われた。

「年端《としは》も行かん子供が、親より先に死ぬのは、どうしたってやり切れんものだな」

わたしはうなずいた。すると松永は、急にわたしの存在に興味を持ったようだった。

「聞き忘れていたが、あんたはいったい、どういう関係者なんだね?」

「――山倉史朗《しろう》。犯人が、本当に誘拐するつもりだった近所に住む同級生の父親ですよ」

自分で名乗る前に、竹内の声が先回りした。彼も廊下に退却してきたところだった。

松永は得心したような表情を浮かべて、わたしの顔を見つめた。

「じゃあ、運がよかったわけだな。犯人がしくじらなければ、あそこにいるのは、あんたの息子だったところだ」

松永の口ぶりからして、今夜のわたしの失策を知っていて、それを暗に責めていることは明らかであった。腫れ上がった側頭部がうずいた。抗議しようとしたが、口を開く前にまた邪魔が入った。

「――あなたのせいよ」

路子だった。いつの間にか、開け放たれたドアの前に立ちはだかり、泣き腫らした目で刺すようにわたしをにらんでいた。涙で化粧が崩れているのも、意に介《かい》していなかった。

「あなたのせいで、茂は――」

「よさないか」冨沢耕一が後ろからブラウスの袖《そで》をつかんで、妻をなだめようとしていた。「山倉さんのせいじゃない。あれは不可抗力だった。悪いのは犯人だ」

「いいえ」

路子は夫の腕を振りほどき、断固とした足運びで廊下に出てきた。二人の警察官は気圧《けお》された感じで、路子の前から身を引いた。わたしはじっと立ちつくしたまま、顔が触れ合うほどの距離で、路子の非難を一身に浴びた。

「あなたが、茂を殺したのよ」

「路子」冨沢耕一がたしなめた。

路子は夫に耳を貸さず、わたしのシャツの前を両手でつかんで、ヒステリックに上下に揺さぶった。路子のなすがままになっていた。動けなかったのである。

「あなたが、茂を殺したのよ」

急にバランスを失った凧《たこ》のようにぐらっとしたかと思うと、次の瞬間、路子の体はがっくりとその場にくずおれていた。そのはずみに、つかんでいたシャツのボタンがはじけ飛んで、空《むな》しく廊下を転がった。路子は顔を床のリノリウムにくっつけ、子供のようにしゃくり上げながら、同じ言葉を何度も、何度も繰り返している。

「あなたが、殺したのよ——」

わたしが、殺した？

そうだ。確かに、わたしが殺したのだ。理由はどうあれ、このわたしのせいで、何の罪もないひとりの子供の生命が無に帰したのである。それは否定しようのない事実だ。絶対に申し開きなどできぬ。いや、そもそも申し開きなどするつもりもない。大の男が、なすべきことと、なさざるべきことの区別ぐらい自分でできなくてどうする。

わたしは、幼い冨沢茂の命を奪った犯人を許すまい。同時に、わたし自身をも許せないと思った。なぜなら、心の奥底のどこかに、茂の死を歓迎している自分が潜《ひそ》んでいることを、認めないわけにはいかなかったからである。

冨沢茂は、わたしの子であった。

2

午前四時半。青梅署の二階、六畳ほどの殺風景な部屋で、ひとり当てもなく待たされていた。スチールの机と、折り畳み式のパイプ椅子が何脚かあるだけの、埃《ほこり》っぽい匂いのする部屋である。床のリノリウムが割れて、露出したコンクリートとの境目に、黒ずんだ塵《ちり》がこびりついていた。清掃係にも見放されているようだった。

冨沢夫妻は同じ署内のどこか別室で、必要な手続きと今後の対応について、説明を受けているはずだった。わたしも同席するつもりだったが、路子がそれを拒《こば》んだので、こうしてひとり、無為な時間を過ごす羽目《はめ》に陥《おちい》ったのである。

窓の外に、鉄格子《ごうし》の影が並んでいるのを見ると、本来は、容疑者の取調べに使う場所なのだろう。青梅署の玄関から、まっすぐこの部屋に案内された時に、無神経な扱いと抗議すべきだったかもしれないが、わたしは肉体的にも、精神的にも疲れすぎていた。竹内や松永のような連中に、文句を言う気も起こらなかった。

むしろひとりにされることを、どこかで望んでいたのかもしれない。病院の霊安室での一幕が、ひどくこたえていたようである。

机の上に汚れたアルミの灰皿が載《の》っていたが、二年前から禁煙しているので、何の慰めにもならない。それ以外には気を紛《まぎ》らわせる手立てもなく、ただぼろくずのように椅子の背にもたれかかり、入口のドアを見つめていた。

待たされる時間が長引くと、逆に不安が募《つの》ってくる。一種、後ろめたさに近い苛立《いらだ》ちである。わたしをひとり、放置しているのはなぜか。青梅署側の真意が測《はか》れなかった。自分ひとりが除《の》け者にされているようで、落ち着かなかった。

そもそも冨沢夫妻が事件に巻き込まれたのは、犯人のミスが招いた偶然の産物である。犯人の目的は、山倉家の息子を誘拐することだった。したがって、今後の捜査のことを考えれば、わたしのほうが冨沢夫妻より重要な存在であるはずなのに。

にもかかわらず、わたしを無視しているのは、単に青梅署の人手が足りないからなのか。それとも、子供の死を目《ま》の当たりにして、警察一丸《いちがん》となってわたしに八つ当たりしているのか。どうも後者のような気がしてならなかった。しかし、そんなことがあるはずがない。われながら、どうかしているようだ。こういうのも、被害妄想の一種なのだろうか。それとも、体の疲労と傷のうずきが、わたしの正常な思考を蝕《むしば》んでいるのだろうか。

部屋を出て、電話を探し、自宅に連絡しようと思わなかったわけではない。妻の声を聞けば、少しは気も安らいで、根拠のない妄想など吹っ飛んだかもしれぬ。だが、そうしなかったのは、路子のせいだ。わたしを責める路子の叫びが、未《いま》だに頭の中を占領しているからであった。

「あなたが、茂を殺したのよ」

あの声を耳の奥に響かせながら、和美《かずみ》と話すことだけはどうしてもためらわれたのだ。今、和美と話したら、二重の罪悪感にさいなまれて、茂がわたしの子供であったことを口走ってしまうかもしれない。それが怖かった。何よりも一番恐れていた。

その可能性に怯《おび》えるあまり、妻の前で本当に口走ってしまいそうな予感に襲われた。そう考えるだけで、鳥肌が立っていた。自白恐怖が強迫観念と化して、不安と焦燥《しょうそう》に拍車をかけた。

ここにいる間は、電話はおろか、妻のことも考えまいと自分に命じた。頭の中を空白にするのだ。しかし、そのことを頭から追い払おうと努力すればするほど、心は和美のイメージをいっそう強く切望した。肺が酸素を求めるように。その反応に抗することなどできなかった。

和美。

わたしの妻。

月並みな言い方だが、わたしは妻をいとおしく思っている。けっして人目を引く派手な美人ではないが、柔らかに引き締まった端整な顔立ちは、飾らない普段着の美しさに満ちている。いつまでも少女のような初々《ういうい》しさをとどめる気取らない微笑《ほほえ》み、さりげない優しさと温かみを込めた抱擁、それに触れるだけで、わたしの気持ちは和《なご》む。改まって愛情と呼ぶのも恥ずかしいような、気のおけない相互信頼がわたしたちを結びつけていた。和美こそ、何物にも代えがたい、わたしの理想の伴侶《はんりょ》であった。

しかし和美は、自分が無器量な女で、金を目当てでもない限り、誰も自分を求めてくれないと、ずっと思い込んでいたようである。わたしと結婚するまで、この考えが和美の頭にこびりついていた。

「ほら、門脇《かどわき》専務の娘さ。知ってるだろう、次美《つぐみ》さんでなくて、ぱっとしない姉のほうだよ」

世間ではそんな目で見ていると、自分で決めつけていたらしい。わたしが初めて知り合った頃は特にそうで、何かにつけ引っ込み思案で、自分の殻《から》に閉じこもりがちであった。和美がそう思い込んだ原因のひとつは、彼女の妹のせいだったと思う。次美さんは、誰もが認める美人だった。頭の回転が早く、内気な姉とは反対に、活動的で派手な言動を好んだ。あるセミプロ劇団に請《こ》われて何度も主演を張ったこともあり、崇拝する男の列も後を絶たなかった。それでいて、同性からも好かれていたのは、性格がさっぱりしていたからだろう。その妹と自分を比べて、和美は根拠のない劣等感に苛《さいな》まれ続けてきたのである。

それにしても、わたしが彼女を見出すまで、誰ひとりとして、和美の魅力に気づかなかったのは不可解だ。妹とは、まったくタイプがちがう女性だったにすぎないのに。世の男たちが、いかに誤った先入観で目をふさがれているか、そのいい例だと思う。おかげで、和美を得ることができたのだから、文句を言う筋合いではないのだが。結局、悔《くや》しがっているのはわたし以外の男である。

しかし、誰よりも早く和美の魅力を見抜いていたのは、次美さんだったようだ。わたしが和美と付き合うようになったのも、じつは、彼女の後押しがあったからなのだ。その点でも、わたしは次美さんに感謝している。彼女について過去形で語らなければならないのは、とても残念だ。次美さんが亡《な》くなってから、もう七年になる。

わたしが路子と関係を持ったのも、ちょうど同じ年のことだった。正確には、次美さんが亡くなる二カ月ほど前である。その時、わたしはすでに和美との結婚生活を送っていた。

当時のことを思い出すと、自分で自分が嫌になる。和美に対する愛情を失っていたわけではない。心ならずも、妻を裏切る行為に及んだのは、そこに至る不幸ないきさつがあったからである。魔が差すという言葉の本当の怖さは、実際にそれを味わった人間にしかわかるまい。わたしにとって、路子とのことは、魔が差したという以外、説明のつかない出来事だった。

もちろん妻は、わたしと路子とのそんないきさつなど知るよしもない。もし、和美がその事実を知ったら、わたしたちの家庭は確実に崩壊する。そんなことはあってはならない。わたしひとりの苦しみではすまないのだ。和美の人生の全《すべ》てが否定され、汚《けが》されてしまうだろう。わたしには、妻と家庭を守る義務がある。男の身勝手と謗《そし》られようとも、この秘密だけは、絶対に隠し通さねばならない。

自分の弱さを克服し、甘えを捨てよ。これから何が起こっても、心に鉄の鎧《よろい》をまとわねばならぬ。わたしのためではなく、和美の幸せのために。

廊下を近づいてくる足音が、乱れた思考の流れを断ち切った。ノックのひとつもなく、すぐにドアが開いて、竹内警部補が入ってきた。例によって、苦虫《にがむし》を噛みつぶしたような、不機嫌な顔をしている。

「お待たせしました。来てください」

言葉の上だけ慇懃《いんぎん》な皮をかぶせているが、相変わらず竹内の態度は横柄《おうへい》だった。わざと返事をせずに、腰を上げ、彼について部屋を出た。長く坐っていたせいで、自分の尻が乾いた粘土のように弾力を失っている気がした。

廊下に出ると、冨沢耕一がいた。顔が黒ずんで、不健康な土色になっていた。目も褐色に濁っているように見える。廊下の照明が暗いせいではなかった。目の下の隈《くま》が、はっきり見分けられた。

さりげなく見渡したが、路子の姿はない。

「これから、息子が見つかった工事現場に行ってみます」しわがれた声で、冨沢が言った。「もしよければ、山倉さんも一緒に来ていただけませんか」

　思いがけない申し出である。

「どうして、わたしなどが？」

「あなたには、茂のことで、大変ご迷惑をおかけしました。身代金の手配はもちろん、危険を承知で、犯人の指示に従ってくださったことも――」

「よしてください。わたしがもっと注意していたら、茂君はあんなことにはならなかった」

「責めるつもりで言ったのではないです」冨沢はあわてて手を振った。「あなたには、心から感謝しています。息子が殺されたのは残念ですが、それとこれとは別のことです。どうか、息子のためと思って、付き合ってください」

　冨沢は本心から言っているようだった。そのことが、かえってわたしを苦しめた。

「――でも、わたしが一緒では、奥さんがうんと言わないでしょう」

「家内は来ません。今、四階の医務室で横になっています」

「どうかしたのですか」

「あの後、気分を悪くして倒れたのです。でもご心配には及びません。ショックで、気持ちのバランスが崩れたのでしょう。注射を射《う》ってもらったので、少し眠れば、元どおりに起きられると思います」

冨沢の答は心なしか、空しく響いた。子供が死んでしまった後、いったい何が元どおりになるのか。当人も充分承知しているはずだが、そんな素振《そぶ》りは見せなかった。今だけ鈍感になり、悲しみを先送りして、持ちこたえようとしているのだ。彼に同情を感じた。わたしが同行することで、少しでも冨沢の気持ちが引き立つのなら、否《いな》と言うわけにはいかぬ。

「わかりました」と冨沢に言った。

階段を降りて、玄関に出た。駐車場に残っている記者の連中を無視して、車に乗り込んだ。

乗り込んだのは、青梅署の車だった。パトカーではなく、普通のクラウンである。運転席には、青梅署の刑事がいた。宮本《みやもと》という名だった。冨沢とわたしはリアシートに、竹内はここに来る時同様、助手席に陣取った。

「あなたが嫌だと言っても、ついてきてもらうつもりでしたよ」走り出してすぐ、竹内がわたしに告げた。「この事件の主役は、山倉さん、あなたです。そのことを忘れないように」

そんなことは誰に言われずとも、このわたしが一番よくわかっている。だが、そう答える資格を、今のわたしは持たなかった。頭の瘤《こぶ》が、またしくしくと痛んだ。口惜《くちお》しさとわが身のふがいなさに、歯を食いしばって耐えるのみであった。

市街地を抜け、多摩川《たまがわ》の鉄橋を渡る。「秋川《あきかわ》街道を南下しています」と宮本が言った。道が上り坂になった。さすがにこの辺りまで来ると、家屋はまばらで、夜の暗さもひときわ深い。時間が遅いので、すれちがう車は一台もなかった。

道路の右に山が迫ってきた。道が弓なりにカーブしているので、視界が悪い。左手のガードレールの先は、奥の見えない谷間の闇である。「青梅保養院」と記された看板が浮かび上がった。車はスピードを落とし、街道を左に外れて、車体を揺らしながら、狭い未舗装路を下っていった。

一〇〇メートルほど走って、山を切り崩した平地に出た。ライトを点《とも》したまま、停車する。青梅署のパトカーが三台、横並びに駐車してあった。平地の外れに、パワーショベルが一台、うなだれるような格好で雨に打たれていた。

宮本が降りるように言った。竹内は無言でドアを開け、外に出た。わたしたちも、彼に従う。冨沢の動作は重かった。

道はまだ先に通じていた。前方で人工の光が幾筋も、雨の線をくっきりと映し出しながら、闇を裂《さ》いて動いている。宮本が、傘と懐中電灯をよこした。竹内はひとりで、どんどん先に歩いていった。

雨でぬかるんだ道は、また上りになった。懐中電灯で足元を照らすと、路肩《ろかた》だけでなく、轍《わだち》の間にも雑草が伸びていた。杉や橡《とち》が枝を伸ばして、街道との間を隔《へだ》てている。

林の切れ目が、名ばかりの資材置場になっていた。赤茶色の鉄骨を積み上げ、ビニールシートを引っかけた山が五、六組、空地《あきち》を占領している。その周りで、黒っぽいなりの男たち数人が、ハンディ・ライトを振り回し、雨と夜をなじっていた。光の反射具合から見て、ナイロンのレインコートを着ているようだ。青梅署の捜査員と思われた。

「犯人の遺留品は？」竹内が彼らにたずねた。

「だめだね」レインコートのひとりが答えた。「こう暗くちゃ、見つかるものも見つからない。夜が明けないことには、どうしようもないな」

「その前に、足跡も車のタイヤ跡も、雨で流れてしまわないか」

「俺たちの手には負えないよ。見慣れない顔だが、どこの署の人間だ？」

「すみません」冨沢耕一が大声で割り込んだ。「息子は、息子の遺体はどこにあったんでしょうか？」

近くにいた別の男が、ライトを冨沢の顔にまともに当てた。冨沢は光の中で、気弱な鳥のように首を四方に回していた。

「こっちだ」一〇メートルほど離れた資材の陰から、野太い声が応《こた》えた。

冨沢の腕を取って、声のほうに進んだ。鉄骨をまたぎ、膝丈《ひざたけ》ほどの草むらを強引にかき分ける。冨沢の荒い息遣いが、わたしのそれと重なった。

「子供の親御さんか？」さっきの声の持ち主が、わたしたちにライトを向けながらたずねた。

わたしは危うく、そうだと答えそうになった。だが、それより早く、冨沢が言った。

「そうです」

「遺体はそこにあった」

男はライトを地面に向けた。わたしたちは前に乗り出した。白い紐《ひも》を草の根元に結んで、半畳ほどの矩形《くけい》が作られていた。その部分だけ、草が折れてぺちゃんこになっている。

「ごみ用のビニール袋に入れて、ここに放置されていたんだ。ランドセルと一緒に。資材の陰だったから、ちょっと見たぐらいでは気づかなかっただろう。犯人が場所を言わなかったら、何日も見つからなかったかもしれない」

冨沢はくずおれるように膝を地面について、その場所まで這《は》っていった。傘も、懐中電灯もどこかに投げ捨てていた。

雨は、降りやむ気配もなかった。たぶん夜明けまで降り続くことだろう。冨沢耕一の背中はずぶ濡れで、光で照らすと黒い染《し》みのようだった。

冨沢は何も言わなかった。ただ、その場にひざまずき、額を地面にくっつけているだけだった。

わたしは一歩も動けなかった。彼の背中に、傘を差しかけることもできなかった。死んだ子供は、冨沢耕一の息子なのだと、はっきり見せつけられた思いであった。

冨沢は、わたしと路子の関係を知っていたであろうか。そんな疑問が、わたしの中に湧き起こった。どうしても、この場所に付き合ってほしい。そう懇願したのは、冨沢がわたしたちのことを知っていたからではないのか。だが、こんな場面で、彼に確かめるわけにはいかなかった。

身じろぎもせず、冨沢の後ろに立っていた。

誘拐犯に対する憤《いきどお》りが、改めて身内にこみ上げてきた。最前の竹内の言葉を思い出す。この事件の主役はわたしだ。ならば、その役にふさわしく、おのが手で憎むべき犯人を暴《あば》き、裁きの場に引きずり出してやる。何人《なんぴと》たりとも容赦《ようしゃ》はしない。必ずやり遂《と》げると、冨沢の声なき背中に誓った。

3

事件の幕開きは、十一月九日金曜日の朝、十一時だった。その時までは、普段と代わり映《ば》えのしない、当たり前の朝だった。少なくとも、わたしにとっては。

九時から四階の会議室で、J社の新製品PRのエキシビション・フェアの打ち合わせをした後、自分の部屋に戻って企画書に朱《あか》を入れていると、内線のランプがピロピロと光った。

「もしもし」

と答えると、

「すぐ来てくれ」

と、専務の声である。

「すぐ参ります」

わたしはゆっくりと、慎重に答えた。あと三十分デスクから離れたくなかったが、専務のお呼びとあれば仕方がない。局の連中にサボるなよと釘《くぎ》を刺して、部屋を出た。

わが『新都《しんと》アド』は、社名の「アド」の二文字が示すとおり、総合広告代理店である。博通《はくつう》や電報堂《でんぽうどう》のように、一国を動かすほどの影響力を持つ巨大組織ではないが、浮き沈みの激しい広告業界の中でも、地力《じりき》のある中堅どころとして、一応名の通った会社の部類に入る。

『新都アド』は新参というほどやわな会社ではないが、長い歴史を持つ古参企業でもない。今の社長は創業者から数えて三代目だが、むしろ現在の地位を築いたのは、専務取締役の門脇了壱《りょういち》の功績であった。彼がこの会社の事実上のトップであることに、異論をはさむ者はいないはずだ。

そして彼は、わたしの妻の父親であった。

エレヴェーターで七階まで上り、役員室のドアをノックした。返事を待たずに、ドアを開けて中に入った。

門脇了壱は白髪《しらが》混じりの髪と艶《つや》のある肌に、骨太の体格を誇る男だ。顔の下半分が朴訥《ぼくとつ》な感じで、本人は晩年の坂口安吾《さかぐちあんご》に似ているという。幸い二人の娘の顔立ちは、いずれも母親の血を引いていた。

柔道の有段者で、今でも暇を見ては道場に通っている。一見、豪放磊落《ごうほうらいらく》な性格と見えながら、実際は利にさとい、細心な人物である。自分に厳しく、他人にも同じ厳しさを求めるが、けっしてくどくどと失敗を責めるようなことはしない。わたしなどが言うのも何だが、経営者としての器《うつわ》は大きいと思う。

義父はデスクの書類から顔を上げると、老眼鏡を外してわたしの顔に焦点を結んだ。

「J社のイベントの企画はどうだね。モノになりそうか」

「ええ」

「なら、いいんだが。いや、ちょっと不穏《ふおん》な噂を耳にはさんでね。J社の新しい宣伝部長は、きみのことを高く買っていないとか」

「例によって、例の誤解ですよ」わたしは軽く答えた。

わたしが門脇了壱の娘婿《むすめむこ》であることは、社の内外を問わず、周知の事実である。そのために、現在のわたしの地位は実力相応のものでなく、専務の縁故によって確保されているという風評が立つのは、仕方のないことだった。ことに、数年前まで媒体局の下にあった販促部がSP局として独立し、販促部長だったわたしが一挙に局長に昇格した時は、口さがない悪評が周囲でずいぶん囁《ささや》かれたものだ。

最近でこそ、社内でそういう陰口を聞くことはなくなったが、広告主《クライアント》の中には、未だに色眼鏡でわたしを見る人間もいる。実際、J社の新任宣伝部長は、わたしに関する偏《かたよ》った人物評を吹き込まれていたらしい。要するに、わたしの仕事のやり方を好まない人間もいるということだ。

しかしたいていの場合、現場で一緒に仕事をすれば、そうした偏見は消えてしまう。今回もそうだった。それどころか、わたしはこういう経験にすっかり慣れっこになってしまい、今ではかえってそれを楽しむようになっていた。

「そうか。いつもきみにばかり迷惑をかけて、すまないと思ってるよ。わたしもフォローしたいが、それではかえって裏目に出るだろうし」

「わたしは何とも思っていませんよ。それに、森下《もりした》というのは面白《おもしろ》い男です。前任者より頭が柔軟で、馬が合いそうです」

「森下？　ああ、その宣伝部長のことか。で、企画提示《プレゼンテーション》の見通しはどうなんだ」

「まだ会場のレイアウトが残っていますが、仕上がりは上々です。きっとクライアントの期待以上のキャンペーンにしてみせますよ」

とわたしは言った。

わたしの現在の肩書きは、「SP局長」ということになっている。

SPといっても、もちろん、要人の護衛をするわけではない。これは「セールス・プロモーション」の頭《かしら》文字を並べた言葉で、日本語に訳せば、「販売促進」となる。言葉本来の意味は広いが、広告用語としては、特にマスメディア中心の広告とはちがった手段で、需要を掘り起こす活動のことを指している。イベントや街頭でのサンプル配布、カタログやポスター、コンテストやモニター募集といった、ありとあらゆる手段を使って、消費者に商品を売り込むことだ。

従来はマスメディア（媒体）が広告の主流で、SPの担当はどこの会社でも地味な存在だった。『新都アド』でも、SPを扱う専門の部署がなく、専門の下請け業者に任《まか》せっきりにしていた時代がある。その後、販促部ができたものの、長く媒体局の下で肩身の狭さをかこっていた。

ところが、ここ十年、マスコミ広告に頼っているだけでは、モノが売れなくなってきた。そこで、もっとダイレクトに消費者に働きかける活動が、重視されるようになったわけだ。媒体からSPへ、時代の流れが変わる。全国津々浦々《つつうらうら》、イベント流行《ばや》りの御時世は、全て企業と広告代理店の販促キャンペーン競争の結果なのである。

義父はいち早く、ＳＰの重要性に着目していたひとりである。テレビＣＭや新聞、雑誌などの媒体広告費が頭打ちになることを早くから予測していたのだ。旧態依然たる社内構造を改革して、動きの早い広告業界の流れに乗り遅れなかったのは、義父の先見の明によるところが大きい。現在、『新都アド』ではＳＰによる売上げのシェアが、総売上高の四〇パーセント近くを計上しているほどだ。

　こうして今でこそ、脚光を浴びている部門の長だが、十年前、いきなり販促部行きを命じられた時は驚いた。何しろ販促と言われても、宣伝チラシや車内吊り広告ぐらいしか頭になかったのである。イベントの何たるかさえ知らなかった。

　アメリカのＳＰ委員会のレポートをわけもわからず読みあさり、各地のコンベンション・ホールに何度も足を運んだ。義父の読みの確かさを認めたのは、一九八一年のローマ法王来日キャンペーンを目の当たりにしてからである。

　義父の考えは、セクショナリズムにとらわれないアメーバ的な販促チームを作ることだった。したがって、今のＳＰ局は「何でも屋」の役割を果たしている。わたしをその長に据《す》えたのは、義父の考える「何でも屋」のイメージに、わたしがもっとも近かったからだという。これは、手放しで喜んでいい評価なのか、必ずしも明らかでない気もするのだが。

　販促部を媒体局から独立させ、ＳＰ局と改めたのも、当初から義父の青写真にあったことだ。それまでは、媒体局と営業局の双方に頭が上がらず、販促部独自の展開がむずかしかったからである。現在では、SP局が自前で、大がかりなPRキャンペーンを企画して、媒体や営業を引っ張っていくことが多い。「何でも屋」すなわち「トータル・プロモーション」というのが義父の口癖で、将来は、SP局を、わが社の中枢《ちゆうすう》に据える腹づもりなのである。

したがって、義父がSP局の仕事ぶりに、いつも目を光らせているのは当然だが、今日わざわざJ社の件でわたしを呼んだのは、納得できなかった。仕事は順調に進んでいたし、その件に関しては、週明けの定例会議で、詳しい資料をつけて重役連に報告することになっていたからである。

「じつに結構だ」と義父が言った。「ところで、昨日《きのう》、和美と会ったよ」

わたしはちょっとだけ肩をすくめた。さりげない世間話のような言い方だが、語尾に余分な力が入っている。義父がわたしを呼んだ理由は、これだったのだ。

「何かあったのですか」

「なに、昼間、あれがこっちに買い物に来たついでに、外で飯を食っただけだ。そんな顔をするな。実の親子なんだから、それぐらいしても罰《ばち》は当たらんだろう」

「昨日、家に帰った時、女房はそんなことはひとことも言いませんでした」

「わたしが喋るなと釘を刺したからだよ。まあ、そうかっかするな。あれは最近、きみの様子がおかしいんじゃないかと心配しとるようだ。何か仕事の上で、トラブルを抱えているんじゃないか、それとなく訊《き》いてくれと頼まれた」

「それで、お義父《とう》さんは何と答えられたのですか」

「むろん、心配には及ばんと言ってやったとも。今抱えている案件で、かなりてこずっているから、そのせいだろうと話した」

「J社の宣伝部長の噂も話したのですか」

「まあ、そうだ」

「和美を安心させるために、嘘をついたのですね」

義父はもったいをつけてうなずいた。それから、真顔《まがお》になってわたしを追及した。

「SP局は、今のところ、万事順調だ。業務に関して、局長がふさぎ込むような問題があるとすれば、定例会議で虚偽の報告をしていることになる。きみに限って、そんな真似《まね》はしないと思うが――」

「もちろんです」

「では、ふさぎの虫の原因は何なのだ」

「――和美の思いすごしでしょう」

「いや」義父は首を横に振った。「さっき和美の名前を口にしたら、きみは眉をひそめたぞ。わたしの目は節穴《ふしあな》じゃない。娘と、何かうまく行っていないことでもあるんじゃないか」

「いいえ」半《なか》ば口ごもっていた。

「仮にそうであっても、きみを責めるつもりはない。あれはわがままな娘だ。もし、何か不都合があるなら、わたしに言ってくれないか。もちろん、和美には黙っている。父親として、きみの力になりたいのだ」

わたしの中で、二つの声が争っていた。打ち明けて義父の助力を乞《こ》うべきだと訴える声と、沈黙を守り通すことを命じる声と。迷っていることを、義父の前で隠し通す余裕はなかった。

「──女のことだな?」探りを入れるように、義父が言った。

危うく首を縦《たて》に振ってしまうところであった。わたしは何とか、それを押しとどめた。しかし、動揺が顔に出たようだ。気づかれた、と直感した。

義父は無言でわたしを見つめた。ここで目をそらせば、認めることになる。笑って否定するタイミングも逸《いっ》していた。仕方なく、わたしも無言で義父の目を見つめ返した。お互いに息を詰めたにらめっこが始まった。

たまりかねて、義父が何か言いかけた時、デスクの上の電話が鳴った。

義父のほうから目を外した。微《かす》かに安堵《あんど》の色が見える。彼は受話器を持ち上げた。

「——ああ、わたしだ。何だ？　うん、今、目の前におる」受話器を手で覆《おお》い、こちらに目配せした。「噂をすれば、影だ」

「和美ですか？」

　義父はうなずいた。

「きみを出せと言うとるが、何だか要領を得ん」

「代わりましょう」受話器を受け取った。「もしもし」

「あなた？　お願い、今すぐ家に帰ってきて」

「何だ、藪《やぶ》から棒に」そう返事をした後に、妻の口調が尋常《じんじょう》でないことに気がついた。

「さっき変な電話があって。隆史《たかし》を誘拐したって」

「何だって？」

「声を聞かされたわ。ママ、助けて、ママって。それから、そいつが言ったの。俺は金が欲しいんだ。警察に知らせたら、子供を殺すって。ねえ、あなた早く帰ってきて」

　わたしはやっと、状況を把握した。隆史が誘拐された？　そんな馬鹿な。

「知らせたのか、警察に」

「いいえ。その男が、あなたに知らせろって。あなたが帰ったら、また連絡するって言ったわ」

「わかった。すぐ帰る。わたしが戻るまで、警察には知らせるな。いや、その前に、学校には確かめたのか。隆史が登校しているかどうか」

「待って、あなた。隆史は家にいるのよ」

「何だって？」

「隆史は朝から家にいるの。だから、学校は休んでいるのよ」

「何を言ってるんだ」

「だって、隆史は――」

わたしは、妻が錯乱しているのだと思った。子供を誘拐されたショックで、自分の矛盾にも気づかないようだ。とにかく自宅に帰ることが先決である。隆史はもちろん、妻のことも心配だった。

「いいか、和美」命令口調を意識して言った。「何でもいいから、わたしが戻るまで、家のドアに鍵をかけて閉じこもっていろ。誰か来ても、家に入れるな。わたしは、一時間以内に戻る。それまでじっとしてるんだ」

「わ、わかったわ」

受話器を置いた。掌《てのひら》が汗ばんでいた。義父が両手をデスクの上で握り合わせながら、不安そうな目でわたしを見た。

「何かただならん様子だったぞ」

「はっきりとわからないのですが、隆史が誘拐されたというのです。犯人から、家に脅迫電話があったようです」

義父の背中がバネのようにまっすぐ伸びた。

「本当か」

「さあ、どうも。和美の言うことが支離滅裂《しりめつれつ》で、状況がよくわかりません。とにかく、今すぐ家に帰ることにします」

「ああ、そうしてくれ」義父はまだ信じられないという顔つきだった。わたしだってそうだ。「警察には、連絡したのか?」

「まだのようです。知らせたら、子供を殺すと言われたらしい」

義父は大きく息を吸い込み、険しい表情で首を左右に振った。わたしは彼を残して、役員室を後にした。たった一分前まで、義父と話していたことなど、とっくに頭の中からはじけ飛んでいた。

4

八丁堀《はっちょうぼり》の『新都アド』ビルから、地下鉄と京王井《けいおうい》の頭《かしら》線を乗り継いだ。毎日往復している線だが、駅と駅の間の距離をこれほど遠く、もどかしく感じたことはない。苛立ちのみが、際限なく加速した。しかも、渋谷《しぶや》で急行の接続をしくじったため、久我山駅の改札口を出た時には、妻に約束した一時間を使い果たしていた。白昼の駅前商店街を革靴でダッシュすると、買い物の袋を提《さ》げた近所の主婦が、何ごとかと振り返った。

わたしの家は、大蔵省印刷局の久我山グラウンドのそばにある。門扉《もんぴ》を開け、転《ころ》がるように玄関に飛び込んだ。和美はそこで、わたしを待っていた。

「あなた」

「隆史は無事か」息もつかずに問いつめた。「その後、犯人からの連絡は?」

「落ち着いて。隆史なら、二階で寝ているわ」

さっきの電話と同じく、理解に苦しむ答である。かといって、錯乱のあまり、和美が自分を失っている様子はない。混乱しているのは、わたしなのか妻なのか。しかし、今はとにかく、隆史の安否が第一だ。説明を求めるのは後回しにした。

「確かめてくる」和美を玄関に残して、廊下を突っ切り、階段を駆け上がった。

二階の子供部屋のドアを開け放つと、ベッドのシーツの間から、隆史の顔がのぞいていた。今年の四月、小学校に上がったばかりの長男である。

「パパ?」隆史はわたしに気づいて、掛布団《かけぶとん》を顔の上からずり下げた。顔色が少し悪いようだ。しかし、正真正銘《しょうしんしょうめい》、ひとり息子の隆史であった。われ知らず、安堵の息を洩らしていた。

「どうしたんだ、学校は?」

「——お熱が出たの。ママが風邪だって」

「それで、学校を休んだのか」

「うん」

「うんじゃない、はいだ」

「はい」

　ベッドの横にしゃがみ込んで、息子の額に手を当てた。熱があるというほどでもない。顔色が悪いので、和美が大事をとって休ませたのだろう。過保護には反対だが、おかげで隆史は無事である。今度だけは大目に見てやろう。

「薬は飲んだのか」

「うん」

「うんじゃない、はいだ。いい子にしていれば、すぐよくなる」

「はい」隆史は寝たままの格好で、首だけうなずいた。「ねえ、パパも今日は病気なの？」

「いや。どうして」

「だって早引けしてるもん」

「ああ、そうだった」小学一年生の子供に、営利誘拐などと言ってもわかるはずがないだろう。「パパだって、たまには早く帰ることもあるさ」

「ふうん」

口をすぼめて、不得要領《ふとくようりょう》な顔をした。仕事が忙しく、朝は早出、夜も毎晩帰りが遅いので、こうして息子と話すのは、ずいぶん久しぶりだということに気がついた。

「さあ、おとなしく寝ているんだ」隆史の髪をなでてから、瞼《まぶた》を閉じさせた。「おやすみ」

「おやすみなさい」

わたしは腰を伸ばして、部屋を見回した。二つあるサッシ窓は、いずれもしっかりと鍵がかかっている。ここでおとなしくしている限り、息子の身は安全である。そのことを確認してから、音を立てずに子供部屋のドアを閉めた。

階段を降りていくと、妻がわたしを待っていた。

「隆史は？」

「うん、眠っている」何となく、間《ま》が抜けた会話のような気がした。「――いったい、どうなっているんだ？　さっぱりわけがわからない」

「ごめんなさい」和美は、か細いけれど、しっかりした声で答えた。「会社にかけた時は、犯人からの電話のすぐ後で、気が動転していて、ちゃんと説明できなかったの。でも、誘拐されたのは、隆史じゃないわ。犯人がまちがえたのよ」

「――犯人がまちがえた？」

その時、リビングのほうから物音が聞こえて、わたしの質問は中断された。明らかに人の足音である。

「誰か来ているのか」

うなずいた。

「だれ？」

「路子さんよ」

返す言葉すらなかった。なぜ、冨沢路子がここにいるのだ？

ショックのあまり、自分を見失いそうになった。予想もしない不意打ちである。同時に、突飛《とっぴ》な空想が心の中で渦《うず》を巻き始めた。ひょっとしたら、子供が誘拐されたというのは口実で、この時間にわたしを帰宅させることが電話の目的だったのではないか、と。そういえば、さっきの義父の切り出し方も唐突であった。ということは、初めから父娘《おやこ》でこのことを示し合わせていたのだろうか。

目の前が昏《くら》くなった。ただでさえ、緊張の極《きわ》みにあった神経が、体のあちこちで音を立ててちぎれていくようだった。ばれてしまったのか。何もかもおしまいだ。とうとう、路子とのことが妻に知られてしまった——。

「あなた？」

はっとして目を上げた。

わたしを見つめる和美の顔。その声が、その瞳が、瞬時にわたしを正気に引き戻した。そんなあくどい罠《わな》を仕掛けるような、卑劣な女の目ではなかった。わたしの妄想だ。一時の気の迷いにすぎない。

今はそんなことに気を取られている場合ではなかった。何かとんでもないことが起こっているのは確かなのだ。和美が不審を抱く前に、気を取り直してたずねた。

「どうして、冨沢さんがうちに来ているんだ」

和美は、わたしの顔を黙って見つめた。ほんの一瞬だったはずだが、ずいぶん長い沈黙のように思われた。表情の裏側で、言葉にならない感情のせめぎ合いが生じているような、そんな目であった。

それから、おもむろに言った。

「誘拐されたのは、冨沢さんのところの、茂君らしいのよ」

「何だって。茂君が？」

和美がうなずいた。

ようやく、事情が飲み込めてきた。犯人は子供をまちがえて誘拐したのだ。よりによって、隆史と冨沢茂を。隆史の無事と引き換えとはいえ、何という残酷な誤りだろう。わたしはある意味で、最悪の窮地に立たされているのだ。冷たい汗が背中ににじわじわとにじみ始めた。

足音が近づいた。わたしは依然、動揺を隠すのに必死だった。和美は、足音の主を気遣うように視線をすっと滑《すべ》らせて、自分は身を引いた。

廊下の真ん中に、冨沢路子が立っていた。

会うのは十日ぶりだった。淡緑色のブラウスに、茶色が主調のプリント・スカートという姿。ふだんは服装に気を配る女なのに、今日は配色のバランスがおかしかった。衣服に気を遣う余裕もなく、あわてて家を飛び出してきたのだろう。髪だけは何とか形をなしているが、顔色が真っ青で、目を向ける先が落ち着かない。

「──大丈夫ですか？」とわたしはたずねた。隣人に対する、自然な心遣いを装《よそお》って。

しかし、わたしの心は嵐の海のように激しく波打っていた。

路子はうなずいたが、ほとんど機械的な反応という感じだった。表情は硬《かた》く引き攣《つ》って、路傍《みちばた》の浮浪者のようにおどおどした目をしていた。いつもわたしに向ける、あの皮肉な目つきも、今日ばかりは見当たらない。子供のことで、神経が昂《たか》ぶっているのは一目《いちもく》瞭然《りょうぜん》だった。

妻の前で余計なことを口走らなければよいが。同情を覚えるよりも早く、そのことが頭に浮かんだ。しかし、わたしはそんな考えをおくびにも出さなかった。

「ご主人にはもう連絡を？」

路子は首を横に振っただけで、ちゃんとした返事はできなかった。和美が代わって答えた。路子の夫はちょうど出張中で、緊急の連絡が取れず、帰りは夜になるという。それが今の自分にとって有利なことなのか、あるいはその逆か、すぐに判断するのはむずかしかった。

わたしたちはリビングに移動した。隆史の無事を確かめただけで、わたしにはまだ、事態が完全に把握できていなかった。何よりも、妻の説明を聞くことが先決であった。

「和美。何が起こったか、順序立てて話してくれ」

妻の視線が、わたしと路子の間を何度も揺れ動いた。唇を噛んで、頭の中を整理しようと努《つと》めているようだった。ようやく口を開いた。

「でも、何から話したらいいのか――」

「じゃあ、わたしの質問に答えなさい。犯人からの電話はいつかかってきたんだ？」

「十一時十分頃だったわ。わたしは洗濯物を干《ほ》していたの。電話に出ると、知らない男の声で、

『山倉さんのお宅だね？』

と訊くの。そうです、と答えると、

『隆史君を預かっている。言うとおりにすれば、子供は無事に返してやる。俺は金が欲しいだけだ。警察には知らせるな。もし知らせたら、子供を殺す』

と立て続けに言ったわ」

「おまえは何と答えた？」

「それが、あまりはっきりと覚えてないの。犯人の言葉も、正確にそのとおりだったか、自信はないし、わたしも怖かったから。でも、嘘だって叫んだことは覚えています。うちの隆史じゃないわって。そうしたら、男が、

『嘘じゃない証拠に、子供の声を聞かせてやる』

と言ったの。その後、確かに小さな男の子の声で、『ママ、助けて。ママ、怖いよ——』

と叫んでいるのが聞こえたわ」

路子がはっと身をこわばらせて、和美に体を預けた。和美は拒まず、自分の掌を路子の手の上に重ねた。わたしは、先を促した。

「——それを聞いて、わたし、その時はもう、子供が二階にいることも忘れて、何がなんだかわからなくなって、思わず、隆史、隆史って何度も呼んだのよ。でも、すぐに男の子の声は途切れてしまって、最初の男の声が戻ってきたわ。

『奥さんでは話にならない。ご主人に連絡して、すぐ家に戻るように伝えろ。帰った頃に、もう一度電話する。身代金の額はその時、決める。絶対に警察には知らせるな』

それで、電話は一方的に切れてしまったの」

「相手の男の声の特徴は？」

和美は小首をかしげた。

「何かで隔てたような、はっきりしない喋り方だったような気がする。よく覚えていないけど」

「子供の声のほうはどうだった？　茂君の声だったことにまちがいはないのか」

「その時はわからなかった。電話だったし、しかもほとんど泣いているような声だったから。でも、後になって、茂君の声にちがいないと思い当たったのよ」

「わかった。その後、どうした？」

「すぐに二階に上がって、隆史の無事を確かめたけど、それだけでは安心できなかった。震えが止まらなくて、どうしたらいいのかわからなかった。だって、犯人ははっきりと、『山倉さんの家だね』と言ったんだし、男の子の声はけっして、作りごとじゃなかったから。二階にいる隆史は偽者《にせもの》で、本物を犯人がさらっていったんじゃないかとさえ思ったわ。

　それで、とにかくあなたに知らせて何とかしてもらうしかないと思って、会社に電話したの。でもその時はまだ、何がどうなっているかわからなくて。うまく言いたいことを伝えられなくて、あなたに余計な心配をかけてしまったわ。ごめんなさい」

「いや、いいんだ」

　妻は暗示にかかりやすいところがある。犯人とのやりとりの後で、一時的に冷静さを失い、隆史が誘拐されたような錯覚に陥ったなら仕方がない。そのことで、和美を責める気はなかった。

「でも、その後、どうして誘拐されたのが、茂君であることがわかったんだ?」

「それは――」言いかけて、和美は路子の顔を見た。わたしも彼女を見たが、とても話の聞けるような状態ではない。和美が続けた。「その後、たまたま路子さんから電話があったせいなの」

「電話?」

「そう。ちょうど、その前に学校の先生から、路子さんの家に問い合わせの電話があったのよ。お宅の茂君が無断で欠席しているけれど、どうしたのですか、と。でも、茂君は今朝《け》《さ》、ちゃんと家を出てるのよね」

和美が念を押すと、路子は無言でうなずいた。和美はわたしに目を戻して、

「そのことはわたしも知っていたわ。茂君は、毎朝、隆史と一緒に登校してるでしょ」

うなずいた。隆史と冨沢茂とは、地元の小学校で同じクラスの同級生なのである。

「今朝も茂君は、隆史を迎えに来たの。でも、隆史は風邪で学校を休むことにしたから、わたしはそう言って、茂君にひとりで行ってもらったのよ」

「それで?」

「犯人は、この家の表で見張っていたと思うの。きっと玄関が死角になって、見えない場所に潜んでいたんだわ。それで、門からひとりで出ていく茂君の姿を見て、隆史だと思い

込んで、そのまま連れ去ってしまったんじゃないかしら」

「入るところは見なかったというのか?」

「ええ」和美はうなずいた。「いつも、茂君は裏口から入って、塀の内側を歩いて玄関に来るから」

「なるほど。犯人はまちがいに気づいているだろうか?」

「いいえ」と和美が言った。「わたしが電話を受けた時は――」

その時であった。急に玄関のドアチャイムが鳴った。わたしは不意を衝《つ》かれて、身を縮《ちぢ》めた。

玄関で、男の声がした。

「宅配便をお届けに参りました」

宅配便だと? こんな時に驚かせやがって。

「警察だわ」和美が言った。

「何だって?」

「ごめんなさい。わたしが一一〇番したの」

二章　転倒——渡せなかった身代金

1

しばし言葉を失い、和美の顔を見つめた。毅然《きぜん》としていながら、同時にわたしの理解を求める目だった。止めた息を継いで、和美を問いつめた。

「どうして、そんな勝手なことを」

「だってわたしたちだけでは、どうすることもできないじゃない。だから、警察の力を借りるしかないと思ったの」

「いつ、知らせたんだ？」

「路子さんと話して、犯人が子供をまちがえたとわかってからよ」答えながら、用心深く路子の視線を避けていた。「あなたの会社に電話した時は、そんなつもりではなかったわ」

「だが、犯人は、警察に知らせたら子供を殺すと言ったんじゃないのか」

「大丈夫よ。警察だって心得ている。絶対に気づかれっこないわ」

わたしは、路子の顔に視線を移した。呆然とした表情で、わたしたちのやりとりを聞いていた。両腕をだらりと垂らし、喉をこする息がくぐもった音を立てている。その様子だと、和美が警察を呼んだことを知らなかったようである。

妻が一一〇番した気持ちはわからぬでもない。確かに、通報は市民の義務だし、わが家の平穏をかき乱した犯人を捕えるためには一刻も早く、警察の手を借りるほうがいいに決まっている。だがそれは、隆史の安全が保証されているから言えることだ。

路子にとっては、そうはいかない。和美の通報は性急で、身勝手な行為と映っているはずである。せめて、路子の承諾を得ておくべきだった。万一の場合、危険を被《こうむ》るのは、隆史ではない。路子の子供なのだから。

「山倉さーん。お留守ですか。宅配便です」

表では相変わらず、大声で連呼している。いつまでも放っておくと、かえって近所に怪しまれよう。呼んでしまったものを、今さら追い返すわけにもいかず、ここで妻を責めても仕方がない。覚悟を決め、和美を玄関にやろうとして、けちな計算が働いた。今、路子と二人きりになるのはまずい。

わたしは自分で玄関まで出ていって、恐る恐るドアを開けてやった。

ブルーのつなぎに、野球帽をかぶった色の浅黒い男が、段ボールの箱を抱えて、外のポーチに立っていた。他に人影はない。わたしの顔を目にするなり、遠慮のない態度でずいと中に入ってくる。ドアを閉め、段ボール箱を床に下ろした。

「山倉さんのお宅ですね」

「そうです」たまたま紛れ込んだ、本物の配達員ではないかと思った。それほど自然な物腰であった。

「ご主人ですか」

うなずいた。

「杉並署の者です」ふくらんだ胸のポケットから、黒革の手帳を突き出した。「今、お宅の裏に、覆面のバンが一台停《と》まっています。人目につかぬよう、うちの署員が入りますから、裏口のドアを開けておいてください」

「は、はい」

足音に振り向くと、ちょうどいいタイミングで和美が出てきたので、刑事の指示を伝えた。妻はうなずいて、奥に引っ込んだ。

刑事が帽子を脱いで、額を拭《ぬぐ》った。わたしはたずねた。

「犯人に気づかれないでしょうか？」

「大丈夫。この家の周りに、不審車の類《たぐい》は見当たりません。万一、犯人が監視していたとしても、わたしが囮《おとり》になっていますから、裏口には目が届かないはずです。われわれを信頼してください。現場チームの責任者は、竹内警部補です。今後はその指示に従ってもらいます。それから、この段ボール箱には電話の逆探知用の機材が入っているので、持っていってください。長居《ながい》すると怪しまれるので、わたしはこれで失礼します」

早口にそれだけ言うと、刑事は手帳をしまい、帽子をかぶり直して、ドアに手をかけた。

「毎度ありがとうございました」

打って変わった配達員の態度で、わたしに一礼すると、すばやい足取りでポーチを降りていく。わたしは長く彼の背中を追わず、すぐにドアを閉めた。

家の奥で、どたどたと重い足音がする。杉並署の刑事たちが上がってきたのだ。囮の男が置いていった段ボール箱を持ち上げ、リビングに戻った。

背広姿の男が四人、リビングを占領していた。三人は明らかにわたしより年下で、ひとりが妻に家の間取りをたずねていた。和美は物怖《ものお》じしない態度で、彼の質問に答えている。他の二人は、年長の刑事と打ち合わせの最中だ。路子は部屋の隅で、ひとりぽつんと立っていた。わたしが入っていくと、年長の刑事が顔を上げて言った。

「ご主人ですか？」

「ええ」

「杉並署捜査係警部補の竹内です。先ほど、奥さんから一一〇番通報があったので、大至急うかがいました」

額が狭く、頰の肉も薄い。有能そうな目つきの男である。しかし、どことなく人を寄せつけない雰囲気があった。声の感じが、特にそうである。

「ご苦労さまです」

竹内は他の三人を順に紹介した。和美と話していたのが池部《いけべ》刑事。いくぶん長髪で、ネクタイをしていないのが、酒井《さかい》刑事。背の高い、スポーツマンタイプが、山内《やまうち》刑事である。

「――こちらは？」竹内はさっそく、路子のほうにぶしつけな視線を投げかけた。

「冨沢路子さん。誘拐された子供のお母さんです」

竹内は路子の憔悴《しょうすい》を、一瞬で見て取ったようだ。

「お子さんのことはご心配なく。われわれができる限りの手を尽くします」

路子はうなずいた。しかし、答える気力はまだなかった。和美が気づいて、路子に腰を下ろすように言った。路子は聞こえなかったふりをして、続きのダイニングのほうに移った。

「すいません、その箱をこちらによこしてください」と酒井が言った。

段ボール箱を渡した。竹内がわたしにたずねた。

「電話は、お宅でこれ一台きりですか？」

「ええ」

「これから、犯人からの連絡に備えて、録音と逆探知の装置をつなぎます。私的通信の傍受になるので承諾の書類にサインしてもらいますが、よろしいですね？」

「はい」

「じゃあ、かかってくれ」と酒井に合図した。

箱を開けると、旧式のテープデッキを思わせる、ずんぐりした機材が現われた。酒井は電話を裏返して、ドライバーで裏蓋《うらぶた》のネジを外し、装置のピックアップをつないだ。慣れた手つきで裏蓋を元に戻し、レシーバーやその他の配線を接続した。竹内らはものも言わずに、その作業を見つめている。

スイッチとボリューム・コントロールをいじった後、三桁《けた》の番号にかけて先方と暗号のような会話を交《か》わした。酒井は受話器を戻すと、竹内に向かって、準備の完了を報告した。

その時、まるでそれを待ち構えていたかのように電話のベルが鳴り始めた。

「待って」受話器に手を伸ばそうとしたわたしを、竹内が制止した。四人の刑事たちが、せわしない足取りで各自の持ち場についた。

ダイニングに続くドアに、路子の姿が見えた。息を詰めて、わたしを見つめている。

「逆探知には時間がかかる」レシーバーを耳に当てながら、竹内が言った。「なるべく会話を長引かせてください。ただし、犯人を刺激しないように」

うなずいて、受話器を握った。和美と路子の顔を交互に見ながら、深呼吸をした。

「急いで」と竹内。

受話器を上げた。

「――山倉ですが」

「きみか。わたしだ」その声を聞いて、全身の緊張が一気にほどけた。

「驚かせないでくださいよ、お義父《とう》さん」

「どうしたんだ」

「誘拐犯からの電話だと思ったんです」

和美が察して、ほっと息をついた。わたしは送話口を手で押さえて、竹内に言った。

「妻の父親からです」

「事件のことは？」

「知っています。ただ、誘拐があったとだけ」

竹内はうなずいて、録音装置のスイッチを切った。わたしは義父との会話に戻った。

「もしもし、すみません」

「どうなっているんだ。連絡すると言って、ここを出てからもう二時間近くになるぞ」

「ばたばたしていたものですから」

「誰かいるのか——警察か？」

「ええ」

「きみが一一〇番したんだな」

「いいえ。和美です」

「和美が？」

「はい」犯人がちがう子供を誘拐したことを、手短に説明した。

「なるほど。で、きみはどうするつもりだ？」

「どうするとは」

「犯人は、人ちがいに気づいていないのだろう。身代金をいくら要求された？」

「まだ、向こうが金額を言ってきません。連絡が入り次第、犯人と交渉します」

「それで、きみは言われた額を払うつもりか」

一瞬の迷いがあった。首筋に強く一同の視線を感じた。とりわけ、路子のそれを。

決断した。茂に罪はない。子供の命が最優先だ。

「——やむを得《お》ません」

「きみの手に負えない時は？　足りなければ、わたしが用立ててもいいが」

「何とかするつもりです」

「そうか。もし金の都合がつかなかったり、わたしで役に立てることがあれば、いつでも遠慮なく連絡しなさい」それだけ言って、向こうから切れた。

受話器を置くと、竹内の顔が肩の横にあった。抜け目のない表情で、わたしに念を押した。

「山倉さん。今の言い方だと、犯人の要求どおり、身代金を準備してもらえそうですね」

「当然です」竹内よりも、路子に聞こえるように言った。「子供の命がかかっています」

「ありがとう。助かります」

とたんに、路子の顔に血の気が差した。部屋を横切り、わたしの前で立ち止まった。両手を重ねて、深く頭を垂れた。

「よろしくお願いします」

「気にしないで」と手を振った。

顔を上げた路子と視線が交《まじ》わった。今は紛れもない母親の目である。裏に含みのない、純粋な感謝にあふれていた。ほとんど当惑に近い、坐りの悪い気持ちがした。こんな形で休戦が成立するとは、予想だにしていなかった。

妻が不審を抱く前に、わたしから目をそらした。

その時、また電話が鳴った。前のような警戒心もなく、何の気なしに受話器を取っていた。

「山倉さんのお宅だね」

くぐもった響きの、不快な男の声だった。

「そんな言葉遣いはやめてもらおうか、山倉史朗さん。さもないと、子供の命がないぜ」

「誰だ」噛みつくように言った。

2

竹内が手帳に走り書きしたページを、破ってわたしに示した。「人質の誤認を悟られないように」と書いてある。目でうなずいて、男にたずねた。

「隆史は無事なのか？」

「ああ」まだ子供のちがいに気づいていない。

「元気な証拠を聞かせてくれ」

「さっき奥さんに聞かせた。それで充分だ。ちゃんと生きているから、安心しろ。それより、警察には知らせていないだろうな」

「知らせていない。だから、息子には危害を加えないでくれ。お願いだ」

「言うとおりにすれば、子供は無事に返す。身代金と引き換えだ。夕方までに、続き番号でない古い紙幣で、一億円用意しろ」

竹内がすかさず、手振りで合図した。交渉を引き延ばして、時間を稼げ。

「――一億円だって？　無理だ、そんな大金を夕方までになんて。今日じゅうに集められるのは、三千万が限度だ」

「じゃあ、六千万円で手を打とう。それ以下では、だめだ」

「待ってくれ、きみは簡単に言うが――」

「高い給料をもらってるんじゃないのか」こちらの頼みなど、歯牙《しが》にもかけない口調である。「あと三千万、足りない分は借金でも、強盗でもして都合すればいい。子供の命が惜《お》しくないのか？　俺は気が短いんだ。ぐだぐだ抜かすと、人質を殺すぞ」

「それだけはやめてくれ」

「夕方までに六千万、絶対厳守だ」

「わ、わかった。しかし――」

「また夜に連絡する。その時、金の準備ができていなかったり、警察を呼んでいることがわかったら、子供のことはあきらめるんだな」

「待ってくれ、きみ――」

　電話は切れた。

「逆探知は？」竹内が酒井刑事にたずねた。酒井はサブ回線を切りながら、首を横に振った。通話時間が短すぎるのだ。

　竹内はレシーバーを手放すと、目を細めてわたしの顔を見た。

「今から六千万、都合がつきますか」

「何とかなります」あわてず、和美に言った。「K銀行の大口定期があるはずだ。あれを預金担保にしよう。通帳を持ってきてくれないか」

うなずいて、和美はリビングを出ていった。それを見送りながら、竹内に洩らした。

「今日じゅうに都合のつくぎりぎりの金額です」

「犯人は事前に、お宅の資産状態を調べていたかもしれません」うなり声をはさんだ。

「今の声に、心当たりはありませんか？」

「いや」

「無理もない」肩をすくめた。「送話口との間に何かはさんでいたようです」

和美が虎の子の通帳を持ってきた。要求された金額を満たすことを確かめて、さっそくK銀行の富士見《ふじみ》ヶ丘《おか》支店に電話する。現金で六千万円、今日じゅうに用立てるように頼んだ。なかなか色よい返事をしてくれない。最後は押し問答にまでなったが、無理を言って、こちらの意を通した。

二十分後、支店から人が来た。ところがこの男、手続きはそっちのけで、しつこく金の使い途《みち》を聞きたがる。あげくの果てに、現金でなく、銀行小切手で支払うと言い出した。らちがあかないので、秘密厳守を約束させ、事情を打ち明けた。男は真っ青になって、支店に飛んで帰った。

「とりあえず、身代金の問題はクリアした」と竹内が言った。参謀室にいるような喋り方だった。「差し当たって、次の動きがあるまで待機するしかありません。それより、山倉さん。犯人はお宅のお子さんを人質にしているつもりだ。当然、あなたに重圧がかかるでしょう。子供の命はあなた次第だということです。覚悟はできていますか」

「わかっています」

「こうした場合、何より辛抱《しんぼう》が肝心《かんじん》です。最後は気力の勝負になる」わたしの腕をつかんだ。「われわれも最善を尽くしますが、それ以上に、あなたにしっかりしていてもらわないと」

それには答えないで、路子のほうに目を移した。ソファの中で上体を深く折り、握り合わせた両手を祈るような格好で額に押し当てている。わたしの視線にも気づく気配がなかった。

路子は今になって、自分の行為を悔やんでいるのではないかと思った。巡《めぐ》り合わせというには、あまりにも皮肉なしっぺ返しである。

路子が自分を責めるのは、密《ひそ》かな理由がある。二人の子供は、自然ななりゆきで仲よくなったわけではない。そこには、路子の意志が働いていた。路子は、わたしを苦しめるために、隆史と茂を友だちにする工作をしたのだ。それは、わたしに対する報復劇の第一幕であった。ところが、皮肉にもその工作が、今日の人ちがいを招いたことになる。そもそも友だちどころか、知り合うはずさえなかった二人なのだ。ある意味では、路子自身が息子を窮地に追い込んだようなものである。そのことを激しく後悔しているにちがいなかった。

路子と知り合ったのは八年前、場所は世田谷《せたがや》の産婦人科病院である。和美に子供ができたのが、そもそものきっかけだった。路子はその病院で、看護婦として働いていた。

路子の第一印象はまったく残っていない。最初は、たくさんいる看護婦のひとりぐらいに考えて、路子の存在など気にも留めていなかった。和美とお腹《なか》の子供のことで、頭がいっぱいだったからだ。あの頃のわたしは、少年のようにナイーブで、蹉跌《さてつ》を知らず、ただ和美ひとりを見つめていれば、それで満たされていた。二人のために世界がある。その言葉を地で行くような時期だった。路子と親しくなったのは、和美のほうが先である。

二人はたまたま、同じ中学校の先輩後輩だった。和美が四つ年上なので直接の面識はないが、路子はやはり同じ中学に通っていた次美さんを知っていた。それを契機に、二人は懇意になった。初産《ういざん》のせいか、和美はずいぶん神経質になり、何かあるとすぐ路子に助言を求め、路子もそのつど親切に和美の相手をした。やがて、和美のお腹が大きくなる頃には、すっかり路子に頼りきる習慣がついていた。そんな関係で、わたしもいつの間にか、路子に親近感を覚えるようになったのだ。しかし、けっしてそれ以上の感情はなかった。

その直後に、あの不幸な出来事が起こって、妻の精神は危機にさらされた。和美は人と話すことをやめ、顔からは表情が消えた。わたしは精一杯の手を尽くしたが、なかなか回復の兆《きざ》しが見えない。病状は膠着《こうちゃく》の様相を呈していた。路子と密会するようになったのは、その時からである。

当初は臨床心理の専門家と見込んで、和美の病状を相談するためだったが、いつしかわたしは、路子と会うことに慰めを見出すようになっていた。実際は妻から逃れたかったのだ。その時期、和美のそばにいても、苦痛しか感じなかった。愛していればこそ、妻のみじめな姿を見たくなかった。わたしは息抜きを求めていた。たまたま路子を選んだだけで、本当は誰でもよかったのだ。しかし、問題を抱えているのは、わたしだけではなかった。

当時、路子はすでに夫を持つ身であった。路子の夫、冨沢耕一は『セントラル電子』という精密機器メーカーに勤務していた。『セントラル電子』は、工業用の試験測定機を作っている会社で、冨沢は納入先でのソフト管理と補修《メンテナンス》を担当するエンジニアだった。地方出張で、家を空《あ》けることの多い職務である。まだ子供がいないせいもあって、路子は家庭に不満を持っていた。

ある日、路子はわたしに、夫が浮気をしていると訴えた。実際は、路子の妄想にすぎなかったのだが、わたしはそれを鵜呑《うの》みにした。そして、誘われるまま、路子を抱いてしまった。

あの時はどうかしていた。魔が差したとしか言いようがない。時期も悪かった。妻の病状が好転しないことに、苛立ちを募らせていた頃だった。しかし結局のところ、わたしはぶざまな自己憐憫《れんびん》を、路子に対する同情と勘違いしていたにすぎない。夫として、またひとりの男として、下劣きわまりない所業であった。

路子とは、その後も何度か関係を重ねた。二カ月にも満たない短い情事であったが、わたしを荒廃させるには充分すぎる期間だった。裏切りを通じて、自分がどれほど深く妻を愛しているかに気づいたのだ。男の身勝手と蔑《さげす》まれても、仕方がない。すでに手遅れだったが、わたしは正気を取り戻し、路子との関係を清算して、和美の回復に全てを傾けた。

その後、紆余曲折《うよきょくせつ》はあったが、やがて和美は立ち直った。わたしの力とは言うまい。皮肉なことだが、深刻な危機を乗り越えたことで、隆史も加えた家族の絆《きずな》はいっそう深まった。現在のわが家での新生活も、この時から始まったものである。心機一転という言葉にふさわしく、和美はまた以前の明るさを取り戻した。

結局、路子とのことは打ち明けなかった。もう片付いたことだった。今さら何を話しても、和美を悲しませるだけである。わたしは路子を忘れることにした。関係を絶ってからは、消息さえ聞かなかった。悪夢のような日々を記憶の彼方《かなた》に押しやることに成功したつもりだった。

それから、何ごともなく、六年の月日が過ぎた。

隆史の入学式の日、突如として悪夢がよみがえった。七カ月前のことである。和美が路子の名前を口にした時、わたしは自分の判断が甘かったのを知った。隆史と同じクラスに、冨沢茂という子供がいるという。路子の子であった。わたしの心を不吉な暗雲が覆ったことは言うまでもない。

路子の家族は三月に、近所の都営マンションに引っ越してきていた。わが家から、五十メートルと離れていない。運命のいたずらではなかった。二人が同じ学校に入るように、路子が画策したことを後になって知らされた。同じクラスにまでなったのは、路子にツキがあることを示していた。

母親同士の間に、かつてのような親密な関係が復活するのを恐怖の目で見ていた。路子の真意が知れたのは、五月の中旬である。密かにわたしを呼び出して、路子は爆弾発言をした。

「茂は、あなたの子よ」

わたしは最初、路子の言葉を信じなかった。しかし、茂の誕生日を聞いて確信が揺らいだ。隆史が生まれた翌年の早生まれだった。さかのぼると、覚えのある日付にたどり着く。数日後、家に遊びに来た茂の顔を間近で観察して、路子の主張の正しさを認めた。決定的だったのは、茂の耳の形である。耳殻《じかく》の内側の隆起の格好が、わたしとそっくりなのだ。

幸い、妻と路子の夫は、そのことに気づいていないようだった。依然、二人だけの秘密だったが、それは同時に、路子がわたしの命運を握っていることを意味した。こうして、路子の顔色をうかがう日々が始まった。

「七年前のことは、本気だったのよ」

路子はそう言うのだった。そして、一方的に捨てられたことを恨《うら》んでいた。こちらにそんなつもりはなかった、一時の気の迷いだったと説明しても、路子が納得するはずはなかった。かつての関係の再開か、家庭の破滅、いずれを取るかと迫った。わたしにとっては、どちらも同じことだった。路子は結論を急がず、真綿《まわた》で首を絞めるように、わたしを追いつめることを楽しんでいた。

つい十日前も、某所で会って、不毛な議論を蒸し返したばかりだった。関係は拒み続けていたが、いずれにしても、和美を裏切っていることにちがいはなかった。路子の態度は日増しに高圧化して、わたしの精神はぼろぼろに荒廃する一歩手前だった。そんな矢先、今日の事件が降って湧いたのである。

人質の安否を気遣いながら、午後はじりじりと過ぎた。手掛かりを求めて、脅迫電話を録音したテープを繰り返し再生したが、得るところはなかった。

五時前に、ようやく現金が到着した。われわれは手分けして、紙幣番号を控えた。時間との競争で、六時には作業を終了した。しかしその時点でも、まだ犯人からの新しい指示はなかった。

連絡がないまま、日没を迎えた。

居《い》並ぶ一同の表情に、不安と焦燥の色が濃くなり始めた。杉並署の刑事たちは、ひっきりなしに煙草を吸うようになった。リビングに煙が立ち込め、和美は何度も灰皿を替えた。路子は病人のようにぐったりして、もうずっと口を利《き》いていない。

時計の針が八時を回る頃、われわれの不安は、恐怖へと様変わりしていた。自分でも意識せずに、部屋の中をぐるぐると歩き回って、竹内に落ち着いてくださいと注意を受けた。しかし、当の竹内も苛立っている点では、わたしと大差なかった。

「なぜ連絡がないのでしょう」と竹内にたずねた。

「犯人は、また夜に連絡すると言いました。われわれが考えているより、遅い時間を想定しているのかもしれません」

「でも、身代金は夕方までに準備しろと言ってきたじゃないですか。だから、夜といっても、そんなに遅くなるはずはないと思います」

竹内は首を横に振った。

「金額が大きいので、あえてそう指示したのでしょう。わたしの考えでは、身代金の受渡しは夜半に持ち越される公算が高い。ぎりぎりの時間まで連絡を引き延ばして、こちらの焦《あせ》りを引き出そうという考えだと思います」

納得できない。意を決して、竹内に詰め寄った。

「ひょっとして、警察を呼んだことがばれてしまったのでは？」

「まさか」竹内の顔つきがみるみる険しくなった。

「われわれの対応に不備があったということですか」

「他に理由が考えられません」

一歩も引かず、にらみ合っていた。お互いに気が立っている。険悪なムードが部屋を包んだ。

その時、ちょうどうまいタイミングで、和美がリビングに入ってきた。盆の上に食器を載せている。

「――みなさん、空腹かと思って、手でつまめるものを用意したんですが」

竹内は頬をすぼめて、かぶりを振った。

「いい奥さんをお持ちだ」わたしから離れて、和美に礼を述べた。とげとげしい物腰は影をひそめている。わたしも同感だった。和美に目で感謝した。

各人にコーヒーを配り終えると、妻は打ちひしがれた路子の横に腰を下ろした。だらんと垂れ下がった路子の腕を両手で握りしめ、耳のそばで励ましの言葉をかけていた。路子は何度か、機械的に頭を上下した。親鳥が雛《ひな》を庇護するような光景に強い印象を受けていた。和美の姿は天使のように見えた。わたしはふと思った。路子は今、頭の中で何を考えているのだろうか、と。

　ついに九時を過ぎた。依然として、犯人からの連絡はない。

　九時十五分。突然、ドアチャイムが鳴った。誰ひとり声も出ず、互いに見交わす顔を驚愕が駆け抜けた。わたしは飛ぶように立ち上がって、玄関に走り出た。

　ドアを開けると、路子の夫が立っていた。

「妻と息子がお邪魔していませんか。さっき出張から戻ったところで、妻のメモを見たのですが」わたしの表情から、すぐに異常を読み取った。「――何かあったのですか？」

「上がってください」袖をつかんで、強引に家の中に引っ張り上げた。犯人がこの家を見張っていないことを祈った。

　冨沢をリビングに通した。竹内が手短に事情を説明する。臆病な犬を思わせる冨沢の顔が、またたく間に灰色になった。しかし、悲嘆に暮れる路子の姿を認めるや、冨沢の肩に自律と矜持《きょうじ》がみなぎった。夫として、父親として、果たさねばならない役割を思い起こしたのだろう。

「出張中だったと聞きましたが」竹内がたずねた。

「ええ。カリフォルニアの合弁企業の工場視察で、今日まで一週間、現地に滞在していました。五時の便で、成田《なりた》に着いたばかりです」

「なるほど」冨沢の胸ポケットに目をやりながら、竹内がうなずいた。裏側に留めたプラスティックの名札の端が、ポケットからはみ出している。

冨沢は部屋の隅に置かれた紙幣の束《たば》に気づいて、

「あれは、山倉さんが?」

「ええ」

「すみません。ご迷惑をおかけします」深く頭を下げた。「一度に返す余裕はありませんが、全額きちんと支払います」

「冨沢さん、やめてください。そんなことは、茂君が無事帰ってから相談すればいい。今はとにかく、息子さんを取り戻すことが先決です」

「すみません」しかし、すぐには頭を上げない。

複雑な気持ちで、冨沢を見ていた。わたしより五つ年下のはずだが、彼の風采《ふうさい》にはどことなく老成した雰囲気がある。それが生来のものなのか、それとも、路子との結婚生活の影響なのか、わたしには判断することができない。

冨沢が優秀なエンジニアで、真面目《まじめ》な愛妻家であることは承知していたが、わたしはこれまで、彼と親しくしようと思ったことはなかった。彼と話した回数は、今日を含めても、五指に満たない。たまに駅ですれちがって、軽く会釈《えしゃく》を交わす程度の顔見知りにすぎなかった。冨沢を遠ざけていたのは、もちろん、彼自身の責任ではない。妻を寝盗《ねと》った後ろめたさが、今でも尾を引いていた。冨沢茂が、わたしの血を引いているとなれば、なおさらである。

幾重《いくえ》にもからんだジレンマの中に追い込まれていることに気づいて、この場から逃げ出してしまいたいという衝動に駆《か》られた。残された時間、その衝動と戦うのにただ必死であった。

犯人からの電話があったのは、午後十時少し前だった。

3

ベルが鳴ると同時に、リビングにいた全員が身を硬くした。次の瞬間にはとりあえず、ほっと息をついていた。竹内はレシーバーを耳に当てながら、通話を引き延ばす指示を繰り返した。うなずいて、受話器を持ち上げた。

「山倉です」

「俺だ」あの声だった。「金は用意できたか？」

「できた。それより、子供は無事なのか。もう一度声を聞かせてくれ」

「あいにくだが、そんな暇はない。身代金の受渡し方法を説明する。一度しか言わんから、よく聞け」

竹内が注意を引いた。左手の掌に、字を書くような仕草をしている。時間稼ぎの口実だ。

「ちょっと待て。今、メモを用意する」

「いや、メモの必要はない」有無《うむ》を言わせぬ声だった。「今夜十時半、六千万円をスーツケースに入れて、東八《とうはち》道路沿いの〈すかいらーく〉小金井《こがねい》店まで持ってこい。車はあんたのアウディを使うこと。もちろん、あんたひとりで運転するんだ。いつでも持ち出せるように、スーツケースは助手席に置いておけ。それから、合図のために懐中電灯も用意してこい」

「待ってくれ。まだ帰宅ラッシュの時間帯だ。三十分では行けない。もう少し余裕を──」

「子供の命に余裕はないぞ。じゃあ、三十分後に」

受話器を置く音が聞こえた。

酒井刑事が無言でレシーバーを外した。逆探知の成否を問うまでもなかった。通話時間は前回よりも短かった。

竹内は溜息をついて、わたしを見た。

「どうします？」

「行きます」もう心は決めていた。「わたしが行くしかないです」

「山倉さん。池部刑事なら、あなたと背格好が似ています。入れ替わっても、たぶん犯人は気づかない。彼を代役に仕立てましょう」

わたしは首を横に振った。

「子供の命がかかっています。今は、犯人の言うとおりにすべきです。和美、出張用のスーツケースとジャンパーを取ってきてくれないか」

和美の顔が蒼白になっていた。

「でも、あなた。危ないわ」

「大丈夫」妻の頰に手を当てた。「一刻を争う時なんだ。急いでくれ」

妻はわたしの気性を知っている。それ以上、引き止めようとはしなかった。唇を嚙み、無言でうなずくと、すぐにリビングを出ていった。竹内がわたしに目を戻して言った。

「あなたは強情《ごうじょう》な方だ」

わたしは肩をすくめ、冷たくなったコーヒーの残りをぐっとあおった。大丈夫と言ったものの、本心は不安でたまらないのだった。

「山倉さん」振り向くと、冨沢耕一が床に頭を付けていた。「本当なら、父親のわたしが行くべきなのに、あいにく運転ができないのです。今は、あなたしか頼れる人がいません。身勝手なお願いですが、茂のことを頼みます」

「頭を上げてください。茂君はうちの息子の身代わりになったのだから、わたしが行くのが当然です。何としてでも、無事な姿で連れて帰ります」

「お願いします」冨沢は頭を上げようとしなかった。彼の隣りで、路子がわたしを見つめている。痛いほどその視線を感じた。

「――絶対に助ける」と路子に言った。唇がわなないたが、答はなかった。

妻が奥の部屋から、スーツケースと革のジャンパーを持って戻ってきた。手分けして、紙幣の束をスーツケースに移した。ジャンパーを着込み、六千万円の重みを腕に感じながら、ガレージに回った。竹内がついてきて、わたしに言った。

「署の覆面車で尾行させます」

「やめてください。犯人が見張っていたら、どうします。もし尾行がばれたら、茂君が殺されます」

「だが、あなたの身にもしものことがあったら」

「大丈夫です。危険は冒《おか》しませんから。とにかく、子供の命が最優先です。犯人を刺激するようなことは避けたほうがいい。尾行はなしです」

「わかりました」竹内は渋い表情で引き下がった。本心は身代金受渡しの現場で、犯人の尻尾《しっぽ》をつかみたいのだろう。だが、わたしにとって、犯人逮捕など二の次であった。子供の命と引き換えなら、六千万ぐらいくれてやる。

ガレージのシャッターを上げた。スーツケースをアウディの助手席に放り込んで、運転席に坐る。グローブ・ボックスを開けて、非常用のハンディ・ライトが入っているのを確かめた。和美が出てきた。心配そうに、わたしを見ている。大丈夫、と目で言って、イグニッションを入れた。十時四分。竹内がたずねた。

「道はわかりますか？」

「〈すかいらーく〉の小金井店なら、何度か行ったことがあります」ドアを閉めようとすると、急に竹内が車内に首を突っ込んだ。

「山倉さん。それは、自動車電話ですか」

「ええ。これが、何か？」

竹内の表情が明るくなった。

「犯人がこの車を指定したのは、自動車電話を使って次の指示を出す狙《ねら》いでしょう。気がついてよかった。番号を教えてください。傍受します」

「そんなことができるのですか」

「簡単にね。秘密通話の登録をしているなら、暗証コードも教えてください」

番号を教えると、竹内はすばやくメモを取った。

「妙な手出しはしないでくださいよ」と念を押す。

「わかっています」竹内がドアを閉めた。

十時五分。あまりぐずぐずしてはいられない。

「気をつけて。あなた」妻の声を聞きながら、アクセルを踏んだ。夜の街に飛び出した。

一路、西に向かう。予想どおり、多摩方面に帰宅する車のラッシュに引っかかった。気持ちばかり先走るも、車は遅々《ちち》として進まない。都下の道路には、下剤が必要である。

三鷹《みたか》と府中《ふちゅう》を東西に結ぶ東八道路に入っても、渋滞の列は短くなる気配を見せなかった。信号待ちの時間が、いつもの倍以上長く感じられた。見慣れているはずの沿道の光景も、今では凶兆を示す象徴的な図形の連なりに変貌している。もし間に合わなかったら、どうする？　アクセルを思いきり踏み込んで、しゃにむに突進したい衝動と戦いながら、悪いほうへ、悪いほうへと傾いていく考えを頭の中から追い払い、何とか集中力を維持した。不安と緊張をよそに、時計の針だけが容赦なく、確実に時を貪《むさぼ》っていく。

〈すかいらーく〉小金井店の駐車場にすべり込んだのは、指定された十時半ぎりぎりだった。冷や汗ものである。車の中から見渡すと、駐車スペースの六割が車で埋まっているが、それらしい人影は見当たらない。どうやって接触してくるつもりなのか？

突然、自動車電話のベルが鳴り始めた。

一瞬、どうすればいいのかわからずに、電話を見つめていた。やっとガレージでの竹内の言葉を思い出して、受話器を取った。

「間に合ったようだな」犯人の声だった。

「どこからかけている？　わたしの車がわかるか。これからどうすればいい」

「そうあわてるな。そこは、第一通過ポイントだ」

「何だって？　どういう意味だ」

「そこは、受渡し地点じゃないってことだ。そのまま東八道路を西に進め。府中街道に突き当たったところに、〈デニーズ〉の国分寺《こくぶんじ》店がある。十五分後、そこの駐車場で」有無を言わせず、電話は切れた。

わざわざ、第一通過ポイントというからには、第二、第三と続くはずだ。相手は図に乗って、わたしを引きずり回すつもりらしい。腹立ちを抑えて、〈すかいらーく〉を後にした。シルビアとパジェロの間に強引に割り込んで、さらに西に向かう。多磨霊園《たまれいえん》の横を過ぎた時は、気持ちが余計に暗くなった。

〈デニーズ〉は、T字路より一ブロック北に位置していた。駐車場に入るや否《いな》やで、また電話が鳴った。

「着いたか？」

「ああ」吐き出すように答えた。

「OK、時間どおりだな。そこが、第二通過ポイントだ。今度は、府中街道を北上し、泉町《いずみちょう》交差点で左折して、JR国立《くにたち》駅前で待機しろ。南口のロータリーだ。そろそろ、ラッシュのピークも過ぎた頃だ。時間は、五分でいいな」

さっきの予想が当たった。そして国立駅の後も、この調子で、市内を引っぱり回された。犯人からの電話はますます小刻みになり、入り組んだ道順を指示するようになった。国立は母校の街である。学生時代の記憶を頼りに、命じられるまま、夜の市街地を右《う》往《おう》左《さ》往《おう》した。ほとんどが意味のない回り道で、時間と神経を消耗するだけだった。

たぶん警察の尾行を警戒しているのだろう。しかし、電話の口ぶりでは、指定した場所に時間どおり、わたしが着いているか、犯人自身の目で確かめているわけではないように思える。もしそうなら、指示された時間内に、次の通過ポイントに着いている必要はないのではないか。電話の応答だけ、間に合ったふりをしていればいいのではないか。そんな考えがよぎったが、すぐに思い直した。次の指定地が受渡し地点で、犯人が待っていないという保証はないのである。それに、犯人がどこでこの車を監視しているか、こちらからはわからないのだ。

ただひとつ、こちらの有利な点は、警察が犯人からの電話を傍受しているということだ。車を尾行しなくても、わたしの現在地点を把握できる。犯人はこのことに気づいていないはずだった。さもなければ、行く先を自動車電話で指示するわけがない。

しかし、これは同時に、不安材料のひとつでもあった。わたしが一番恐れていたのは、竹内警部補の勇み足である。身代金受渡しの場所に刑事を張り込ませ、それを犯人に気づかれたりしたら、子供の身に何が起こるかわからない。人質の安全を確認するまで、警察には具体的な行動を起こしてほしくなかった。

西国立駅の北で南武《なんぶ》線を横切り、立川《たちかわ》通りに合流する頃には、十一時を回っていた。犯人からの指示に従って、立川通りを北上し、中央《ちゅうおう》本線の下をくぐった。JR立川駅の北口方面に左折する。商業ビルが並ぶ目抜き通りを西進した。五〇〇メートルほど走ると、また電話が鳴った。もう何回目になるか、数えてすらいなかった。

「左手に、結婚式場の建物が見えるはずだ」と犯人が言った。目を凝《こ》らして見ると、〈平《へい》安閣《あんかく》〉である。

「見える」

「次の交差点で右折しろ」声の中に、今までにない差し迫った響きがあった。「一〇〇メートル先に、昭和《しょうわ》記念公園の立川口ゲートがある。今から一分後に、ゲートの中の公衆電話にかける。十回鳴らして誰も出なければ、その時点で交渉は打ち切りだ。急げ」

どういうことなのかたずねる暇もなく、犯人が電話を切った。

一分間だと。たったの六十秒しかない。前方の信号が黄色に変わる。アクセルをいっぱいに踏み込んで加速し、赤信号を無視して強引に右折した。クラクションの集中砲撃を浴びながら、すぐに、記念公園のゲートが目に入った。駐車場に車を回している暇はない。舗道にタイヤを乗り上げ、柵《さく》の手前でブレーキを踏んだ。スーツケースをどうするか迷ったが、邪魔になると判断して助手席に残し、ドアをロックしてゲートに走った。ゲートは閉鎖されていたが、無視して乗り越える。内側に飛び降りたが、とがめる警備員の姿はなかった。入って左手に、電話ボックス。ドアを開けると、すでにベルが鳴っていた。躊躇《ちゅうちょ》せず、受話器を耳に当てた。

「八回目のベルだ。ご苦労さま」

「なぜ、こんなことを。からかっているのか」

「なぜ、だって？　約束を破ったくせに、よくそんな口が利けるな」

「約束？　破っただと」

「あれほど警察に知らせるなと言ったのに、一一〇番したな」

うっと息を飲みそうになるのを、必死に抑えた。

「馬鹿な。何かのまちがいだ。警察には知らせていない」

「しらばくれても無駄だよ、山倉さん。あんたの車には、尾行がついてる。それを確かめるために、あちこち引っぱり回したんだ」

もうごまかしは効かないようだった。

だから、あれほど尾行はするなと止めたのに。

「最後のチャンスをやる」声が厳しさを増した。「今から二十分後、東大和市の狭山《さやま》公園の村山下《むらやました》入口まで来い。駐車場に電話ボックスがある。十一時半きっかりに電話する。コールは十回、それ以上はなしだ」

「狭山公園だって？　場所がわからん」

「ロードマップぐらいあるだろう。道は簡単だ。それから、自宅に連絡して、尾行をやめさせろ。行く先は知らせるな。言っておくが、お前の家の電話を盗聴している。もし、受渡し場所を知らせたり、妙なことを言ったりしたら、子供の命はない」

裏をかかれたことにやっと気がついた。今まで、自動車電話を使っていたのは、われわれを油断させ、こうして不意を衝くためだったのか。最初から、傍受されることを計算に入れていたようだ。どうやら、犯人のほうが役者が一枚上らしい。言うとおりにするしかなかった。

「わ、わかった」

「よし、急げ。時間の余裕はないぞ」

車に戻った。動転していた。ロードマップを出して、狭山公園の位置を確かめる間も、手が震えていた。とりあえず、立川通りを北上すればいい。見えない手から逃げるように、車を出した。

片手でハンドルを操作しながら、自動車電話で自宅にかけた。妻が出たので、竹内警部補に代わるように言った。

「もしもし」竹内の声が出た。「犯人は何と言ってきたんですか」

「尾行を気づかれました」

「まさか」明らかに狼狽《ろうばい》した反応だった。「気づかれるはずがない」

「やっぱり、つけていたのですね。あれほど、やめてくださいと頼んだのに」

「しかし、気づかれるようなへまをするとは思えません。自動車電話を傍受しているから、見える距離まで近づく必要はないはずです。ひょっとしたら、犯人のハッタリではないですか?」

「ハッタリであれ、何であれ、犯人は尾行の中止を要求しています。今すぐ、引き揚げるように命じてください」

「わかりましたよ」ちょっと間を置いてから、竹内が折れた。口惜しげである。「で、山倉さん。公衆電話で、犯人から次の指示があったはずです。受渡しの場所はどこですか」

「言えません」

「どうして」

「犯人は、家の電話を盗聴していると言っていました。行く先を言ったら、子供が殺されます」

「そんな馬鹿な」竹内は動揺していた。「技術的に無理です。それこそハッタリにちがいない。山倉さん、今、犯人の口車《くちぐるま》に乗ってはいけない」

「でも、自動車電話を簡単に盗聴できると言ったのは、あなたじゃないですか。この会話もたぶん聞かれている。行く先を言うことはできません」

「山倉さん、あなたは犯人の思うツボにはまっている。この電話がだめなら、どこかで車を停めて、公衆電話からかければ――」

「寄り道などしている時間がないんだ」声が乱暴になった。こちらも必死だった。「いいですか、絶対に尾行はやめさせてください。わたしひとりで充分です。もし、指示に反して、子供が殺されるような結果になったら、全部あなたのせいです。全て警察の責任になるんだ」

スイッチを切り、一方的に通話を終わらせた。

後から考えると、やはり、わたしの判断は誤っていた。竹内が言ったとおり、完全に犯人の思うツボにはまっていたのである。だが、この時のわたしにとって、それはやむを得ない選択であった。

夜の道路を、たったひとり、狭山公園を目指してひた走った。

4

つづら折りの上り坂が平坦になったかと思うと、左へぐいとカーブする。その外れに、狭山公園の駐車場があった。コンクリート杭《くい》の列が、道路と駐車場の境を分けている。杭の切れ目から、車を入れた。他に駐車している車の影は見当たらない。

犯人が指示した電話ボックスは、道路から入ってすぐのところにあった。午後十一時二十九分。ぎりぎりセーフである。車を停めて、外に出た。さっきと同じように、スーツケースは助手席に残したまま、ドアをロックした。

駐車場といっても、砂地に砂利《じゃり》をばらまいただけのいい加減なものである。辺りには、鎧戸《よろいど》を下ろしたみすぼらしい屋台と、妙な形の公衆便所の他、何もない。暗がりに注意を払いながら、電話ボックスに近づいた。周囲に人の気配はなかった。

ドアを開けたとたんに、ベルが鳴り出した。あらかじめわかっていても、気持ちのいいものではない。受話器を取った。

「山倉だ」

「間に合ったな」例の声がわたしを迎えた。「警察の尾行は？」

「振り切った、と思う」

「——嘘だったら、子供の命はないぞ」

「わかっている。ここには、わたししかいない。もうこれ以上、子供の鬼ごっこみたいな真似はやめてくれ」

「信じてやろう」その言い方には、不遜《ふそん》な優越感がにじみ出ていた。「身代金は持っているな」

「車の中にある」

「よし、受渡し場所を教える。俺が言うことをしっかり覚えるんだ。二度は言わないぞ」

「早くしてくれ」

「金を持ったら、徒歩で公園の中に入れ。そのまま北へまっすぐ五〇メートル進むと、村山貯水池の堤防が始まる。その手前で、道路を右に外れろ」

「堤防の手前を右だな」

「堤防の端は坂になっているから、わかるはずだ。道路を外れても、進む方向は変えるな。堤防に沿って、平行に歩け。すぐにフェンスにぶつかるから、そこから石段を降りるんだ」

「フェンス」

「青く塗ってあるやつだ。今度はフェンスから離れずに、斜面を堤防の下まで降りろ。降りたところは、堤防と平行に、四〇〇メートルほどの直線走路《トラック》のようになっている。その直線をもう一度、北に向かって走るんだ。ゴール地点は、氷川《ひかわ》神社の境内《けいだい》だ。着いたら、懐中電灯を点滅して合図しろ」

「合図したら、どうなる？」

「それは、その時のお楽しみだ。今から、十分、いや、五分以内に境内に着くこと」

「無理だ。せめて、七分ほしい」

「無駄口をたたいている時間はないぞ。そら、パパの最後のがんばりだ。道順をまちがえるなよ」

相手は電話を切った。畜生。罵《ののし》りながら、受話器をたたきつけた。

車に駆け戻った。ドアを開け、体を半分突っ込み、グローブ・ボックスからハンディ・ライトを取り出して、点灯する。スーツケースは左手に抱えた。ドアをロックして、車を離れた。

車両の進入を防ぐ膝丈ほどの鉄門を、ハードル走の要領で飛び越える。着地とともに、足裏の感覚がアスファルトに変わった。五〇メートル、いや、それ以上走ったか、左方に鉄柵が出現した。高さ二メートルはある。走り慣れないせいか、すでに息が乱れていた。歩速を緩《ゆる》め、呼吸を整えながら、ライトの光を柵に沿って走らせる。『東京都水道局村山下貯水池』と表示されたプレート。その向こうに、ドーム状の屋根の建物があった。取水塔のようだ。光をめぐらせると、道路の先が滑り止めの丸石をセメントで固めた斜面になっている。これが堤防に続いていくらしい。光を右に向け、舗装路を外れた。時計を見ずに、見当で一分経過とつぶやいた。

地面が砂地に戻る。そこは、ちょっとした空地のようになっていた。下町の児童公園といった程度の広さだ。遊具の類はないが、樹木の影がぐるりを取り囲んでいる。指示どおりにまっすぐ進むと、左手の舗装路のガードレールが、すぐにわたしの頭より高くなった。左に奥まったどん詰まり、コンクリートのベンチの横を抜けると、ライトの光が、斜めに傾《かし》いだ青いフェンスをとらえた。平坦な地面は、手前の直角の縁《ふち》で途切れていた。そこから先は、山肌が急坂となって下っていく。フェンスの向こうは、水圧を支える堤《つつみ》の斜面が、何百メートルも続いているはずだ。

一分二十秒経過。

角石材を等間隔に並べた階段が、緩やかな弧を描いて斜面を下っている。木の幹にさえぎられて、下のほうまで視界が利かず、どうなっているかよく見えない。恐る恐る足を踏み出した。予想以上に急な傾斜である。足を運ぶうちにだんだん加速がついて、前につんのめった。出した足をふんばろうとしたが、石の階《きざはし》に届かない。いや、届かないのではなく、ちょうどそこで石段が途切れて、湿った赤土が剝《む》き出しになっていた。松の落葉を踏んで靴底がすべり、バランスを失って背中から地面に倒れそうになった。スーツケースを握ったまま左手を振り回し、人差し指を伸ばしてフェンスの網目に引っかけ、何とか体重を支えた。

無事であった。

膝が笑って、尻餅《しりもち》をついた。情けないことに、すぐに立てない。心臓が烈《はげ》しく打っている。ワイヤーに引っかけた指が、ちぎれそうに痛んだ。強くかぶりを振って、自分を叱咤《しった》した。立て。時間のロスだ。やっと尻を持ち上げ、体勢を立て直す。深呼吸をして、また歩き始めた。

といっても、無謀な危険は冒せない。腰を低くして、ライトとスーツケースを同じ手に持ち、空いている左手をフェンスにからめながら、足をすべらせないよう、慎重に歩を進めた。赤土の斜面が、踊り場のようにふくらんだ。目の前に灌木《かんぼく》が立ちはだかり、フェンスに沿って進むことができない。やむを得ず、迂回《うかい》した。支えがないので、すべってバランスを崩さないように、全神経を爪先《つまさき》に集中しなければならなかった。こんな調子だと、五分やそこらでは下まで降りられそうにない。ここまで来て、間に合わなかったらどうする。そう悲観し始めた時、足先に再び、白い石段が現われた。

二分経過。

ほっとしなかったと言えば、嘘になる。さっきの二の舞は繰り返すまいと念じながら、ライトを向けた。幸い今度の石段は直線で、下まで見通せる。相変わらず急な斜面が二〇メートルほど続いているが、その先は平坦な草地であった。一気に駆け降りることも不可能ではないと判断した。ここまでの時間のロスを取り戻すためにも、わたしはそうしなければならなかった。

スーツケースを左手に持ち直し、もう躊躇せず、勢いをつけて石段を走り降りようとした。すぐに四歩目の足が何かに引っかかって、バランスを失った。あっという間のことだった。油断していたのだろう、体勢を立て直す暇さえなく、そのまま頭から転げ落ちていた。

　体を丸めて、受け身の形をとるのが精一杯だった。バウンドする度《たび》に肩を、後頭部を、腰を、背中を、ごつごつした石段の角に打ちつけた。もはや、自分が回転している速度と、落ちていく速度とが区別できない。痛みよりも何よりも、全身の感覚が加速度の奴隷となりさがって、正常な五感など体の外に放り出されていた。何も見えず、聞こえず、運動の方向さえも見失った。何度目かに頭をぶつけた衝撃で、わたしは何もわからなくなった。

三章　目撃――浮かび上がった男

1

どこかで、水の流れる音がしていた。こおろぎの啼《な》き声も聞こえた。目を開けたが、暗くて何も見えない。頬が異様に冷たく、湿った土と草の匂いが、鼻孔にこびりついていた。わたしはうつ伏せに、地面に倒れていたのである。

手をついて、体を起こそうとした。何種類もの痛みが、頭のてっぺんから足の先まで、電流のように走り抜けた。上半身は何とか持ち上がったが、酔っているような感じで、腰から下が立たない。地べたに正座して、頭を強く振った。だんだんしゃんとしてきた。体じゅう泥だらけである。全身の打ち身の傷がずきずきと大合唱して、手足がばらばらになりそうな気がした。手についた泥を払い、額《ひたい》を濡らす汗を拭《ぬぐ》った。

夜気の冷たさが、身にしみてくる。見回すと、背中の側に、つけっ放しのハンディ・ライトが転がっていた。痛めた部位をかばいながら、体の向きを変え、這《は》っていってライトを拾った。なぜか自分の指が、赤くなっている。気づいて、もう一度額を拭うと、汗でなくべったりと血がついた。

気分が悪くなって、地面の上にもどした。

少し落ち着いてから、自分の位置を確認した。わたしが倒れていたのは、斜面と草地の間に作られた側溝のそばだった。水の音はそこから聞こえていた。額の裂傷は、コンクリートの溝《みぞ》の角にぶつけたようだった。死ぬような怪我《けが》ではなかった。

血と汚物のついた手を草の葉にこすりつけ、ライトの光を自分の左手首に当てた。時計は、零《れい》時二十分を指していた。

零時二十分だと！

自分がここにいる理由を思い出して、慄然《りつぜん》となった。あれから、一時間近く気を失っていたことになる。犯人は、五分後に神社の境内《けいだい》に来いと言った。さもなくば、子供の命はないと。だが、わたしはその十倍の時間をフイにしてしまったのだ。

体の痛みを訴えている場合ではなかった。わたしは立ち上がって、神社のほうへ歩き出そうとした。

いや、待て。足を止め、自分にたずねた。身代金はどうした？　その場でひとまわり、地面の上を探した。スーツケースは見当たらない。あわてて、石段のほうに駆け戻った。

石段の途中に引っかかっているのを見つけた。蓋《ふた》は開いていなかった。恐る恐る蓋を開く。六千万円は、無事その中に収まっていた。

無事だと？　わたしは自分を罵《ののし》った。金が無事だからといって何になる。むしろ、犯人の手に渡っているほうがよかった。わたしの手元に身代金がある限り、人質の安全は保証されない。子供の命は今まで以上に、深刻な危険にさらされているのだ。

スーツケースを閉じ、左手に抱えた。手遅れという言葉を、頭の中から追い払う。光をめぐらせ、自分の位置を再確認した。左前方に、広々とした堤の斜面。目を正面に返すと、闇の奥に向かって、平べったい草地のグラウンドが延びている。大きく深呼吸して、ダッシュした。

獣《けもの》のように吠《ほ》えながら、闇の中を疾駆《しっく》する。筋肉の急激な動きは、それまでの苦痛を増幅した。五感を引き裂《さ》く激痛の鞭《むち》に、全神経が悲鳴を上げるのものかは、四〇〇メートルの直線をノン・ストップでひた走り、走り抜いた。

氷川神社の境内は、松林に囲まれて、しんと静まり返っていた。わたしの荒い呼吸音が、その静寂を破った。見通しのよさそうな場所を選び、祈るような気持ちで右手を高く掲《かか》げ、ハンディ・ライトの光を点滅させた。二十回、三十回、何度も手首の向きを変えて、スイッチに当てた親指を動かし続けた。七十回、八十回、一カ所では気がすまず、境内を走り回って、光の信号を発した。百回、百五十回、腕が痙攣《けいれん》し始めたので、持つ手を変えて、執拗《しつよう》に明滅を繰り返した。三百回以上は、数えるのをやめた。

何の反応も返ってこなかった。

わたしは、それでもライトのスイッチを動かし続けた。それ以外に、なすべき業《わざ》を知らなかった。お願いだ、誘拐犯人よ、わたしを見捨てないでくれ。

やがて、ライトが暗くなって、ついにふっつりと光を発しなくなってしまった。見境《みさかい》のない怒りに取りつかれて、ハンディ・ライトを地面にたたきつけた。ガラスが砕ける音がして、わたしはひとり、闇の中に取り残された。

もはや、なす術《すべ》はなかった。犯人は、わたしとの接触をあきらめたのだ。

スーツケースの中の六千万円は、何の意味も持たない紙切れの集まりと化していた。それもこれも、わたしが不注意で、足下《あしもと》をよく見なかったせいだ。取り返しのつかない失策をしてしまった。

山倉史朗は、大馬鹿者のくそったれだ。

これから、どうすればいいのか。自問しても、無駄であった。頭の中につむじ風が起っているようで、完全に自分というものを見失っていた。皮肉にも、全身を貫《つらぬ》く痛みの感覚が、最後に残った意識の鋳型《いがた》だった。

わたしはスーツケースを持って、ふらふらと歩き始めた。どこという当てがあったわけではない。夜をさまよう蛾《が》のように、ぼんやりとした灯《あか》りのほうへ吸い寄せられていた。

いつの間にか、舗装した道路に出ていた。西武《せいぶ》線の西武遊園地駅が目の前だった。道端に電話ボックス。それを見て、やっと正気に返った。中に入って、自宅の番号にかけた。

「山倉です」妻が出た。「あなたなの？」

「ああ」自分の声とも思えないような、疲れ果てたうめきだった。

「連絡がないから、心配していたの。でも、あなたが無事でよかった。受渡しはうまくいったの？」

苦《にが》いものが、喉をこみ上げてきた。

「すまない。竹内警部補に代わってくれ」

「代わりました」竹内は怒っているようだった。無理もない。「今、どこにいます」

「狭山公園の外《はず》れです。西武線の駅の公衆電話からかけています」

「狭山公園。ああ、多摩湖の。でも、どうして今まで、連絡を絶っていたんです」

「すみません」

「とにかく、事情を説明してください。受渡しはうまくいきましたか」

「――いや、それが」

「それが、何ですって？」

「申し訳ありません。犯人とは、接触できませんでした」

「くそ」竹内ははっきりと言った。受話器を何かにぶつけるような音が聞こえた。「いったい、何があったんですか」

わたしは、手短に起こったことを説明した。

「何てことだ」竹内は絶句した後、怒りの奔流《ほんりゅう》をわたしにぶつけた。「転《ころ》んで、頭をぶつけて、気を失っていた？　子供の使いじゃあるまいし、言い訳にもならん。犯人にそう言って、聞いてもらえると思うか。こんなことになるから、あの時、行く先を教えろと言ったんだ。ほら、もう一時間になる。もし、人質の身に万一のことがあったら、全部あなたのせいだぞ」

一時間半前に、わたしが竹内に言ったのと同じ台詞《せりふ》である。だが、彼に言われるまでもなく、自分でよくわかっていた。

「――わたしは、どうすればいいでしょう」

「こうなったら、犯人からの連絡を待つより手がない。山倉さん、あなたもそこにいても仕方がないから、すぐ戻ってきなさい。それとも、迎えがいりますか？」

「いや」

「だったら、なるべく急いで。詳しい話は、それから聞きます。それまでに何かわかったら、車に電話します」最後は、冷ややかな口調であった。

暗澹《あんたん》たる気持ちで受話器を置いた。

暗闇の中を、ライトの助けを借りずに、駐車場まで戻らなければならなかった。痛みがぶり返して、休み休み歩いたので、二十分以上かかった。石段を登る時は、四つん這いになった。身代金の入ったスーツケースは、もはや足手まとい以上の何物でもなく、もし、目の前に誰かが現われて、そのスーツケースをよこせと言ったら、喜んで手放してしまいそうだった。

駐車場では、アウディが何ごともなかったかのように、じっとわたしの帰りを待っていた。ドアを開け、スーツケースを放り込み、エンジンをかけて、車を出した。ルームミラーに映《うつ》った男は、行き倒れの幽霊のようなひどい顔をしていた。

帰りの道路はどこもがらがらに空《す》いていて、アウディのスピードは上がったが、わたしの気持ちはどん底に近かった。家に着いた時、どんな顔をして冨沢夫妻に会えばいいのだろう。運転しながら、それればかり考えていた。

久我山に帰り着いたのは、二時過ぎだった。ガレージに車を入れ、役に立たなかったスーツケースを持って、玄関に回った。

車の音を聞きつけて、和美が迎えに出てきた。わたしの姿を見るなり、その目が大きく見開かれ、軒灯に照らされた顔が真っ青になった。

「まあ」声を慄《ふる》わせて言った。「あなた、ひどい怪我をしているわ」

「大したことない」人質になっている冨沢茂の身の上を思えば。

和美の手を借りて、上がり口をまたいだ。

わたしの姿を目にしても、竹内は少しも同情の色を見せなかった。自業自得《じごうじとく》、とでも言わんばかりの顔つきで、いたわりの言葉ひとつかけない。わたしにとっては、そのほうがありがたかった。

「まだ、犯人から連絡はないのですか」

「ありません」と竹内が答えた。

「望みはあるでしょうか？」

竹内はリビングのほうに目をやると、声を低めた。

「最後の接触から、時間がたちすぎている。最悪の事態もあり得ます」

「――わたしの責任ですね」

竹内は黙って、背を向けた。最悪の瞬間まで、叱責《しっせき》の言葉を取っておこうとするように。

「今のうちに、傷の手当てを」と和美が言った。今では、妻だけがわたしの味方であった。

浴室で汚れた衣類を脱いだ。下着を取ると、体のあちこちが紫色に腫《は》れ上がっていた。

「ひどい」和美は手を口に当てたが、目をそらしはしなかった。ぬるま湯につけたタオルで、わたしの体をやさしく拭いた。打撲の激しいところに、湿布を貼ると、継《つ》ぎ布《ぬの》だらけのぼろをまとったような体になった。額の裂傷はすでに血が凝固《ぎょうこ》していたが、消毒薬をスプレーすると、またしくしくと痛んだ。

着替えを終えて、リビングに向かった。

「嘘つき!」

ドアを開けるのを待っていたように、路子の罵声《ばせい》が飛んできた。ソファを背に立ちつくして、充血した怖い目つきでわたしをにらんでいる。その剣幕にひるんで、足を止めた。わたしたちの間で、余人《よじん》には見えない感情の火花がスパークした。

「どうして、ひとりで帰ってきたのよ」両腕をめちゃめちゃに振り回して、路子が言った。

「よしなさい」冨沢耕一がその腕を押さえて、彼女を無理やりソファに坐らせた。「山倉さん。どうか気になさらないでください。家内は知らせを聞いたばかりで、気が立っているのです」

「だって、茂を連れて戻ると言ったじゃないの」

「路子」

わたしは両膝を折り、頭を床に垂《た》れた。家を出る前に、冨沢がわたしにそうしたように。

「申し訳ありません。わたしが至りませんでした」

「やめてください、山倉さん。あなたが謝る必要はありません」

「しかし――」

「いや、まだ茂の身に何かあったと決まったわけではないです。わたしたちは、あなたの協力にすがるよりない状態なんです。そんなことをされると、かえって困ります。頭を上げてください」

わたしは顔を上げた。すぐそばに冨沢の目があった。われわれには、最後まで希望を持ち続ける義務がある。彼の目がそう語っていた。

体を起こしたところに、竹内が入ってきた。

「立川で連絡を絶った後の、あなたの詳しい行動を聞かせてもらいます。奥さんから、隣りの和室を使うようにと言われましたので」

「わかりました」

冨沢耕一が元気づけるように、わたしの手をたたいた。けっして楽観できる状況ではないはずである。それだけに、この男のわたしに対する気遣いは、本物だとわかるのだった。

竹内の質問に答えながら、わたしはここが自宅の和室であって、杉並署の取調室でないことに感謝した。分刻《きざ》みの詳細な供述を要求されると、まるで自分が、誘拐犯人の片棒を担《かつ》いでいたような気分にさせられた。いや、竹内の考えていることは、それほど離れたものではないはずだった。

狭山公園での顚末《てんまつ》を話し終えると、彼はかぶりを振って、長い溜息をついた。

「尾行がついていたら、五十分も気を失ったままでいるなんてことはなかったでしょう。あなたの言葉を無視してでも、尾行を残しておくべきだった」

「しかし、あの時は、犯人の言うとおりにする他なかった。あなたがおっしゃるのは、結果論です」

「それでも、せめて行く先だけでも、教えていただけたはずです」

また、同じ議論の蒸し返しである。

「だから、あの時も言ったように、犯人がこの家の電話を盗聴している可能性があったからです。わたしには、それを否定する材料がなかった」

竹内は歯の間で息を鳴らした。

「そうですかね。よく考えてごらんなさい。もし犯人がこの家の電話を盗聴していたなら、誘拐した子供があなたの息子さんでないと知ったはずです。しかるに、犯人は子供をまちがえたことに気がついていなかった。つまり、盗聴云々《うんぬん》は真っ赤な嘘、われわれを攪《かく》乱《らん》するための、ハッタリにすぎなかったということです。あなたは、犯人の思うツボに、見事にはめられてしまったのです」

竹内の言うとおりである。わたしの判断は、完全に誤っていた。弁解の余地さえなかった。

恐る恐る竹内にたずねた。

「これから、どうしますか？」

「朝まで待って、犯人からの連絡がなかった場合は最悪の事態が生じたと見なして、公開捜査に踏み切るしかないでしょう」

壁の時計を見た。二時半を指している。狭山公園の駐車場の電話ボックスで、最後に犯人と話してから、もう三時間が過ぎていた。

その時、襖《ふすま》越しに、隣りの部屋から電話のベルが響いてきた。わたしと竹内は、反射的に顔を見合わせたが、次の瞬間には、われ先にと襖のほうに突進していた。リビングの活人画《かつじんが》の間をすり抜けて、わたしが受話器を取った。

「山倉だ。きみか」

「俺だ」あの声だった。「どうして、金を持ってこなかった？」

「理由がある。きみが言ったとおり、急いで神社に行こうとしたんだ。だが、途中の石段で足を踏みはずし、転げ落ちて気を失ってしまった。気がついてから、あわてて約束の場所に行ったが、もうきみはいなかった。許してくれ。不可抗力だったんだ」

「信じられん。そんな言い訳が通じるか」

「嘘じゃない」

「どっちみち、あんたは約束を破った。俺は二度も裏切られたんだ。警察に知らせたことと、受渡しの場所に来なかったこと」

「悪かった。どんなことでもする。金はあるんだ。額を増やしてもいい。一億円、用意しよう。今度こそ言うとおりにする。もう一度、チャンスをくれ」

「チャンスだと？　ふん、もうチャンスなどない」

「何だと」

「俺は気が短いと言ったはずだ。もう取引はない。子供は殺した」

「——殺した？」

「最初から、そういう約束だったろう。青梅市郊外にある、青梅保養院のそばの工事現場に、殺して捨てた。いいか、山倉さん。これは、俺の責任じゃない。あんたのせいなんだ。あんたが一番悪いんだ」

われに返った時には、とぎれとぎれの発信音が受話器から聞こえていた。誘拐犯人からの電話は、それを最後に、二度とかかってこなかった。

2

週明けの月曜日、わたしは、いつもと同じように出社した。もう一日休んだら、という和美の勧《すす》めに耳を貸さなかったのは、つまらない意地を張っていたからだ。事件の後遺症で、参っていると思われたくなかったのである。

実際は、そのことを自分自身に証明したかっただけだろう。週末は、警察やマスコミへの対応に明け暮れて、かなり神経質になっていた。面と向かった非難こそ浴びせられなかったものの、人々の顔には身代金の受渡しに失敗して、人質を死なせた男に対する侮蔑《ぶべつ》の色が、はっきりと現われていた。むろん、わたしには、彼らに反駁《はんばく》する権利などなかった。

励ましてくれるのは妻だけだったが、路子との暗い記憶が、わたしの心を激しく苛《さいな》み、かえって和美に当たったりもした。妻はまったく悪くないのだが、土曜日以降、わたしは自責の念に押しつぶされ、窒息しかかっていたのである。だから、本当は、一時の逃げ道を仕事の場に求めただけかもしれない。少なくとも、会社の同僚は、わたしのしくじりを責めたりはしないだろう。

オフィスに入っていくと、

「おはようございます」

局の連中が口々に、わたしに声をかける。事件のことで、みんなから質問攻めにされるのも覚悟していたが、彼らの反応は予想以上にクールだった。

「局長。もう出てこられて、大丈夫なのですか？」

「ああ、気を遣わせてすまない」

「いえ。あの、ご心境をお察しします」

「ありがとう」

「――ところで、P社の直送キャンペーンの件で、相談があるのですが」

と、こんな調子である。

十時からの定例会議の席上でも、事件のことは話題に上らなかった。わたしをライバル視している媒体局の次長が、いつになくおとなしかったことを除けば、普段と同じ調子で議事が進んだ。義父があらかじめ、全員に釘《くぎ》を刺しておいたのだろう。余計な好奇心や、ひとりよがりな同情にさらされなくて助かった。仕事とプライベートを峻別すべしというのが、彼のモットーのひとつである。

昼食をはさんだ会議が終わり、自分の部屋に戻ろうとすると、義父に呼び止められた。

「警察が来ているぞ」

「今、会社にですか」

義父はうなずいた。

「杉並署の刑事だったら、留守と伝えてもらえませんか。どうも、あの連中は苦手《にがて》で」

「いや、警視庁の捜査一課と名乗ったそうだ」

「警視庁が」

「わざわざここまで出向いてきたのは、何か新しい進展があったのじゃないか？　会ったほうがいい」

「わかりました。どこに通したんですか」

「お得意さんの部屋だ」義父がにやりとした。七階のＶＩＰルームのことである。うなずいて、エレヴェーターのほうに歩き出すと、義父がもうひとこと言った。

「後で、わたしの部屋に寄ってくれ」

ＶＩＰルームは名前のとおり、重要人物専用の応接室で、特にクライアントに好印象を与えるため、内装には馬鹿にならない費用をかけている。言い換えれば、こういう株式会社イズムに慣れない一般庶民にとっては、気後《きおく》れするような部屋なのだ。義父はわざと、その部屋に刑事を通させたのである。

公権力に譲歩せず、というのも、義父のモットーのひとつだった。

ノックして、中に入った。四十代前半の肩幅の広い男が、ソファの横に立って、手を後ろで組み、壁の油絵の額に見入っているふりをしていた。

「お待たせしました。山倉です」

男は振り向くと、軽くお辞儀をした。部屋の空気に飲まれている様子はなかった。

「警視庁捜査一課警部の久能《くのう》です。先日の小児誘拐殺人事件の捜査で、おうかがいしました」

「どうぞ、おかけください」

「お忙しいところ、申し訳ありません」久能は腰を下ろしてから言った。警察官特有の威《い》丈高《たけだか》な言い回しではなかった。「茂君の葬儀には、参列しなかったのですね?」

「ええ」冨沢茂の葬儀は、今日の午前十時から、都の斎場《さいじょう》で行なわれているはずだった。

「代わりに、妻と息子を行かせました。わたしも出たかったが、冨沢夫妻に合わせる顔がないので――」

「なるほど。しかし、あなたがそんなに、責任を感じる必要はありませんよ」

久能の態度がフランクすぎて、わたしはかえって警戒の念を固めた。

「気を遣っていただくのはうれしいのですが、実際問題として、わたしは――」

「いや。今日はそのことで、あなたにお詫《わ》びするために来たのです。杉並署の者が、事件当夜のあなたの行動を責めたそうですが、それはいわれのない非難でした」

「いわれのない非難?」

「司法解剖の結果が出ましてね。それを報告にうかがったのです。遺体を解剖して死亡時刻を推定したところ、被害者は金曜日の夜、八時から九時の間に殺害されていることが明らかになりました」

「八時から九時の間」

「そう。つまり、お宅に身代金受渡しの方法を指示する電話が入る以前ということになります。人質は、その時点ですでに殺されていたのです。死因は絞殺でした」

「本当ですか？」自分の声がうわずっているのを感じた。

「本当です。法医学的にまちがいのない事実です」

「それじゃあ、わたしが狭山公園に六千万円を持って行った頃には――」

「茂君はもう冷たくなって、数時間たっていたことになります。仮に、あなたが石段から落ちるというアクシデントに見舞われることなく、指定された場所に時間どおり、身代金を持って行ったとしても、人質が無事に帰ってくることはなかった。だから、あなたは茂君の死に、責任を感じる必要はありません。先に約束を破ったのは、犯人のほうだったのです」

わたしの胸の内に、罪悪感を示すメーターが取り付けられていたら、このとき針は大きく左に振れて、いったんゼロを指しただろう。だが、針はすぐに、また右に戻って、レッド・ゾーンをさまよっているはずだ。久能の話を聞いても、罪の意識は消えなかった。いや、むしろいっそう強く、自分の責任を問われているような気がするのだった。

確かに、形式的には、久能の言うとおりである。わたしがあの石段でつまずかなくても、子供は助からなかった。しかし、それはあくまでも、第三者の目から見た結果論であり、客観論である。

金曜日の深夜、狭山公園の石段を駆け降りようとしていた時、わたしは子供の生存を信じていた。あの時点では、人質の生死はひとり、わたしの行動いかんにかかっていたのである。にもかかわらず、わたしは失敗し、子供は死んだ。つまり、わたしの主観の中では、因果《いんが》関係が逆向きになっているのだ。

そして、責任とは畢竟《ひっきょう》、主観的なものである。客観論とは、責任回避の一便法《いちべんぽう》にすぎない。

暗闇の中で意識を取り戻した時の、あの身悶《みもだ》えするような焦燥《しょうそう》感。氷川神社の境内で、際限なくライトを振り回し、それに応《こた》える声のないことを知った時の、あの底なしの無力感。久我山まで帰る車の中で味わった絶望的な孤独の一時間。雨の中、草むらに突っ伏した冨沢耕一の背中。そして、何よりも路子の涙と、わたしを呪《のろ》う絶叫が脳裏《のうり》を離れない。

「あなたが、茂を殺したのよ」

これらの経験の全《すべ》てが、わたしの内部で混ざり合い、凝集《ぎょうしゅう》して、冨沢茂の死に対する責任の意識を作り上げたのである。したがって、たとえうわべの因果関係が否定されても、わたしの責任は残る。断じて消えない。わたしがわたしである限り、自分の経験を水に流すことなどできぬ。誰が何と言おうと、わたしの過失が時間をさかのぼって、子供の死を招いたのだ。このわたし、山倉史朗が、冨沢茂を殺したのである。

それだけではない。わたしは皮肉な気持ちで考えた。杉並署の竹内警部補なら、別の理由でわたしの責任を問おうとするだろう。尾行を中断させ、犯人逮捕をみすみす逃《のが》したことに対する糾弾《きゅうだん》である。身代金の受渡し以前に、人質が殺されていた場合、次善の目標は、犯人逮捕以外の何物でもない。にもかかわらず、わたしはその唯一のチャンスを、棒に振るという挙《きょ》に出た。竹内のような男は、それだけで充分、わたしを責める材料があると思うだろう。

わたしがそのことをほのめかすと、久能は強く首を横に振った。

「安心してください。彼には絶対、そんな口は利《き》かせません。というのも、あなたの行動の選択肢は、限られていたのです。犯人によってコントロールされていたのですよ」

「どういうことですか」

「われわれが相手にしている犯人は、かなりの知能犯です。自動車電話を利用して、捜査側の油断を誘い、尾行の輪を広げておいたこと。そして、一番重要な指示だけは、公衆電話を使って、あなただけに伝える。捜査陣の裏をかく、鮮やかな手口です。

さらに、ラッシュの中を立川まで誘導したのは、あなたを、心理学でいうトランス状態に引き込む狙《ねら》いでした。極度の緊張に耐えながら、たったひとり深夜の渋滞した道路を走っているうちに、あなたは犯人の暗示にかかりやすい心理状態に陥《おちい》っていたのです。要するに、あなたは、催眠術の被験者と同じ立場に置かれていた。土壇場《どたんば》で、犯人の指示どおり行動するよう、条件づけられていたわけです」

久能が指摘したとおりである。わたしは立川以降、ほとんど無判断で、犯人の命令どおりに動いていた。顧客心理の専門家が、犯人の意図を見抜けなかったとは、何ともふがいない話である。

「でも、警察が尾行を引き揚げるかどうかは、犯人にも予想できなかったのではありませんか」

「そのとおりです。だから、犯人は狭山公園を受渡しの場所に指定したのです」

「と、いいますと?」

「地図を見ればわかりますが、最終的に受渡しの場所として指定された氷川神社は、東村山市と所沢《ところざわ》市の境、言い換えれば、東京都と埼玉《さいたま》県の都県境が目と鼻の先という地点です。ところで、昭和五十九年のグリコ・森永《もりなが》事件を覚えていますか」

「ええ」

「十一月に、犯人グループはハウス食品を脅迫、一億円を要求したのですが、この現金受渡しの際、名神《めいしん》高速道路の連絡指定地付近で、通常警邏《けいら》中の滋賀《しが》県警のパトカーが、犯人グループの車を職務質問し、追跡しながら、取り逃がすというミスを犯しています。この不手際《ふてぎわ》は、大阪、京都、兵庫《ひょうご》の合同捜査本部と、滋賀県警との情報交換がスムーズに行なわれていなかったことが原因でした。

また、平成元年十月、豊橋《とよはし》の女児が誘拐、殺害された事件でも、身代金受渡しの現場付近で、愛知《あいち》県警の捜査車両が犯人の車を発見、追跡しながら、静岡《しずおか》との県境で、両県警の包囲網が破られ、犯人を見失った後に、人質が殺害されるという最悪の失態を演じています。この時も、県境での連携、指揮体制の不備と無線網の欠陥が指摘されました。

犯人はこうしたケースを事前に研究して、都府県警間の横のつながりが弱いことを、計画に取り入れようとしたのでしょう。万一、要求どおりに包囲網が解かれなかった場合に備えて、受渡し地点を都県境付近に設定し、現金を手に入れたら、埼玉県に越境して追尾をまこうと考えていたはずです」

わたしの車をあちこち引き回したのは、そっちの含みもあったのかもしれない。車の経路は、杉並区に始まって、三鷹、調布《ちょうふ》、府中、小金井、国分寺、国立、立川、東大和と数多くの市をかすめている。包囲網どころか、各管轄署に応援を要請する暇もなかっただろう。

「立川で、昭和記念公園をチェック・ポイントに選んだのも、何か理由があるのでしょうか」

「ありますよ」久能は、よどみない口調で続けた。「深夜、表を歩かれたらよくわかると思いますが、市街地の公衆電話は夜中じゅう、ふさがっているものがしばしばです」

「確かに、若い連中が長電話をしていますからね」

「だから、普通に目立つ地点の電話ボックスを指示しても、その時、誰かが先に使っていて、話し中である可能性が高い。かといって、人が近寄らないような辺鄙《へんぴ》な場所のボックスは、場所を説明するのに余計な手間がかかります。

一番いい方法は、夜間の立入りが禁止されている、公的施設の電話ボックスを使うことです。昭和記念公園は、日没後の入園を原則として禁止していますから、あの時間帯でも、電話ボックスは空《あ》いているはずでした。しかも、ゲートのすぐ内側なので、初めての人間でも、すぐ発見することができます」

言われて、納得した。金曜日の夜も、わたしは無断でゲートを乗り越えて、中に入ったのだ。よほど切羽《せつぱ》詰まっていなければ、あんなことをする者はいないだろう。

「何から何まで、計算ずくだったわけですね」

「そうです。しかし、犯人はひとつだけ、致命的なミスを犯しました」

「致命的なミス？」

「今日うかがった、もうひとつの理由がそれなんです。午後十一時半、狭山公園の駐車場側の公衆電話にかけてきた時、犯人はどこにいたと思いますか」

「当然、氷川神社の周辺にいたはずです」

「そのとおり。では、その時、どこの電話を使ったと思います？」

わたしは少し考えてから言った。

「――わたし同様、自動車電話を使っていたという可能性はないですか」

「それは、ないでしょう。万一、捜査の手が犯人の身辺に及んだ場合、自動車電話を使っていれば、通話の記録が、犯罪の証拠として残ってしまいます。その危険を冒《おか》すよりは、むしろ、公衆電話を使ったでしょう」

「すると――」わたしは思い出した。意識を取り戻し、氷川神社に空《むな》しく駆けつけた後、自宅に連絡するために入った電話ボックスの存在を。「犯人はあの夜、わたしが使ったのと同じ電話で、駐車場にかけてきたということですか？」

「その可能性は高いと思います。そこで、西武遊園地駅周辺の訊《き》き込みを重ねた結果、金曜日の深夜、駅のそばに見慣れないゴルフが一台、駐《と》まっていたことがわかりました。何人もの証言が一致しているので、まちがいはないと思います」

「ゴルフ。色は何色ですか？」

「夜なので、確実とは言いかねますが、恐らくブルー系統でしょう。年式や、ナンバーまでは誰も記憶していませんでしたが」一瞬の間があった。久能はわたしをじっと見つめた。「車種に、何か心当たりがあるのですか？」

「いいえ」とわたしは答えた。

「そうですか」久能は少し気落ちしたような顔をした。「あなたの知り合いに、ブルーのゴルフの持ち主がいるかもしれないと期待していたのです。誘拐事件の場合、被害者の家族の周辺に犯人がいる場合が意外に多いんですよ」

「まさか。それなら、子供をまちがえるはずはないでしょう」

「仕事上の敵、というケースもあり得ます。あなたに恨《うら》みを持つ人物に思い当たったら、わたしに知らせてください。ゴルフの割り出しと並行して、その線からの捜査にも力を入れるつもりです」久能はそう言って立ち上がった。わたしも、彼につられて腰を上げた。

「いや、長々とお邪魔しました。今日のところは、これで充分です。どうもありがとうございました」

久能警部は部屋を出ていった。

3

義父は、わたしの話を聞き終えると、腕を組んで背中を椅子の背もたれに預けた。

「ブルーのゴルフといっても、最近、増えているのではないか。手掛かりとしては、望み薄だな」

「そうでもありませんよ」

義父は額の皺《しわ》を深くして、わたしをにらんだ。

「心当たりでもあるのかね？」

うなずいた。義父は右手の指で、デスクをとんとんたたいた。

「刑事に嘘をついたのか。なぜそんなことを」

「自分に降りかかった問題ですから」

義父は眉をひそめ、顔色を曇らせた。

「妙なことを考えているのではあるまいな。子供の敵討《かたきう》ちなら、きみの出る幕じゃない。事件のことは警察に任《まか》せて、自分の生活に専心すべきだ」

義父の指摘は図星《ずぼし》だったのである。しかし、それを悟られまいとして、わたしは言った。

「それが、身内の問題だったらどうします」

「身内の問題？」

「三浦靖史《みうらやすし》の住所を教えてくれませんか」わたしは唐突に言った。「あなたが興信所を通じて、彼の動静をつかんでいることは知っています」

義父は、無防備に動揺した表情をさらした。老練な彼にしては、珍しいことだった。三浦の名前は、それだけ強い衝撃を与えたのだ。

「――まさか、あの男が」義父はようやく口を開いた。ゆっくりと頭を振った。「乗っている車までは失念していた」

「わたしはすぐにピンと来ました。最後に三浦と会った時は、ブルーのゴルフに乗っていました。今思えば、脅迫電話の声の特徴にも、聞き覚えがあるような気がします」

義父は押し殺した溜息を洩らした。自制を保つために、かなりの努力を費《つい》やしているようだった。

「そうか。いや、あり得るかもしれない。あの男なら、子供を連れ去ることも考えられる」

「最近、こっちに戻ったという噂を聞きました」

「ああ。今年の夏から、都内に住んでいる。住所は、確か――」

義父はデスクの一番下の抽斗《ひきだし》を開けて、中をごそごそかき回した。ふと、わたしが見ているのに気づいて、あまり愉快でない顔をする。わたしは横の方を向くことにした。見られたくない代物《しろもの》が、他にも入っているのだろう。もしかしたら、わたし自身に関する何かかもしれない。

「あった。これだ」身上《しんじょう》報告書らしき綴《つづ》りを取り出して、すぐに抽斗を閉めた。「中野《なかの》のアパートに住んでいる。確かに、まだゴルフに乗っているようだ」

「見せてください」

住所以外の記載が読めないように綴りのページを折り、手を載《の》せて重石《おもし》にしたまま、わたしのほうに回した。義父の手首の下から、紙に刷《す》り込まれた緑色の活字が目に入った。『昭和総合リサーチ』とあった。ボールペンで、メモパッドに住所を控えた。

「会いに行くつもりかね？」

「今すぐに」

「くれぐれも慎重に頼む」義父は唇を湿しながら言った。「まだ、彼の仕業《しわざ》と決まったわけではない。車のことは、単なる偶然かもしれないのだ」

「わたしはそうは思いません」

「とにかく、早まった真似《まね》だけはしないでくれ。向こうの言い分を聞いて、まちがいないと確信したら、わたしに知らせなさい。警察には、わたしから伝える。きみはそれ以上、手出ししてはいかん」

義父らしくない、弱気な態度である。未《いま》だに、三浦に対して、負《お》い目を感じているのだろう。その気持ちを、あえて逆《さか》なでしようとは思わなかった。

「わかっています」

「本当に、そう頼むよ」続けて何か言いかけたが、言葉が出ない。溜息をつくと、行っていいという手ぶりをした。わたしは一礼して、部屋を出た。

地下鉄とJR線を乗り継いで、東中野駅で降りた。午後二時が近い。西口を出て、線路沿いの道を歩いた。朝は冷え込んだが、日中は陽気のいい、秋晴れの空だ。最近の異常気象のせいか、十一月なのに首筋が汗ばむほどの気温である。

目的のマンションは、明大《めいだい》中野高校から五〇メートルほど西に行った、ごみごみした路地の角にあった。足を運ぶのはむろん初めてだが、あらかじめ一万分の一地図で確認してあるので、迷わず行き着いた。

〈中野ニューハイム〉は、外壁をくすんだ茶色に塗った、三階建のぱっとしないマンションだった。コンクリートの階段を登ると、頭の上に子供の指ぐらいの氷柱《つらら》ができていた。粗悪なセメントが、溶け出しているのだ。酸性雨とやらの影響である。

三階の真ん中のドアに、三浦靖史という表札が出ているのを確認して、ブザーを押した。

「はあい、だあれ?」

ドアを開けたのは、予想に反して、化粧水の匂いのする若い女だった。二十歳《はたち》を出たぐらいの年である。色白の丸顔に、太い眉。セシール・カットというのだろう、ボーイッシュな短い髪。ボートネックの黒いスウェットとだぶだぶのジーンズ姿だった。わたしの顔を、穴が開くほど見つめている。

「三浦さんに会いたいんだが」

「靖史さん？　ごめん。今、寝てるんだけど」

これにはあきれた。昼夜が逆転しているのだ。

「かまわない。起こしてくれ」

「やっだー、あたしが起こすの？　寝起きが悪いから、嫌なんだけどな」目上に対して、口の利き方がなっていない。フリーター崩れみたいな女である。

「きみは？　三浦さんとどういう関係？」

「あたしは、雨の夜に拾われた子猫ちゃんなの。みゃうみゃう」目を輝かせて、招き猫みたいな格好をした。どうやら、頭が危ないようだ。

相手にするのが馬鹿らしくなって、無理やり、玄関に体をこじ入れた。

「きみ、どきなさい。わたしが起こしてやるから、いいよ」

娘の顔色が変わった。

「ちょっと、おじさん。なに考えてんの」

「気にしなくていい、親類の者だ。彼に用がある」

「いい加減にして。何これ。ねえ、やめてよ」

わたしは力ずくで娘を押しのけ、乱暴に靴を脱ぎ捨てると、部屋の中にずかずかと踏み込んだ。

「警察を呼ぶわよ」娘は外に飛び出していった。勝手にするがいい。わたしは、嘘をついたわけではないのだ。

　室内は案《あん》の定《じょう》、散らかり放題で、ごみ溜めまであと一歩というところだった。流しには、宅配ピザと缶ビールの残骸がうず高く積み上げられ、この季節だというのに、酸《す》っぱい匂いすら漂《ただよ》っている。板張りの床の上は、吸殻《すいがら》の溜まった灰皿と脱ぎっ放しの衣類、雑誌とコンビニエンス・ストアの袋で、足の踏み場もない。仕切りのないロフト風の部屋も、こうなっては哀れとしか言いようがなかった。

　綿《コットン》のシャツを着たまま、ベッドの上で眠りこけている男をひっぱたいて、たたき起こした。

「起きろ。きみに話がある」

　三浦靖史は不精髭《ぶしょうひげ》の伸びた顔で、ようやく瞼《まぶた》を開いた。目尻に目脂《めやに》が溜まっている。焦点の定まらない目で、わたしを見た。

「何だよ、おっさん。いきなり人の部屋に入ってきて――」言いかけた唇が、はっと凍《こお》りついた。まばたきもせず、わたしを見つめている。

　顔を見るのは、久し振りだった。かつて文壇の野生児とも評された顔立ちは、頬と顎の肉がたるんでしまったせいで、どことなく下卑《げび》た感じを漂わせていた。

　わたしの内部で、何かがはじけた。貯水池の堤防の下の草地で起き上がり、闇の中を吠えながら疾走した時の、獣じみた記憶がよみがえった。三浦の襟首《えりくび》をつかんで、自分の顔の前にぐいと引き寄せた。

「久し振りだな。わたしの顔を忘れたとは言わせないぞ。長いこと、おとなしくしていると思ったら、とうとう本性を現わしたな。今すぐ白状しないか。金曜日、子供を誘拐して殺したのは、おまえの仕業だろう？」

三浦の顔から、みるみる血の気が失《う》せた。

「やめてください、義兄《にい》さん。あんたが何を言ってるんだか、ぼくには全然、理解できない」

「わからんはずがないだろう」腕の力は抜かず、首を後ろにひねった。床の上に、昨日の朝刊が広げっ放しになっている。冨沢茂の顔写真が載っていた。

「その記事は何だ？　とぼけたって無駄だぞ」

「ああ、そのことだったら」三浦は息も絶え絶えという声で答えた。「義兄さん、あんたはそのことで頭に来てるってわけだ。気持ちはわかります。だけど、ぼくはその誘拐とは関係ない」

「その義兄さんというのは、やめろ」力いっぱい襟を絞め上げると、三浦は苦しがって口を痙攣させた。「おまえが誘拐と関係ないなら、なぜこの記事を読んでいた？」

「だって、ぼくは隆史の父親なんだ」三浦は必死になって抗弁した。「実の父親として、隆史の安否を気にする権利ぐらいあってもいいはずだ」

「黙れ。隆史は、わたしの息子だ」わたしは三浦の体を引っ張り上げて、そのまま頭から床にたたきつけてやった。

三浦はほとんど抵抗もせず、頭をぶつけて情けない声を洩らした。わたしは彼の耳をつかんで、頭を床から持ち上げた。

「白状しろ」耳に口を近づけ、怒鳴った。「子供を殺したことを認めるんだ」

「ぼくは関係ない」

「喋《しゃべ》ったほうが、身のためだぞ」もう一度、襟を取り、平手打ちを加えた。「おまえが、子供を殺したんだ。目撃者もいる。狭山公園で、おまえのゴルフを見たという人が何人もいるんだ」

あっという間に、三浦の頬が腫れ上がった。鼻から血を噴《ふ》いている。しかし、一片の同情も感じなかった。こんな程度では、まだ生温《なまぬる》いと思った。わたしは、彼の両頬に、交互に平手打ちを加え続けた。

「聞け。喋る気がないなら、おまえの代わりに、わたしが話す。おまえはわたしたち夫婦から、隆史を実力で奪い取ろうとした。自分の手に隆史を取り戻すのが、おまえのただひとつの目的だった。身代金を要求したのは、その目的を隠すためでしかなかった。もし六千万円を手に入れても、子供を返すつもりなんかなかったはずだ。おまえはもう一度、隆史の父親になりたかっただけなんだ。だけど、もう手遅れだったんだよ。隆史はもう、おまえの子じゃない。わたしと和美の子だ。血のつながりなんか、屁《へ》でもない。おまえは父親失格だ。その証拠におまえは、自分の子供を見分けられなかったではないか。おまえは隆史とまちがえて、よその子供をさらってしまった。いったい、どこの世の中に、自分の子供とよその子供の見分けがつかない父親がいる。おまえぐらいなものさ。おまえは後になって、ようやくそのことに気がついて、どうしたらいいかわからなくなった。それで仕方なく、子供を殺したんだ。それが人間のすることか。死んだ子供の両親に、何と言って詫びるつもりだ。しかも、その責任をわたしになすりつけようとしたな。おまえに教えてやる。おまえはくずだ。最低のくずだ。今から、おまえに相応の償《つぐな》いをさせてやる。覚悟を決めろ」

「やめなさい、山倉さん」

いきなり背後で、男の声がした。振り向くと、久能警部が入口のところに立っていた。その肩の横に、さっきの娘の顔があった。

わたしは突然、われに返った。目を戻すと、三浦がひどい顔になって、ぐったりとしている。わたしはあわてて、彼から手を放した。

三浦はかろうじて残った力で、わたしから身を離した。両頬が、火傷《やけど》した痕《あと》のように真っ赤になっている。鼻から流れた血を、シャツの袖《そで》で拭った。腫れと痛みのせいで、口《こ》を利くことはできないようだった。その代わり、憎悪に凝り固まった表情でわたしをにらみつけた。

わたしは立ち上がり、久能のほうに歩いていった。入れ替わりに、例の小娘が三浦を介抱するため、わたしとすれちがった。

「どうして、あなたがここに？」

ばつの悪さを隠すためにたずねると、久能は肩をすくめた。

「会社を出た後、偶然、あなたの姿を見かけましてね。ずいぶん急いで、どこかへ行こうとしておられるので、少し気になってついてきたんです。いや、尾行するつもりではなくて、声をかけそびれただけなんです。このアパートまで来た時、何となく、勘が働きましてね。駐車場をのぞいてみました。そうしたら、ありましたよ、ブルーのゴルフが。山倉さん、これはいったい、どういう偶然でしょうか」

偶然や勘などではない。義父の部屋にいた時間を考慮に入れれば、会社の外でずっと見張っていたとしか考えられない。ゴルフのことで嘘をついたのを、感づかれていたようだった。この刑事、温和な物腰に似合わず、なかなか侮《あなど》れない男と見える。

「偶然だなんて。あなたが帰った後に、急に思い出しただけです」

「警察に知らせてくれればよかった」

「念のため、自分で確かめようと思っただけです」

「しかし、こういうやり方は感心できませんね」三浦のほうを横目で見やった。わたしが振るった暴力をとがめているのだ。

「すみません」

「三浦さんとおっしゃいましたね？」久能が、部屋の主にたずねた。「警視庁捜査一課の久能と申します。金曜日の事件についてお話を聞きたいのですが、警察までご同行願えませんか？」

三浦は黙ってうなずいた。腫れ上がった顔のせいで、内心の反応は読み取れない。かといって、逮捕を覚悟しているようには見えなかった。図太いのか、無神経なのか。しかし、事件と無関係とは思えなかった。

久能は、わたしに視線を移した。

「あなたにも、改めておたずねしたいことがあります。一緒に来ていただけますね」

うなずいた。久能は部屋の中を見回した。

「三浦さん、お宅の電話を拝借できますか？」

三浦は目で電話機のほうを指し示した。久能は受話器を取り上げると、警視庁にかけ、車を呼んだ。

十五分後に、迎えのパトカーが着いた。わたしと三浦は後部席に並んで坐った。警視庁の玄関で別れるまでお互いに口も利かず、そっぽを向き合っていた。

久能は三浦と一緒に、どこかへ姿を消した。車で迎えに来た刑事が、わたしを一階の応接室に案内した。応接室といっても、広いフロアを衝立《ついたて》で仕切り、くたびれたソファが置いてあるだけである。そこで五分ほど待っていると、久能が戻ってきた。「ちゃんとした応接室もあるんですが、今、ふさがっているんです」

「こんな窮屈なところで、申し訳ありません」と彼が言った。

「彼はどうしました？」

「三浦さんですか。別室で、話を聞いています。あなたを告訴する気はないようですね」

「告訴？」

「彼に暴行したでしょう。向こうがその気になれば、充分立件できるケースです」

「――かっとなって、われを忘れていました」

「気持ちはわかります。今回だけ、大目に見ましょう」久能は眼差《まなざ》しを絞って、わたしを見つめた。「それより、山倉さん。なぜ彼に、あんなことを言ったのです？　自分の子供も見分けられない、父親失格だというのは、どういう意味です」

「文字どおりの意味です」とわたしは言った。「隆史は養子で、実の父親は三浦なのです」

4

三浦靖史は、わたしの義弟である。正確には、妻の妹、次美さんの夫だった。

彼はもともと、作家志望の青年だった。早熟な天分に恵まれて、まだW大に在学中だった時に、ある文芸誌の懸賞小説の一席に入選し、斯界《しかい》の注目を集めた。昭和五十四年五月のことである。

翌年、処女作品集を世に出し、小説家としてひとかどの地歩を固めた頃から、彼の関心は自作の映像化に向かった。八ミリの自主制作で、もちろん、彼自身の監督、主演である。制作費は本の印税を充《あ》てるとして、問題は相手役の女優だった。

ヒロイン〈鳶子《とびこ》〉は、レイモンド・チャンドラーの小説『大いなる眠り』に登場する、リンダ・ローリングの生まれ変わりである設定ということだった。ミニコミ誌を通じて、〈鳶子〉役のオーディションを行なったが、結果は惨憺《さんたん》たるものだった。集まってきたのは、規格化されたカタログ美人や、無知丸出しのタレント志願者、「個性派」を自称する退屈な連中ばかりで、イメージにふさわしい候補者は皆無《かいむ》だったからである。彼は公募をあきらめ、自分の足と嗅覚《きゆうかく》を頼りに、ヒロインを探す決心をした。

〈鳶子〉の面影《おもかげ》を求めて、ライブハウスやミニ・シアターをさまよう日々が、何カ月も続いた。その頃の彼は、何かに憑《つ》かれているような様子だったという。たぶん〈宿命の女《ラ・ファアム・ファタル》〉との邂逅《かいこう》を予感していたのだろう。その年の秋、彼は、目黒《めぐろ》の公民館で舞台稽古《げいこ》中の、門脇次美を発見した。

次美さんは学生時代から、友だちに頼まれて、アマチュア劇団の公演にその他大勢の役で出演し、舞台に花を添えていた。ところが、ある芝居でたまたまやったアドリブが受けてからというもの、人気が上昇し、彼女目当てに小屋に通う客まで現われたらしい。それに目をつけた演出家が、一度だけだからと次美さんを説き伏せ、彼女を主役に据《す》えた軽いコメディを上演したところ、それが劇団始まって以来のヒットを記録してしまった。そうなると現金な連中で、一度だけの約束のはずが、二度、三度と回を重ね、彼女は正規のメンバーとして入団したつもりもないのに、いつの間にか、看板女優になっていたというわけである。

次美さんは当時、すでに学校を卒業して、あるモデル・プロに籍を置いていた。といっても、ほとんど道楽のようなもので、自分の気に入った仕事だけを選び、それ以外は気ままな悠々《ゆうゆう》自適《じてき》の生活を送っていた。彼女はまた、知る人ぞ知る『新都アド』の秘蔵っ子で、時々、ポスター・モデルの仕事を引き受けることもあった。

わたし自身、当時のイベントやら何やらで、コンパニオンの人手が足りない時など、何度も助けてもらっていた。専務の家族と親しく付き合い始めたのは、この頃からである。実際、次美さんはクライアントにも評判がよく、見合いの話がひきもきらなかったようだ。もっとも、それはみんな、専務自身が握りつぶしていたらしいのだが。

そんな次美さんだが、男に対しては意外に潔癖なところがあって、わたしの知る限り、三浦が現われる以前に、深い仲になった相手はいないようだった。今流行《はや》りのフェミニズムともちがう、独特のクールな男性観で身を守っていたのである。これは周囲の男どもが、知らず識《し》らず、彼女を特別扱いして、手の届かない存在に祭り上げていたせいではないかと思う。

そういう背景があったから、三浦の直情的なスカウトも、かえって効を奏したのかもしれない。彼女は喜んで、出演を引き受けた。

次美さんの前に現われた青年は、はち切れんばかりの才能と野心にあふれ、誰よりも輝いて見えたはずである。しかも、他の連中のように、彼女を高みに置いて見上げるのではなく、対等の人格として語りかけてきたのだ。二人が熱烈な恋に落ちるのは、自然のなりゆきであった。

三浦は彼女より三つも年下だったが、そんなことはお構いなしであった。知り合ったばかりの頃、二人はよく口論したそうだ。次美さんをよく知る人にとっては、非常な驚きだったろう。彼女が本気で男と言い争う場面など、それまで誰も見たことがなかったからだ。二人とも、それだけ本気だったということである。

三浦は映画に取りかかった。ところが、本人の意気込みと、周囲の期待にかかわらず、一年が過ぎても、映画は完成しなかった。膨大《ぼうだい》な未編集フィルムと、請求書の山が残っただけで、結局ものにはならなかった。監督の熱意がさめたわけではない。理由はもっと簡単で、しかも決定的だった。彼は、次美さんが映っている場面を、一コマもカットできなかったのである。それでは、映画はできない。しかし、二人にとって、この一年は、まったくの無駄骨折り《むだぼね》にはならなかったのだ。

いや、むしろ、もっとも実り多き一年だったというべきである。この期間を通じて、二人の愛情が成熟したからだ。映画の破産と同時に、二人は結婚した。人々はあこがれと羨《せん》望《ぼう》の眼差しで、このカップルを祝福した。ただひとり、難色を示すかに見えた新婦の父は、意外に冷静な態度で、この事実を受け入れた。

「きみに和美をやる時のほうがつらかったな」披露宴の後、門脇了壱はわたしだけに打ち明けた。わたしはその七カ月前に、彼の義理の息子になっていた。「何となく、下の子が先に片付くと思っていたから。でも次美はしっかりした娘だ。あれの眼鏡にかなう男なんて、ざらにはいないよ」

「そうですね」

「それに、万一、次美の眼鏡ちがいで、どうしようもない外れクジだったとしても、その時はその時で、さっさと別れて戻ってくればいい。姉とちがって利《き》かん気な娘だから、それぐらいの目に遭《あ》ったほうが親の言うことを聞くようになるだろう」冗談とも本気ともつかない口ぶりだったが、案外、それが本心だったのかもしれない。

もちろん、新郎は、当時はそんな眼鏡ちがいの男ではなかったし、義父もわざわざ、娘の苦労を望んでいたわけではない。三浦は新生活を支えるために、あるTV番組制作プロダクションに入ったが、それも義父の口利きがあったからだ。九年前のことである。

正直に言うと、わたしは当時、挫折を知らない義弟の隠れた脆弱《ぜいじゃく》さに、一抹《いちまつ》の不安を抱いていた。しかし、次美さんという伴侶《はんりょ》がいる限り、そんなことは問題にならないだろうと考えた。じつは、彼の若さと天分に対する月並な嫉妬の裏返しにすぎなかったのだが、皮肉にも、わたしの考えは悪いところだけ的中してしまったのだ。

だが、物事には順序がある。最初のうちは、万事がうまく運んだ。二人の新婚生活は、順調なスタートを切った。三浦の才能は、ＴＶの仕事でも遺《い》憾《かん》なく発揮され、すぐに業界の注目を浴びるようになった。翌年、和美と次美さんが相次いで妊娠。今思えば、その頃が幸福の絶頂であった。二人に限らず、わたしと和美にとっても。

好《こう》事《じ》魔《ま》多《おお》しという。不幸は思いもよらぬ形で、門脇家の姉妹に降りかかった。まず最初は、和美だった。出産予定日を半月後に控えた四月、体調が突然悪化した。緊急手術も空しく、元気に生まれるはずだった長男は、死児となってこの世に出た。急性妊娠中毒症という診断であった。

わが家の不幸は、これにとどまらなかった。医師は手術の後遺症で、妻が二度と妊娠できない体になっていることをわれわれに告げた。病院側のミスではなく、母体を救うために、やむを得ない処置だったという。和美の心はバランスを崩し、何カ月も薬の世話になるほど、不安定な状態が続いた。路子との不倫も、元はと言えば、これがきっかけだった。

それでも、和美はまだ運がいいほうだったかもしれぬ。次美さんを襲った不幸は、もっと悲惨なものだった。和美の死産の三カ月後、次美さんは臨月を迎え、難産の末、五体満足な長男を出産した。しかし、母親は出血によるショックで、子供と引き換えに命を落としてしまったのである。

こうして、たった三カ月の間に、門脇家の姉妹は出産に際して、一方が子供を失い、一方は嬰児《えいじ》を残して自分自身の命を落とした。後で義父に聞いた話によれば、二人の母親も出産の時、二度とも大変苦労したという。娘たちも、難産の血を引いていたのかもしれない。もっと前に、そのことを聞いておくべきだった。

次美さんの死は、われわれに激しい驚きと哀しみをもたらしたが、運命の皮肉と言うべきか、結果的に、妻が精神的苦境から立ち直るきっかけを作った。和美の不安は、母性の貧血状態、つまり、自分が永久に母親になり得ないことに起因するものであった。わたしは義父と相談して、一石二鳥《いっせきにちょう》の解決策を編《あ》み出した。すなわち、三浦と次美さんの息子（わたしたちにとっては、甥《おい》に当たる）を、山倉家の養子として引き取ることにしたのである。

妻を亡《な》くした三浦にとって、男手ひとつで幼い子供を育てることは、不可能に等しい。

その役割は、和美にこそふさわしいものだ。和美は、この提案を喜んで受け入れた。同じ養子をもらうにしても、見ず知らずの縁もゆかりもない子供より、若くして逝《い》った妹の忘れ形見のほうが、親らしい気持ちになれる。

わたしたちは、実の子と変わらぬ愛情を隆史に注《そそ》いだ。和美に育児をさせた効果は、絶大だった。心のアンバランスは嘘のように消え去り、わが家は明るい笑いを取り戻した。すべて、隆史のおかげだった。

もちろん、われわれは、三浦への配慮を忘れていたわけではなかった。彼は、愛妻の突然の死にショックを受けて、人間そのものが変わってしまったようだった。生活が乱れ、金遣いが荒くなった。仕事を放り出して、何日も姿をくらますことが度々《たびたび》あったようだ。わたしも義父も、できるだけ彼の力になろうと努《つと》めた。とりわけ義父は、次美さんを失った哀しみを、三浦に対する同情によって埋めようとしているように見えた。公私のトラブルの尻ぬぐいから、経済的な援助に至るまで、陰になり日向《ひなた》になり、彼を立ち直らせるため、あらゆる手を尽くしたといっても過言ではない。しかし、そうした努力も、全て徒労に終わった。

三浦の人格はその頃、完全に破綻《はたん》していたと、わたしは思う。次美さんの死は、彼の性格の一番もろい部分を、一撃で粉砕《ふんさい》してしまった。その結果、彼が総崩れになるのは、避けられないことだった。次美さんは、文字どおり、彼の人生を左右する〈宿命の女《ラ・ファム・ファタル》〉だったのである。

隆史が二歳になる少し前のある日、三浦は突然、わが家に現われて、養子縁組の解消を要求した。

「子供を手放すことに同意したのは、けっして本意ではなかった。おまえたちは、ぼくの弱みにつけ込んで、無理やり隆史を奪ったのだ。だが、ぼくはもうだまされない。自分の子は、自分の手で育てる」

わたしたちの前で、彼はそう宣言したのである。

もちろん、わたしたち夫婦は、そんな要求を飲むわけにいかなかった。隆史は、山倉家にとって、欠くことのできない存在であった。

「子供をよく見てみろ」とわたしは言った。隆史は三浦の怒鳴り声に怯《おび》えて、泣きべそをかいていた。「ほら、きみのことを怖がっている。隆史はもうきみの子供じゃない」

三浦はきっぱりと首を横に振った。

「そんなことはない。あんたたちは、隆史を洗脳した。でも、ぼくが本当の父親なんだ。父子で一緒に暮らしさえすれば、ぼくになつくはずだ」

「無理だ」とわたしは言った。「今のきみには、隆史を育てることなんてできない。きみには父親の資格がない。すぐに出ていかないと、警察を呼ぶぞ」

その日は帰っていったが、それで引き下がるような男ではなかった。日を改めて、同じやりとりが何度も繰り返された。議論は初めから平行線で、冷静な話し合いすら成り立たなかった。お互いのエゴが衝突し、自分を見失うまで激昂《げっこう》するのが落ちだった。隆史をめぐる争いは、泥仕合《どろじあい》の様相を呈するばかりだった。

いつ彼が、非常手段に訴えるやもしれぬ。隆史の身を案じて、不安で眠れない夜が続いた。四六時中《しろくじちゅう》、隆史から目が離せず、和美は再び心のバランスを崩しそうになった。わたしはやむを得ず、三浦をわたしたち家族から遠ざけるように、義父に頼んだ。義父は渋々《しぶしぶ》、わたしの頼みを聞き入れ、けっしてきれいとは言えないやり方で、三浦を関西に追い払った。しばらくは、いやがらせの電話が絶えなかったが、やがてそれも、途絶えてしまった。わたしは、家族を守ったのである。

わたしたちは、彼のことを忘れようと努めた。三浦に対する仕打ちを後ろめたく思う気持ちが、彼の名前に重い錘《おもり》を結びつけた。彼に関する記憶は、忘却の海の底に深く沈んで、日常生活の水面まで浮上してくることはなかった。今日、久能警部がわたしの会社にやってきて、ブルーのゴルフのことを持ち出すまでは。

久能はずっと黙って、わたしの話に耳を傾けていた。無表情というわけではないが、とりたてて目立った反応も見せない。しかし、わたしに対する集中を、一秒たりとも解くことはなかった。器《うつわ》にいっぱい水を張り、こぼさぬよう手に持ちながら、その水面に向かって喋っているような気分であった。

話し終えると、久能がいくつかの質問をした。三浦が働いていた制作プロ、次美さんが亡くなった産院、養子縁組の事務を任せた民事弁護士の名前などを答えると、彼は几帳《きちょう》面《めん》な文字で、それを手帳に書き留めた。

「しばらくここで待っていてください」と言って、久能は席を立った。

ひとりになるとかえって落ち着かない。自然、先ほどの感情の爆発をまざまざと思い出していた。もし、久能が止めに入らなければ、わたしは三浦が死ぬまで、殴り続けていたかもしれない。自分があれほど凶暴になり得る人間だということを、今日まで知らなかった。自分の行為に対して、後ろめたい気持ちを覚えた。

なぜなのだ。

そう自問して、わたし自身、驚いていた。三浦に対して制裁を加えたことに、罪悪感を抱くいわれなどないはずだ。むしろ、あの程度では足りないぐらいなのに。だが、土曜日の未明、冨沢耕一の背中に誓った言葉を繰り返してみても、後ろめたい気持ちは去らなかった。狼狽《ろうばい》にも似たとまどいを感じた。

何かがまちがっている。わたしは、自分で思っているのとはちがう場所に立っている。冨沢茂の死に対する責任の意識が、何かもっと別のものによって曇らされている。

知らず、自分の掌を見つめていた。三浦を殴り続けた右手である。言い知れぬ不快感を覚えたが、その理由がわからなかった。暴力それ自体に対する嫌悪《けんお》ではない。むしろ、暴発の引き金となった、内なる自分に対する違和感であった。

わたしは、殴るべき相手をまちがえていたのではないか。そんな疑念が、徐々にこみ上げてきた。いや、三浦が誘拐犯であることを疑っているのではない。問題は、わたしの振るった暴力の性質である。

わたしは冨沢茂を殺した男に、正義の鉄拳を加えていたといえるか。否《いな》である。それなら、今となって、後ろめたい気持ちを感じるはずがない。もっとちがう感情に流されていたような気がするのだ。たとえて言えば、わたしの知らない、わたしの中の別人が、わたしの肉体を借りながら、その腐った精神を形にして、わたしに無理やり突きつけたような、そんな心象であった。何より恐ろしいのは、わたしの知らぬ別人といっても、畢竟《ひっきょう》、わたしの一部に他ならないということである。

そうだ。わたしは三浦を、父親失格と言って責めた。血のつながりなんか、屁でもないと叫んだのを思い出した。だが、あれは本当に、三浦に向けた言葉だったか。

父親失格。

もしかしたら、わたしは、自分自身を責めていたのではないか。わたしの中に存する、父親であることの罪を、三浦という贖罪《しょくざい》の山羊《やぎ》に、責任転嫁《てんか》していたにすぎないのではないか。血のつながりなんか、屁でもない。わたしは同じ言葉を、路子に対して返すことができたか。茂の骸《むくろ》に向かって、投げつけることができたか。否である。わたしはむしろ、山倉史朗という男を責め、息の根が止まるまで殴り続けるべきだったのではないか。

しかし、自分自身に対する追及を、それ以上進めることはできなかった。心理的な安全装置が勝手に作動して、わたしの心は真空地帯に追い込まれていた。放心のあまり、声をかけられるまで、久能が戻ってきたことにさえ、気づかぬありさまだった。

「どうしました、山倉さん」

「いや、何でもありません」内心の動揺を悟られまいとして、こちらからたずねた。「三浦は、口を割りましたか？」

久能は肩をすくめた。

「完全に犯行を否定しています。金曜日は、一日じゅうアリバイがあるというのです」

「嘘に決まっている」わたしは、声を荒らげたりはしなかった。「その場で思いついた、でっち上げだと思います」

「そうだといいのですが」久能はどっちつかずの表情を見せた。「証言が首尾一貫《しゅびいっかん》していて、思いつきの嘘らしくないのです。実際に、裏を取ってみないとわかりませんが」

久能の口ぶりには、それ以上のものがあった。まだ何か話されていないことがある。自分の問題も含めて、すんなり事が運びそうにない予感がした。

四章　証人――呼び出された探偵

1

会社に戻った時は、五時を回っていた。

「局長」部下がわたしを見るなり言った。「専務がお呼びです。戻ったらすぐ、部屋に来るようにと」

「わかった」

落ち着く暇もなく、七階に上る。ドアを開けると、義父はさえない顔をしていた。わたしが入っていくと、前置きもなく、話を切り出した。

「三浦と一緒に、しょっぴかれたそうじゃないか」

「もう伝わっているのですか」

「当たり前だ。あれほど言ったのに、どうしてすぐわたしに連絡しなかったのだ」

「その暇がなかったのです」一部始終を報告した。ただし、三浦を殴ったことは黙っていた。

「隆史のことも、話したのか?」義父がたずねた。

「ええ」

「そうか」鼻をつまんで離し、その指をこすり合わせた。「で、きみの印象はどうなんだ。彼がやったことだと思うのか」

「そう思います」きっぱりと言った。

義父の眼が、針のように細くなった。

「何か証拠でも?」

「いえ。でも、あいつの顔を見て、まちがいないと確信しました。誘拐は、三浦の仕業です」

「次美が生きていれば、こんなことは起こらなかっただろうな」彼は、机の上で両手をこね合わせるようにしながら、溜息をついた。「身内の恥が、表沙汰《おもてざた》になるのは困ったことだ」

「お義父《とう》さんが責任を感じることではありません」

「ああ。だが、あの時にもう少し、彼の身になって事を運べばよかったのじゃないかと思うんだ」

「もう、七年もたっていることです。それに、理由がどうであれ、子供を誘拐したり、殺して捨てたりするような人間に、同情の余地はありません」

「そうだな」わけもなく、鼻を鳴らした。「警察はどういう見方をしているのかな」

「今はまだ、参考人扱いでしょう。金曜日のアリバイをたずねたようです」

「アリバイがあるのかね？」

「詳しいことは訊きませんでしたが、久能警部が裏を取ると言っていました。なに、すぐでたらめとわかりますよ。そうしたら、本腰を入れて追及するつもりでしょう」

「そうか。三浦のことは残念だが、きみや、冨沢夫妻のことを思えば、事件が早く解決するほうがいいのかもしれんな。和美が、また気に病《や》むようなことがなければいいのだが」

「大丈夫、わたしが付いていますよ」

義父はわたしの肘《ひじ》に手を当てた。

「頼むよ。きみも大変だろうが、何とか切り抜けてくれ」

「ええ」わたしは一礼して、部屋を出ようとした。

「そうだ」義父がわたしを引き止めた。「きみに訊きたいと思っていたのだが、あの冨沢の家族とは、以前からの知り合いだったのかね」

わたしは唾《つば》を飲み込んでから、さりげなく振り返った。

「お忘れでしたか？　冨沢路子さんは、和美がお産の時、世話になった看護婦さんです」

「ああ、道理で見覚えがあると思ったよ。そうか、あの産院の――」七年前の苦い記憶が、義父の表情を暗くした。

「それだけですか」

「ああ」義父はうなずいた。「ああ、きみ。仕事は部下に任せて、今日はもう帰りなさい。疲れた顔をしているよ」

「しかし」

「いや、これは命令だ。取調室帰りの人間に仕事をさせるほど、『新都アド』は落ちぶれちゃおらん」

「失礼ですが、取調室に連れていかれたわけではありませんよ。ちゃんと応接のある部屋でした」

「似たようなものだ。早く帰って、和美を安心させてやりなさい」

肩をすくめた。こういう時は、逆らっても無駄である。

「三浦のことは、ぼくから話しておきます」そう言って、義父の部屋を辞した。

家に帰ると、和美は驚いた顔をした。

「まあ、ずいぶん早かったのね。どうかしたの」

「いや、今日はいろいろあってね。後からゆっくり話すよ」背広を脱いで、リビングのソファに腰を沈めた。隆史がじゃれついてきた。

「パパ、お帰り」

「ああ、ただいま」

リモコンでTVをつけ、七時のニュースにチャンネルを合わせた。三浦のことは、まだニュースに流れていないようだ。

「茂君の葬式はどうだった？」と和美にたずねた。

「それが、さんざんだったの」

「さんざんって？」

「路子さんと喧嘩になってしまって。途中で帰ってきたのよ。お焼香《しょうこう》もあげずじまいで」

それは聞き捨てならない。

「いったい、どういうことなんだ」

「路子さんが悪いのよ」普段は、あからさまに人の悪口など言わない和美が、珍しく頭に来ているようだった。「そりゃ、茂君があんな目に遭って、しかも、隆史の身代わりになったようなものだから、ショックを受けているのはわかるわよ。でも、だからといって、あなたのことをあんなふうに言うことはないと思うの。だって、あなたは危険も顧《かえり》みず、茂君のために狭山公園まで行ったのよ。身代金だって、こちらで用意したものだわ。そういうことは棚に上げて、一方的にあなたを責めるのは、まちがいだと思う。それで、口論になったの。ううん、口論なんてものじゃなかった。向こうがわたしたちを無理やり、斎場から追い払ったのよ」

「待ちなさい」わたしは和美の言葉の奔流をさえぎった。「冨沢さんの奥さんが、わたしのことを何と言ったのか、それを先に言いなさい」

「あなたが、わざと石段から落ちて、身代金を渡さないようにしたって言ったのよ」

「わたしが？　わざと」

「そう。ひどいと思わない？　だいいち、どうしてあなたがわざわざ、そんなことをしなければならないの。もし、身代金を渡すのがいやだったなら、最初から、犯人の指示に従うわけがないじゃない。そうでしょう」

わたしはかろうじて、妻の声を聞き取っていた。だが、頭の中は「わざと」という副詞のこだまでいっぱいであった。

「彼女は、路子さんは、わたしがそんなことをする理由を言ったか？」

「いいえ。ただ、あなたに訊けばわかるって言っただけよ」

「わたしに？」

「そんなの、言いがかりに決まっているじゃない」妻はわたしの動揺にようやく気づいたようだ。「あなた、顔色が悪いわ。どうしたの？」

「いや、何でもない」顔をなでた。「ちょっと、今日はいろいろあったものだから」

「路子さんの言ったことを、気に病んでいるの？　そんなことを気にすることないわ。あなたが悪いわけじゃないんだから」

「うん、わかってる」わたしは、自分の動揺を和美に怪しまれないように話題を変えた。

「今日、三浦に会ったんだ。今、中野に住んでいる」

その名前は、和美の注意を強く惹《ひ》きつけたが、事件との関連までは思い至らぬ様子だった。それでも隆史を、二階の子供部屋に行かせるだけの分別《ふんべつ》はあった。改めてわたしにたずねた。

「あの人に？　でも、どうして」

「昼間、会社に刑事が来たんだ。金曜日の夜、狭山公園の近くで、不審車の目撃があったことを教えてくれた。それがブルーのゴルフ、三浦の車と同じなんだ」

「まあ」口に手を当てたまま、化石になったように、わたしの話に聞き入っている。

「刑事が帰った後、彼の部屋を訪れて、茂君を誘拐し、殺したのはきみじゃないかと問いつめた。彼はちゃんと答えられなかったよ」

「まさか」和美は、震えているようだった。「あの人が、茂君を」

「狙いは、隆史を取り戻すことだったと思う。だがお粗末な父親さ、自分の子供の見分けもつかなかったんだ。それで、後になってしくじったことに気づいて、茂君を殺してしまったんだと思う」

「あなた、そのことを警察には知らせたの？」
「もちろんだ。警視庁に連れていかれて、別々に事情聴取を受けた。わたしはすぐに帰してくれたが、三浦は、たぶん今夜は留置場だろう。遅かれ早かれ犯行を自供すると思う」

その夜、ベッドに入ったわたしは、恐るべき自責の念に襲われた。

警視庁の応接室で、自分の中に生じた疑念の正体を、ようやくつかみつつあったのだ。

きっかけは、和美に聞かされた路子の言葉だった。

「わざと石段から落ちて、身代金を渡さないようにした」

それだけなら、単なる言いがかりのように聞こえる。現に和美は、そう考えているはずだ。

しかし、わたしにとっては、そうではない。青梅東病院での、路子の言葉をそこに重ね合わせれば、その真意がわかるのだ。

「あなたが、茂を殺したのよ」

そうだ。今日、三浦靖史に対して、なぜわたしがあんな暴力を振るったか、その理由を知ったのだ。わたし自身、うすうす感づいていたことである。わたしは、三浦に仮構《かこう》して、他でもない自分を責めていたのだ。父親失格とは、茂の父親であるわたし自身に対して向けられた言葉であった。

わたしは、茂の存在を疎《うと》ましく思っていた。路子から、あれがわたしの血を引く子供だと知らされた時には、それが嘘であることを切実に願った。路子の言葉が事実であるとわかった時、わたしは、冨沢茂がいなくなってしまえばいいと思わなかったか。茂が、他ならぬわが子が、自分の家庭の平和を脅《おびや》かす存在であることを知って、わたしは一度ならず、彼がこの世に生を享《う》けなければよかったのに、と思ったのだ。

何という、自分勝手な願いだろう。それはとりもなおさず、茂の死を願うことと同義ではないか。

もちろん、茂自身には、何の罪も、責任もないのだ。茂は、自《みずか》ら欲《ほっ》してこの世に出たわけではない。わたしと路子との道ならぬ関係が、彼の存在を産み落としただけである。

にもかかわらず、わたしの憎悪は路子でなく、結果として誕生した茂に向けられていた。路子を憎むことはできなかった。路子を憎むことは、わたし自身を憎むことである。わたしはあの関係を、偶発的な事件としてとらえていた。わたしと路子は、不幸な道連れだったにすぎない。茂さえいなければ、路子との関係は、過去の蜃気楼《しんきろう》でしかなかった。罪は全て、茂の存在の上に凝縮《ぎょうしゅく》されていたのである。したがって、彼が隆史の同級生として、ともに成長することは、耐えがたい恐怖であった。

考えてもみよ。息子の隆史は事実上、わたしとも和美とも、直接の血のつながりを持たぬ。息子といえども、法律上の虚構《フィクション》にすぎない。一方、すぐそばにいる茂は、正真正《しょうしんしょう》銘《めい》、わたしの血を受け継いでいるのである。

いうなれば、一種の時限爆弾である。遺伝的な特徴は、いつ茂の上に発露するやもしれぬ。その時、和美は、わたしの愛する妻は、茂の中のわたしに似た面影を見逃すであろうか。いや、そんなことはあり得ない。隆史がいるからだ。

和美は、隆史の中に、ことさらわたしの特徴を見出そうとするだろう。理屈の上では無理であっても、それを求めるのが、親の情というものだ。ある意味では、和美はそのためにこそ、養子を取ることに賛成したのだ。血のつながりなんか、屁でもない。それは、わたし以上に、妻がすがりつこうとしているようすがだった。

隣りに茂がいなければ、和美の期待は満たされるはずだ。たとえ、遺伝的要素が皆無であっても、子供とは自然、親に似るものだから。ちょっとした癖とか、食べ物の好みとか、目つきや仕草の特徴など。人はそうした類似に、敏感なのである。

だが、近い将来、茂の存在がそれを不可能にしただろう。茂は、わたしに似ただろう。現にその兆《きざ》しは現われていた。さらに路子は、わたしへの面《つら》当てのため、子供をわたしのコピーに仕立てようとするだろう。そうなれば、茂は、隆史以上に、わたしに似た育ち方をするはずだ。

この競争では、隆史はスタート地点から、茂に後《おく》れを取っている。遺伝因子《DNA》という、人間存在の基盤のレベルから。わたしとの類似という点では、隆史は絶対、茂に勝てない。

隆史の中に、父親との相似《そうじ》を見つけようと躍起《やっき》になっている和美が、将来、そのことに気づいたら、山倉家はどうなるだろうか。

そう考えると、茂の死によって、唯一得をした人間とは、このわたし、山倉史朗に他ならないのだった。この時まで、考えだにしなかったことで、わたしは後ろめたい戦慄《せんりつ》を覚えた。

金曜日の夜、狭山公園の石段で足をすべらせた時、無意識のうちにこういう考えが、わたしを支配していたのではないか。

いや、そんなことはあり得ない。わたしは必死でそれを打ち消そうとした。妻も言ったとおり、わたしは自ら、身代金の受渡し役を引き受けたではないか。けっして、自分の身の安全が保証されていなかったにもかかわらず。

――だが、それが、表面的なポーズにすぎなかったとしたら？　子供の命を最優先しているようなふりをしながら、土壇場で不運な失策を演じる計算が働いていたとしたら？

身代金受渡しの何時間も前に、人質が殺されていたことを久能に聞かされた時、なぜわたしは素直に、安堵《あんど》を感じることができなかったか。責任だの、主観的な因果関係などというのは、本心を隠蔽《いんぺい》するための姑息《こそく》な言い訳だったかもしれぬ。

恐ろしいことに、わたしは、自分を信じることができなかった。わたしは、表面的な言動とは裏腹に冨沢茂が殺されることを、密《ひそ》かに期待していたのではないだろうか。そうなることを願って、わざと、あの石段の途中で、足をすべらせたとは考えられないか。わたしは、あの瞬間、誘拐犯人に茂の殺害を託していたのではなかったか。もしそうなら、茂の死亡時刻がいつであろうと、実際に手を下したのが誰であろうと、わたしこそ、茂殺しの真犯人だということになりはしまいか。

罪の意識に、ベッドの中で輾転反側《てんてんはんそく》した。打ち消そうと努力すればするほど、自分を責め苛《さいな》む気持ちは大きくなった。隣りで寝息を立てている妻が、はるか遠い人のように思えた。

朝まで一睡もできなかった。

2

ひどい気分で朝を迎えた。目が血走り、頬のこけた顔が、洗面室の鏡の中からわたしを見返した。口の中が紙やすりのようにかさついて、和美が作った朝食もほとんど味がわからなかった。

重い体を引きずって出社したが、机に向かっても、仕事が手につかない。昨夜の煩悶《はんもん》が、しつこく尾を引いていた。これが悪夢なら、目覚めとともに消え去って、平和な日常がよみがえるだろう。しかし、自分の卑劣な行為を忘れ去るためには、場合によっては、別の人生さえ必要だ。

仕事に集中できない理由は、他にもあった。十一時になっても、三浦逮捕のニュースが出ないのだ。しびれを切らして、未決書類のトレイを押しやり、部下を遠ざけて、デスクの電話を取った。警視庁につなぎ、捜査一課の久能警部を呼び出した。

「ちょうどこちらから、連絡しようと思っていたところです」と久能が言った。最初から、言い訳の前置きじみた響きがあった。

わたしは単刀直入《たんとうちょくにゅう》にたずねた。

「三浦のアリバイは崩れましたか」

「そのことですが、残念なお知らせをしなければなりません。昨日、あなたが帰った後、三浦靖史のアリバイ供述の裏を取りました。結果はシロです。犯行当日、午前八時から午後九時まで、彼が世田谷の知人宅にいたことが証明されました」

「何ですって」

「三浦のアリバイは確実で、久我山で茂君を誘拐することはおろか、殺害することも不可能です」

驚きというよりも、久能の口から出る事実に対する違和感のほうが強かった。自分を責める気持ちはさておき、三浦の犯行そのものを疑ったことは、一度もなかったからである。

「では、彼を逮捕しないのですか」

「もちろんです。勾留《こうりゅう》する理由がありませんから、昨夜遅くに釈放しました」

理不尽《りふじん》な気がした。苛立《いらだ》ちを隠さずにたずねた。

「世田谷の知人？　ひょっとして、三浦の部屋にいた、いかれた娘のことですか」

「いえ、ちがいます。彼女は本間万穂《ほんままほ》という女子大生で、三浦のガールフレンドのひとりです。昨日はたまたま部屋に遊びに来ていただけで、九日の事件とは関係ないことを確認しました」

「あの娘でなければ、どこの誰です。証言に信頼の置ける人物ですか。三浦に頼まれて、嘘の証言をしている可能性はありませんか」

「それは考えられません。証人は、信頼できる人物です」にべもない口ぶりである。

「どこの、何という人です」

「答える義務はないのですが、特別に教えてあげましょう。法月綸太郎《のりづきりんたろう》という、小説家です」

「法月綸太郎？」

「ご存じありませんか。偶然ですが、わたしもよく知っている人物で、われわれの業界の、ちょっとした有名人です」気取った言い方をしたつもりなのだろうが、警察に業界があるとは初耳だった。

「しかし、それでは納得できません。昨日の態度から見ても、三浦は絶対、この事件に噛んでいるはずです。それにゴルフのこともある」

「お気持ちはよくわかりますが、しっかりしたアリバイのある人物を、容疑者扱いすることはできません。車のことは、不幸な偶然の一致だったのでしょう。捜査本部でも、シロという結論に達しました」

「しかし」

「いや、がっかりしているのは、われわれも同様です」声つきは、本音《ほんね》のようだった。「でも、三浦靖史が犯人でないと判明したことだって、ひとつの進展にはちがいありません。こうした捜査では、千の情報のうち、九百九十九は役に立たない骨折り損なんです。それをひとつひとつつぶしていくのが、われわれの仕事です。じっくり腰を入れて、網を狭《せば》めていくしかないんです。解決を急いで近道をしようとすると、ろくなことはありません。ですから、これに懲《こ》りず、何か思い出すことがあったら、気兼ねなく電話してください。わたしがいなければ、伝言で結構です。新しい動きがあり次第、こちらからも連絡します。なるべく、お互いに連絡を絶やさないように努めましょう」

わたしが黙っていると、では失礼しますと言って久能のほうから電話を切った。受話器を置いたが、釈然としない。

久能は久能なりに誠実で有能な刑事だが、目先の事実に目を曇らされている。結局、それが、警察の限界なのだ。だが、わたしには、三浦が犯人であるという絶対の確信があった。昨日、彼の顔を見た瞬間にはっきりとわかったのである。とっさに閃《ひらめ》いた目のおののきが、如実《にょじつ》に彼の罪を暴露していた。にもかかわらず、三浦は釈放され、青天白日の下を大手を振って歩き回っている。そのことに対して、激しい憤《いきどお》りを覚えた。

警察は欺《あざむ》かれているのだ。アリバイは偽装に決まっている。だが、なるべく早く誤りを正さないと、事件は迷宮入りになってしまうだろう。わたしは、じっとしておれなくなった。土曜日の未明、青梅市郊外の資材置場で誓った言葉が、新たな意味を帯《お》びて、わたしの中によみがえってきた。おのが手で憎むべき三浦の罪を暴《あば》き、裁きの場に突き出してやる。

それはまた、別の意味で、茂への贖罪《しょくざい》である。自ら招いた罪の重圧を取り除くことはできないが、いくばくかの気休めにはなるはずだった。今のわたしには、それぐらいのことしかできないのだ。

方針を決めるのに、さほど時間を要しなかった。とにかく、警察の捜査を洗い直すほかない。三浦のアリバイ証人に当たるのが、第一歩である。

法月綸太郎というエキセントリックな名に、聞き覚えのあるような気がしたが、しばらく頭をひねっても思い出せない。たぶん関係ない名前と混同しているのだろう。久能は、彼が小説家だと言っていた。本を出している人物なら、マーケティング課のデータ・バンクに、記録があるかもしれない。

内線の四十二番を押して、四階のマーケ課につなぎ、法月某《なにがし》に関する資料を集めてくれと頼んだ。十五分ほどかかるという。待っている間、義父の部屋にかけて、久能の話を報告した。義父の答は落胆と、身内から重罪犯人を出さずにすんだという安堵が相半《あいなか》ばしていた。お互いに、あまり口数を重ねずに、事務的に会話を終わらせた。

五分遅れの二十分後に、マーケ課からの返事がかえってきた。黒田《くろだ》という調査部員である。マーケ課の人間は、気質的に、学者型とミーハー型のどちらかに大別できるが、黒田は明らかに後者だった。

「わかりました。法月綸太郎、字がむずかしいけど本名です。職業、推理作家」

「なるほど」それで、警官と知り合いなのだろう。「売れっ子なのか」

「何冊か本は出ていますが、ベストセラーといえるほどのものはありません。賞にも縁がないようです。書評もあまり評判はよくありません。なかなか痛烈なやつを見つけました。『法月は、まったくの痴《し》れ者か、まったくの偽物《にせもの》か、あるいはその両方だ』」黒田は読みながら、吹き出している。

「大した作家じゃないんだな。まだ若いのか」

「ええ、三十になっていません。まだシングルで、やはりやもめの父親と同居中、いわゆるネオ父子家庭なんですけど、その父親というのが、なんと警視庁捜査一課の警視の地位にあります」

「そうか」久能のほのめかした意味が、やっとわかった。直属の上司か何かの息子なのだろう。文字どおりの身内というわけだ。証言を鵜呑《うの》みにするのも、当然である。

あまりにも、できすぎたアリバイではないか。わたしは、そこに三浦の作為を感じた。

「その関係で、活字の上だけでなく、現実の犯罪事件にもタッチしているようです。もちろん、非公式な助言という形ですが。その筋ではちょっとした権威らしくて、これは警視庁の記者クラブにいた友人に聞いたんですが、去年起きた、新興宗教教祖の首なし殺人事件を覚えていますか？　あれを解決したのも、法月綸太郎だったということです」

驚いた。その事件なら、覚えている。確かに推理小説顔負けの、複雑怪奇な事件であった。そういえば、その時の報道で、法月という名前を小耳にはさんだような気もする。

「他にもいくつか、大きな事件を解決している人物です。本の著者紹介では、エラリイ・クイーン以来の名探偵という触れ込みですが、要するに、一種のアンティークというか、国の無形文化財みたいなもんでしょうね」

黒田が何を言いたいのかよくわからないが、よりによって名探偵とは。どうも、まともな人物ではなさそうだ。小説を書いているだけならまだしも、進んで名探偵を自称するとなると、誇大妄想狂か性格破綻者の疑いもある。何よりこの九〇年代に、そんな人種が棲《せい》息《そく》していること自体、信じがたい。

「有名人なのか」

「うーん。おたくっぽい連中は別として、十津川《とつがわ》警部クラスのビッグネームでないことは確かですね」

「誰なんだ、それは」

「知らないんですか、局長。トラベル・ミステリーとか読まないんですか」

「わたしは、推理小説を読むほど暇じゃないよ。その男の連絡先はわかるか」

「自宅の電話番号でいいですか」

「それを頼む」

世田谷の局番に続く番号をメモすると、黒田が言い添えた。

「カバーの写真があるんですが、拡大してファックスで送りましょうか」

「頼むよ」礼を言って、電話を切った。

届いたファックスを見ながら、書き留めた番号にかけた。変にずるがしこそうな、目つきの卑《いや》しい人相である。名探偵などと称したところで、要するに犯罪者と紙一重《かみひとえ》のうろんな人物に変わりはない。誘拐犯の片棒を担いでも平気な、無責任なニヒリストの顔だと思った。

線はつながったが、何度ベルを鳴らしても誰も出ない。留守と思って切ろうとした時、ようやく相手が受話器を取った。

「もしもし、法月ですが」寝起きらしく、声がかすれている。三浦と同様、夜行性の人間なのだ。

「山倉と申します。突然、申し訳ありません。推理作家の法月綸太郎さんですか」

「ええ、そうですが」

「つかぬことをうかがいますが、三浦靖史という男をご存じですか」

「知っています」法月の声が遠くなった気がした。

「彼について、訊きたいことがあるのですが。できれば、会ってお話しできませんか」

「山倉さんとおっしゃいましたね」やっと目が覚めたのか、今度はしっかりした声が返ってきた。「金曜日にお子さんを誘拐された、あの山倉史朗さんですか」

「誘拐されたのは、わたしの子ではありません」

「そうでした」咳払《せきばら》いが聞こえた。「わかりました。お役に立てるかどうか自信がありませんが、とにかくお話をうかがいましょう」

七時に新宿《しんじゅく》で会う約束をして、電話を切った。

声を聞いた限りでは、狼狽している気配こそなかったが、短い電話のやりとりでは何もわからない。もう一度、法月の顔写真をにらみつけた。この男が三浦と口裏を合わせて、嘘の証言をしているなら、こっちもそれなりの心構えが必要である。

「何の写真ですか」

部下に訊かれて、はっとわれに返った。自分がいる場所をすっかり忘れていた。今は仕事中なのだ。

「いや、何でもない」ファックスの写真を上着のポケットに押し込んだ。

「J社の森下さんから、さっき電話がありました。お取り込み中のようなので、こちらから折り返しかけ直すと言っておきましたが」

「ああ、すまない」あわてて電話を引き寄せ、受話器を持ち直した。「J社の森下さんだったね？」

気持ちを切り替え、夕方まで仕事に専心した。わたしの個人的事情で、SP局の業務の流れを止めることはできない。昨日も、まる半日以上、席を空けていた。それに今後、いつまた仕事を放り出す必要に迫られるか、わかったものではない。今のうちに、仕事を片付けておくほうが賢明である。

六時になったので、帰り支度《じたく》を始めた。もちろんわたし以外の面々は、全員残っている。というか、これからが、本当のかき入れ時なのである。少し気が引けたが、顔には出さず、部屋を出ようとした。

その時である。部下の隅田成美《すみだなるみ》が、わたしの背中に声をかけた。

「局長、お電話です」

「誰から？」

「奥さんです」

「そう。わたしのデスクに転送して」

今頃、何の用だろう。デスクに戻り、なにげなく受話器を取り上げた。

「あたしよ」耳の中に路子の声が響いた。「話があるの。今から会ってくれない？」

ものも言わずに、受話器をたたきつけていた。がちゃんという音にみんなが驚いて、わたしに視線が集まった。

「何でもないよ」わたしは平静を装《よそお》って、鞄《かばん》を持ち直した。「たちの悪いイタズラ電話だ」

不審がられる前に、部屋を後にした。表の道路に出る頃、心臓の動悸が速くなった。

3

銀座に出て丸《まる》ノ内《うち》線に乗り換え、六時半に新宿に着いた。西口改札から地下道を通って、住友三角《すみともさんかく》ビルまで歩いていった。四十九階によく利用する会員制クラブがある。そこで落ち合う約束だった。

店に着いたのは、七時少し前だった。時間のせいか、店内に客はまばらである。ボーイがわたしの姿を認めて、すっと近づいてきた。

「山倉様、お連れさまがお待ちです」奥のテーブルに視線を投げた。

明るい茶色の上着を着た青年が、シートに坐っていた。すぐわたしに気づいたらしく、立ち上がってこちらに会釈《えしゃく》した。

「はじめまして。法月です」

「山倉です」名刺を出して、向かいのシートに腰を下ろした。「どうも、わざわざお呼び立てしてすみませんでした」

「いえ、おかまいなく」と言って、相手も腰を下ろした。テーブルの上には、ペリエの瓶《びん》がある。わたしは二人分の飲み物とつまみを注文して、それからじっくり相手の風体《ふうてい》を吟味した。

立ち姿はかなり長身で、どちらかといえば、痩せ型の体格であった。しかし、ひ弱な感じではない。ネクタイのないラフな格好だったが、会社に出入りする制作《クリエイティブ》の連中とちがって、礼儀をわきまえぬ態度ではなかった。広い額と瞑想家風の眼差しが、温和な顔立ちにアクセントをつけている。映画俳優ジェイムズ・スチュアートの若い時を思わせる、癖のない坊ちゃん風の容貌であった。

予想していたのとずいぶん印象がちがうので、拍子《ひょうし》抜けがした。少なくとも、誇大妄想狂や性格破綻者のようには見えない。

「何か、ぼくの顔についていますか」わたしのとまどいを見抜いたように、法月が言った。

「あんまり写真と感じがちがうので、ちょっと」

「写真?」

言ってから、しまったと思ったが、もう遅い。

「これです」マーケ課から送られた例のファックスを、本人の前に広げてみせた。

「なるほど」彼はくすぐったそうに肩をすくめた。「もともと写真映りがよくないんです」

「それより、拡大コピーのせいでしょう。複写が濃すぎて、陰になったところが黒くつぶれてしまったようだ。コピーといっても、鵜呑みにできないものですね」

法月はわたしの手に写真を戻しながら、

「顔写真だけでなく、ぼくの素姓《すじょう》をあらかじめ調べてこられたのでは?」

「じつはそうです」初対面で、お互いに腹の探り合いをしている感じだった。「警視庁の久能警部から、あなたの名前をうかがった後、会社のマーケティング課を通じて、少し予備知識を仕入れさせてもらいました。といっても、築地《つきじ》CIAほどの情報網はありませんから、簡単なプロフィル程度ですが」

「築地CIAですって?」

「博通のことです。築地に本社があって、政府・官庁筋に深く癒着《ゆちゃく》しているから、やっかんでそう呼ぶんです。もし、あなたのことをリサーチしたことが気に障《さわ》ったら、お詫びします」

「気にはしません。かえって自己紹介の手間が省《はぶ》けるので助かります。アマチュアの犯罪研究家といっても、誰も信用してくれないんです。それに、じつを言うと、ぼくもあなたと同じことをしました」

「どういうことです」

「ここに来る前、警視庁に寄り道してきたんです。当然リサーチの対象には、ぼくの父親の職業も含まれていたのでしょう」

「法月警視。捜査一課の」

「ええ。今、名前の出た久能警部とも、旧知の仲です。それで、誘拐事件の経過はもちろん、あなたと三浦さんの関係についても、警部から詳しく聞きました。お子さんが、彼の子供だったということも知っています。ですから、プライバシーを侵《おか》したことでお詫びしなければならないのは、むしろぼくのほうかもしれません」

この男は、わたしが思っていたような、恥知らずの嘘つきではないかもしれない。話しているうちにふとそんな迷いが生じた。誘拐殺人犯をかばって、平気でいられるような人間には見えないのだ。ひょっとしたら、法月の証言は信頼に値《あたい》するのではないか。

いや、待て。わたしは、自分を引き止めた。短絡的な判断は禁物だ。この会見のそもそもの目的は、三浦のアリバイを崩すことである。率直そうな話しぶりに惑わされるな。相手のペースに取り込まれぬよう、気を引き締めてかからなければならない。

「お互いさまということで、そのことは不問に付しましょう」とわたしは言った。「それなら、改めて事件のことを説明する必要もありませんな。では、順を追ってうかがいます。あなたと三浦靖史とは、いったいどういう関係なのですか」

「最初は仕事で知り合いました」と法月は答えた。「ちょうど一年前、まだ三浦さんが関西のTV制作プロにいた頃です。そのプロダクションが、編集者を通じてぼくのところに、犯人当てドラマの原作をやらないかという話を持って来ました。それがきっかけなんです」

耳慣れぬ言葉に引っかかった。

「犯人当てドラマ?」

「関西ローカル局の〈夜を抱きしめよう《エンブレイス・ザ・ナイト》〉という深夜バラエティの枠《わく》の中で、殺人ミステリの問題編と解答編を二週に分けて放映し、一週目の終わりに誰が犯人か、視聴者の推理を公募して、正解者には海外旅行が当たるという企画でした。琵琶湖《びわこ》に、竹生島《ちくぶしま》という小さな島があるんです。その島を舞台に、連続殺人が起こるという設定で、ぼくが原案を書き、三浦さんがそれをシナリオに起こしました。ドラマといっても、演じるのは番組のレギュラーとスタッフ陣だけで、内容もほとんど楽屋落ちでしたけどね。ぼく自身、琵琶湖のロケに同行して、エキストラで特別出演もしました。なかなか興味深い経験でしたよ。

それはさておき、三浦さんとは、原案の集中討議《ブレイン・ストーミング》の時から意気投合して、それ以来の付き合いです。気が合ったのは、お互いに趣味が似ていたせいでしょう。向こうのほうが年上で顔も広いので、その時は、世話を焼いてもらうばかりでしたが」

「その仕事が終わった後も、三浦とよく会っていたのですか」

「いえ。彼は大阪で、ぼくはこっちですから、しばらくは電話か、手紙のやりとりぐらいで、なかなか会って話す機会というのはありませんでした。ところが今年の六月、〈夜を抱きしめよう〉の放映が打ち切りになってしまったんです。五年間続いた番組で、視聴率はそんなに悪くなかったみたいですが、マンネリ化していたんですね。三浦さんは、放映開始直後からこの番組に関わっていて、かなりの入れ込み方だったようです。自分が育てた番組という自負があったのでしょう。それが終わってしまって、はっとわれに返ったというか、心機一転《しんきいってん》、今後の身の振り方を考え直すことにしたらしく、プロダクションを離れ、半分フリーのような格好で、古巣の東京に戻ってきたのが、この八月でした。また彼と顔を合わせるようになったのは、それからです」

「八月から今までの間、三浦が東京で何をしていたか、ご存じですか」

法月はためらいなく、即答した。

「小説を書こうとしていました」

「小説？」

「意外ではないでしょう」法月は念を押すように言った。「三浦さんは、S誌の新人賞をもらった人ですから。といっても、ぼくはそのことを、彼がこちらに戻って二度目に会った時、本人の口から聞いて初めて知ったのですが。酒の席で、愚痴《ぐち》をこぼされたんです。TVの仕事が長かったせいで、小説の書き方を忘れてしまった。どうすればいいのか、教えてくれないか、と。でも、年齢もキャリアも、向こうのほうが先輩ですからね、とても答えようがありません。その後、彼の昔の本を読んでみて、びっくりしました。ぼくなんか足下にも及ばない、熱い才気がほとばしるような小説です。率直に言って、今の三浦さんとは別人ではないかと思ったぐらいです」

その点は、わたしも同感だった。ただし、三浦をだめにしたのは、TVの仕事ではないはずである。次美さんを亡くしたことが、彼が書けなくなった唯一の原因だと思う。

そのことを口にすると、法月は当時のいきさつを聞かせてほしいと言った。次美さんのことは、名前しか知らないようだ。三浦は死んだ妻について、あまり話したがらなかったという。求めに応じて、二人の出会いから死別までを、わたしの言葉で語った。法月は神妙な面持《おもも》ちで、何度も相槌《あいづち》を打った。

あまり本題から離れすぎないところで、回顧を切り上げ、わたしは次の質問に移った。

「先週の金曜日のことを聞かせてください」

法月の表情が引き締まる。

「その前の火曜日、彼から電話があって、金曜日は予定があるか、朝から家に邪魔してもいいかと訊かれました。予定はない、家に来てもかまわないと答えると、じゃあ、密室講義を一日でやってくれないかというのです」

「密室講義とは？　何のことですか」

「山倉さんは、推理小説に詳しくないようですね」

うなずいた。法月は改まった口ぶりで、

「ミステリのテーマとしての密室とは、ある閉じられた空間の内部に他殺死体があるにもかかわらず、殺人犯人は不在で、しかも侵入ないし脱出した形跡がないという状況を指します。頑丈《がんじょう》な壁とドアと窓のある箱のような部屋で、全ての錠《じょう》が内側からロックされているのに、犯人の姿がないというのが、その典型的な図式です。もちろん、犯人が煙のように消えることはあり得ませんから、そこには何らかの詐術《さじゅつ》、トリックと呼ばれるものが存在します。推理作家はどういうわけか、この密室トリックというやつが大好きで、古今東西、夥《おびただ》しい数の密室テーマの推理小説が書かれています。その星の数ほどもあるトリックを分類整理して、しらみつぶしに項目を立てていくのが、ミステリ・ファンの間で密室講義と言い習わされている作業です」

「糸と針を使って、ドアの外から鍵をかけるという、あの類《たぐい》のものですか」

「まあ、そんなものです」

「そんなことをするのに、十二時間以上もかかったのですか」わたしは少しあきれて言った。「久能警部の話では、朝の八時から夜の九時まで、ずっとあなたのお宅にいたとうかがっていますが」

「講義といっても、教師ひとり、生徒ひとりですから、いい加減なものです。脱線、脱線の連続で、休憩時間も入れたら、実際の講義時間というのは、三分の一ぐらいじゃないでしょうか。三浦さんは、分類よりも、具体的な実例に興味があって、あれはこうだ、これはどうだといちいち例を挙《あ》げていく羽目《はめ》になり、思わぬ時間を要したわけです。アリバイのことでしたら、途中で食事のために表に出たので、一度も家から出なかったわけではないですが、一日じゅう、彼と一緒にいたことはまちがいありません」

「失礼ですが、お宅は世田谷のどちらですか」

「等々力《とどろき》です」

「食事で外に出たのは、何時ごろ、どの辺ですか」

「ぼくのマンションの近くです。昼の一時頃、蕎麦《そば》を食べに出かけました。その後、近くの喫茶店で、三時頃までコーヒーを飲んでいました。〈蕎麦半《そばはん》〉と〈パッカード・グース〉、両方とも目黒通りに面した店です」すぐに名前が出てきたのは、一度同じ質問に答えているからだろう。

「夕食は?」

「喫茶店の帰りに買い物をして、二人がかりでやっつけました。三浦さんがその気になると、料理の腕前は大したものです。若鶏《わかどり》の何とか風と、イタリアン・サラダ、きんぴらごぼう、あさりの味噌汁、その他いろいろです。ちょうど父親が早く帰ったので、三人で食卓を囲みました」

わたしは不安を感じた。事実なら、アリバイ証人がもうひとり増えたことになる。

「法月警視が帰ってきたのは、何時ですか」

「七時半過ぎです。料理がお気に召したらしく、これからも夕飯時《どき》に遊びに来いと誘っていました。用事があるからといって、彼が帰ったのは、九時ちょうどです」先回りして、法月が言った。

「用事というのが何か、訊きましたか」

「いいえ」

「三浦は、どうやって帰ったのですか？　朝は車で来たのですか」

「いいえ、等々力駅まで歩いて、東急大井町《とうきゅうおおいまち》線で帰りました。朝も電車で来たのです」

「見送ったのですか」

「ええ」

「朝はまちがいなく、八時に来ていたのですか」

「確かです。父親が出勤した後、あまり時間をおかずに着きましたから」

「彼がお宅に来たのは、先週が初めてですか」

「二度目です。前に一度、うちに泊まったことがあります」

法月は質問をうるさがるふうではなかったが、わたしのほうは、だんだん息苦しくなるような気がした。彼の答を聞けば聞くほど、三浦のアリバイが堅固なものになっていくからだった。

午前八時に等々力にいた人物が、同時刻に、久我山で冨沢茂を誘拐することはできない。また午後八時から九時までの間、法月父子と同席していた人間に、茂の殺害は不可能である。

目の前の男が嘘をついていない限り、三浦のアリバイには、疑いを入れる余地すらなかった。しかもわたしは、最初から法月を疑惑の目で見ていたにもかかわらず、彼の態度に、ごくわずかな嘘の徴候も見出すことができずにいた。わたしは、焦《あせ》りを覚え始めた。

「それにしても、三浦はなぜ、密室講義なんかを聞きたがったのでしょう」

「さっきの話に戻りますが、昔のように小説を書けなくなったことに気づいた三浦さんは、方針を変えて、推理小説に挑戦することにしたようです。新しい密室トリックを思いついたので、作品化して新人賞に応募する、と言いました」

「三浦が推理小説を？」

「ぼくは、いい考えだと思いました。推理小説は形式的なジャンルですから、小説の書き方を忘れた作家のリハビリとしては、最適じゃないかと。それにエンタテインメントに徹するつもりなら、TVの経験だってマイナスにはならないでしょうし。もっとも、今時《いまどき》、新しい密室トリックをひとつ思いついたからといって、それだけでいい作品ができるわけがないんですが、三浦さんのように潜在的な実力を持っている人が、本気でそれに取り組めば、ミステリ専門《プロパー》の作家には書けないような傑作が生まれる可能性もありますからね」

「すると、三浦は小説の参考にするために、プロパー作家のトリック総カタログを知りたがったというわけですか」

「ええ。しかも彼は、自分の考えたトリックが、過去に例のない、オリジナルなものであることに、ずいぶん拘泥《こうでい》していました。密室講義を聞きたがったのも、そもそも自分のトリックに前例がないかどうか、チェックするのが目的だったようです」

「三浦のトリックというのは、そんなに目新しいものだったのですか？」

法月は首を横に振った。

「それは、ぼくにはわかりません。彼は結局、自分のトリックを打ち明けませんでした。聞き出すことができたのは、閂《かんぬき》を使ったトリックであるということだけです」

「閂ですか」そうつぶやいた後、わたしは法月の言葉の中に、ようやく突破口を見出したのである。

「普通の錠なんかではだめで、がっちりした閂であることが、必要条件だと言っていました。でも、それ以上は何とも。トリックを喋ったら、ぼくが盗作するとでも思っていたのかもしれません」

「あるいは、そんなトリックなど、最初から考えていなかったのかもしれませんよ」

わたしが口をはさむと、法月は不意を打たれたように目を細めて、こちらを見つめた。

「どういう意味ですか」

「法月さん、わたしはあなたの言うことを全面的に信用しているわけではない。あなたが三浦と口裏を合わせて、ありもしない話をでっち上げている可能性も捨ててはいない。わたしは最初から、そのつもりでこの席に臨《のぞ》んだのです」

法月は答えずに、肩をすくめた。

「しかし、今の話を聞いているうち、別の可能性に思い当たりました。あなたはそれと知らずに、三浦に利用されていたのではありませんか？　つまり、密室トリック云々《うんぬん》は、あなたを丸め込んで、アリバイを証言させるための口実にすぎないと思います」

「三浦さんが、ぼくを利用した？」

「法月さん、あなたは警視庁捜査一課の法月警視のご子息で、警察にはずいぶん信用のある方です。三浦靖史は、誘拐の行なわれたまさにその当日、あなたとまる一日、一緒にいたと主張して、あなたもそのとおりだと言う。捜査当局にとっては、信頼度の高いアリバイかもしれませんが、わたしはむしろ、作為的な匂いを感じます。あまりにも、条件が揃いすぎているからです。アリバイの強固さは、逆に彼の弱みを示しているとさえ思います。三浦は最初からあなたの人物、信用力を見込んだ上で、計画的にアリバイ証人に仕立てたのではないでしょうか」

法月は、わたしの主張をじっくりと吟味した。両手を組み、うなだれて考え込んでいた。道理のわかる男なら、同意してくれるはずだった。しばらくして、ようやく顔を上げた。深い井戸の水面に映るほの暗い影のように、彼の目が光を帯びていた。

「山倉さん、あなたのおっしゃることには一理あります。かといって、金曜日の三浦さんのアリバイをそっくりひっくり返すのは至難の業《わざ》ですが、ぼくもひとつ思いついたことがあります。それを確かめるまで、この件に関するぼくの態度は、保留ということにしてもらえませんか」

彼の態度は、けっしてこの場だけの言い逃れとは見えなかった。わたしは、法月に機会を与えることにした。

「いいでしょう」

「結果がわかり次第、連絡します。もしぼくの考えが当たっていたら、山倉さんに協力します」

「そうなることを祈りましょう」

話し合いは終わった。店を出て、エレヴェーターで地上に降りる途中、法月がふと口を開いた。

「どうでもいいことですが」

「何でしょう」

「リンダ・ローリングは、『大いなる眠り』ではなく、『長いお別れ』の登場人物ですよ」

エレヴェーターが止まり、扉が開いた時、外のロビーに冨沢路子の姿を見た。

4

路子は、外出用の黒いスーツを着ていた。ブラウスは気の滅入るようなグレイ。ストッキングと靴も黒っぽい色である。わたしの驚きを認めて、落ちくぼんだ目が陰気に輝いた。すっかり肉の落ちた頰が、ロビーの照明の下で、妙に青ざめて見えた。

かつては、もっと美しい女だったはずである。だが、昔の面影は、もうどこにもなかった。今では、わたしへの憎悪に凝《こ》り固まった、幽鬼のような姿に変貌していた。

「どうしてここが――」言いかけて、退社直前にかかってきた電話のことを思い出した。あれは、会社の近くからかけていたのだ。表で待ち伏せて、ここまでつけてきたのだろう。尾行に気づかなかったのは、わたしが迂闊《うかつ》だった。

路子はこちらに向かって歩いてきた。わたしを見つめている。獲物を目がけて、空の頂《いただ》きから急降下する猛禽《もうきん》の目だ。感情よりもっと深いところにあるものによって、動かされている。

わたしはパニックに陥っていた。今まで無理やり抑《おさ》え込んでいた自己猜疑《さいぎ》の念が、体じゅうの毛穴からいっせいに噴《ふ》き出し、言い知れぬ恐怖となってわたしを包み込んだ。近づいてくる路子の足音に、霊安室で泣き叫ぶ女の声が重なった。

「あなたが、茂を殺したのよ」

そうだ。この女は、わたしが実の子である茂を見殺しにしたことを知っている。過去の姦通の共犯者として、不倫の息子の母親として、わたしがそれを認める以前から、直感的に見抜いているのだ。

そう思うと、路子の顔を直視できなかった。だが、たとえ目をそらしたところで、路子の体から立ち上ってくる破滅の匂いは、わたしに取りついて離れない。

「山倉さん」耳元で、路子の声がした。「話があると言ったはずよ」

わたしの反応は、動物的なものであった。

「きみと話すことはない」顔も見ずに身をひるがえして、出口のほうへ足早に立ち去った。

「逃げないで」

割れ鐘《がね》のような声がロビーに響いたが、わたしは振り向くこともせず、ひとりになって、ビルの外の雑踏に加わることのみに考えを集中していた。

地下通路を京王線の方角に歩いていく途中、自分がまったく思慮のない行動をしたことに気づいた。一緒にロビーに降りてきた法月綸太郎の存在を、すっかり失念していたのである。

法月は、さっきのやりとりを不審がったにちがいない。ニュース報道で、路子の顔を見ているかもしれないし、そうでなくても、名前を聞けば、すぐに茂の母親であるとわかるはずだ。二人の間に、何があったのか、探ろうとしても不思議はない。その時、感情的になった路子が、わたしたちの隠された過去の関係を、法月に打ち明けてしまわないという保証があるか。背筋の汗が一度に引いて、ぞっと寒気《さむけ》が走った。

人の流れに逆らって、いま来た道を急いで駆け戻った。住友ビルの一階ロビーに着いた時には、しかし、二人の姿はどこにもなかった。もう手遅れである。息を切らせながら、その場に立ちつくしていた。路子と話し合う機会を目《ま》の当たりにしながら、自分からそれを放棄してしまうとは。おのれの馬鹿さ加減にあきれて、ものも言えなかった。自ら破滅に身を投じたようなものだった。

身を刻むような孤立感を抱えて、ロビーを後にした。平和な家庭という幻影が、砂の城のように崩れ落ちていく音を聞きながら、それを止める手立てのないことを嘆《なげ》くばかりであった。わたしは投げやりな気持ちで、新宿の夜の狂おしい喧騒の中に、自分自身を消し去ってしまいたいと思った。

その後のことは、あまりはっきりとは覚えていないが、まっすぐ家に帰らなかったのは確かである。自分の罪を抉《えぐ》り出された直後に、和美の顔を見ることは、とても良心の苛《か》責《しゃく》に耐えられなかった。ついに帰る家さえ失って、どこにも安息の場所を持たない孤独な男が、このわたしであった。

不安を紛《まぎ》らわせるため、酒精《アルコール》の力に頼ろうとしたことは記憶がある。普段から、付き合いの酒ならともかく、酔いに任せて憂《う》さ晴らしをする連中を軽蔑していたが、この夜だけは、彼らの仲間になりさがる覚悟であった。情けない話だ。飲みつぶれるまで梯子《はしご》した店も、二、三軒では利かなかったかもしれない。

目が覚めた時は、パジャマを着て、自宅の寝室のベッドの中にいた。どうやって帰ったのか覚えていないが、無意識とはいえ、家にたどり着く分別は残っていたと見える。頭ががんがん鳴っていた。記憶が欠落するまで飲むなんて、何年かぶりだ。ベッドから抜け出して、カーテンを開けると、日が高いのに驚いた。もう十時を過ぎている。

寝室を出ると、ごうんごうんという音が廊下に響いていた。二日酔《ふつかよ》いのせいではなく、和美が洗濯をしている最中だった。

わたしの顔を見ると、しょうがない人ねという表情が浮かんだ。

「あんなになって、よくタクシーが拾えたわね」

「何時頃、帰ってきたんだ」

「四時前。立っているのもやっとだったのよ。あんなふうになるなんて、あなたらしくないわ。いったい、誰と飲んできたの」

「ひとりだ。どこで飲んだのかも覚えていない」

和美は溜息を洩らした。ぶざまな酔態を責めるでなく、同情を込めた目でわたしを見つめた。

「気持ちはわかるけど、茂君のことで、あなたがくよくよしても始まらないわ。忘れろとは言わないけど、自分ひとりを責めるのはまちがいよ」

「ああ」答を濁して、話題を変えた。「どうして起こしてくれなかった？　もう十時を過ぎてるじゃないか」

「会社には、欠勤すると電話しておきました。だってあなた、無理をしすぎだわ。まだ、事件の痛手《いたで》から回復してないんだから。自分も被害者だってことをわかってないの？　一昨日《おととい》の夜だって、あなた眠れないでいたでしょう。知ってるのよ。こんなでは神経の疲れで、体が参ってしまうわ」

「わかったよ」

和美は脱水槽から、衣類の塊《かたまり》を引っ張り上げた。

「どうせ何も食べられないんでしょう。これを干したら、手が空《あ》くわ。特製ジュースを作ってあげるから、ダイニングで待っていて」

言われたとおり、ダイニングに移って、椅子に腰を下ろした。テーブルの上はきれいに拭かれて、キッチンの流しもきちんと片付いている。和美の様子だって、いつもとまったく変わらない。妻はまだ、わたしの裏切りを知らないのだ。

最初は半信半疑だったが、冷静に考えてみれば、驚くほどのことではなかった。法月がわたしと路子の関係を知ったからといって、直《ただ》ちにそれが和美の耳に届くわけではない。路子の行動は予想できないが、法月ならば、わたしに確かめるぐらいの分別はあるはずだ。

そのことに気づいて、わたしは束《つか》の間《ま》胸をなで下ろした。

和美がキッチンに来て、野菜とオレンジと蜂蜜《はちみつ》で手製のジュースを作り始めた。材料をミキサーに入れてかき混ぜる間、わたしに言った。

「三浦にはアリバイがあったそうね」

「どうして、それを」

「昨日《きのう》、お父さんから電話があったのよ。あの男が事件に関係ないとすると、誰が犯人かわからないわね。警察はちゃんと解決できるのかしら」

「警察なんて当てにしないいさ」とわたしは言った。

「どうして」

「犯人は三浦だ。わたしはそう信じている」

「でも、アリバイが証明されたんじゃないの？」

「アリバイなんて崩せる。法月綸太郎という名前を聞いたことはないか」

「知ってるわ。推理小説の作家でしょう。読んだことはないけど、名前だけ知っている」

「昨日、その男と会った。どうも、三浦のアリバイ工作に利用されたふしがある。場合によっては、彼の協力を得られるかもしれない」

「本当？　よかった。正直言って、ずっと気になっていたの。誘拐殺人って、無期懲役なんでしょう。あの人が捕まって刑務所に入れば、今度こそ隆史も安心だわ」和美はミキサーを止めると、でき上がったジュースをグラスに空けてわたしの前に置いた。「そういえば、昨日は、冨沢さんからも電話があったわよ」

路子が電話を！　油断していたので、ショックは大きかった。ジュースの入ったグラスを、思わず倒しそうになったほどである。だが、和美は、わたしの動揺に気づいた様子はなかった。

「妻が失礼なことをしましたって。一昨日のお葬式のお詫びだったのよ。冨沢さんのご主人、相当やつれた感じの声だった。路子さんが荒れているらしいわね。この前はあんなことを言ったけど、落ち着いたら、あなたがもう一度、頭を下げに行ったほうがいいかもしれない」

「そうだな」かろうじて、相槌を打った。電話とは、冨沢耕一からだったのか。後ろめたさから、路子がかけてきたものと、早合点《はやがてん》してしまったのだ。

和美がコーヒーを沸《わ》かし始めた。わたしはゆっくりとジュースを飲んだ。でき上がったコーヒーをカップに注《つ》いで、和美が向かいの椅子に坐った。

「あなたと二人で、こんなにのんびりするのは、久し振りね」ふとそんなことを言った。

「そうだな」さっきと同じ台詞《せりふ》をつぶやいて、わたしはジュースを飲んだ。和美のカップから立ち上る湯気が、乱れることなく、静かにダイニングの空気に溶け込んでいく。

絵だけ取り出せば、平和な光景だった。今までどおり、信頼と幸福に満ちたわが家の光景である。

だが、わたしは、この光景が信じられなかった。今はひどく場違いな印象さえ受けた。これが現実であるなら、昨夜の恐慌《きょうこう》は何だったのか。悪夢？　いや、そんな虫のいい結末を望むほど、わたしは身のほど知らずではない。

現実問題として、家庭崩壊の危機が過ぎ去ったわけではなかった。危険は相変わらず目前にあって、今のところ、ただ先送りされているにすぎない。路子さえその気になれば、たやすくこの幸福は覆《くつがえ》されてしまう。

だめだ。そんなことはさせない。わたしは、この平和を守ってみせる。和美を、隆史を、わたしの家族を守らなければならない。

わたしは自問した。そのために、今、何をなすべきであるか、と。

答はひとつしかない。

いうまでもなく、茂を殺した犯人をこの手で暴き出すことである。そして、路子の中に鬱積《うっせき》した、わたしに対する憎悪のエネルギーの全てを、殺人犯ひとりに向けて解き放つのだ。

卑怯《ひきょう》者、責任転嫁、エゴイストと言われてもかまわない。わたしには、守るべき妻と子供がある。犠牲《いけにえ》の山羊を差し出せば、路子の見境《みさかい》のない怒りも鎮《しず》まるだろう。その後、改めて二人で話し合って、穏便《おんびん》な形で過去を洗い流せばいい。そのほうがお互いのため、いい結果を生むはずだ。

犠牲の山羊は、もう用意してある。三浦靖史だ。彼を差し出すことに、躊躇《ちゅうちょ》は感じない。やつの手は、すでに血にまみれているからだ。問題はただひとつ、時間的なことである。

昨夜の行動から見ても、路子のフラストレーションは、ぎりぎりまで高まっているはずだ。今こうしている瞬間にも、和美に対して全てをぶちまける準備をしているかもしれない。一刻も早く、路子の憎悪の標的をそらす必要があった。

悠長に法月の返事を待っている暇などないことに気がついた。事は一刻を争うのである。アリバイが崩れたからといって、すぐに三浦が逮捕されるわけではない。警察や、裁判所が重い腰を上げるためには、もっと決定的な証拠が必要である。三浦が有罪であることを示す決定的な証拠。こうなったら、わたしがそれを手に入れるしかないようだ。

すぐに行動に移る決心がついた。目的の場所は、中野ニューハイム三〇五号室である。金曜日、冨沢茂が監禁されていたのは、あの部屋しか考えられない。一昨日訪れた時の散らかり方を思い出すと、茂があそこにいたことを示す証拠が残っている可能性は低くなかった。だが、それを見つけるためには、最低三十分間、三浦を部屋から追い出す方法を考えなければならない。

「もう空《から》っぽよ」

和美の声で、われに返った。考えに夢中になっていて、中身のないグラスを何度もあおっていた。

「ジュースは残っていないけど、コーヒーにします？」

訊かれた質問には答えず、妻を見つめた。別の考えが頭の中に生じていた。

「今日、何か予定はないか」とたずねた。

「ないけど」

「隆史の学校は何時に終わる？」

「いつも四時には帰ってくるわ。どうして」

今、十時半だから、それまで五時間以上余裕がある。一緒に和美を連れていくことができる。

「すまないが、頼みがある。これから、あることをするために、どうしてもおまえの助けがいるんだ。手伝ってくれないか」

「いったい何をするつもり？」

「三浦と会ってほしい」

和美は驚きのあまり、目を丸くした。

五章　侵入——坐っていた死体

1

　児童公園の横にアウディを路上駐車した時は、すでに十二時に近かった。車を駐《と》めた位置から、中野ニューハイムは目と鼻の先である。助手席でシートベルトを外《はず》しながら、和美が心配そうにたずねた。

「こんなことをして、本当に大丈夫なの」

「怖がることはない。危険はないから」

「でも、わたし、うまく三浦を引きつけておけるかどうか、自信がないわ」

「当たり障《さわ》りのない話をしていればいいんだ。次美さんの思い出でも何でもいい。三浦だって、おまえのことまで疑ったりしないだろう」

　和美は肩をすくめるような仕草をして、車を降りた。着物の裾《すそ》の皺《しわ》を直している。和装で出かけるように言ったのは、わたしだった。着物姿のほうが三浦に安心感を与えると思ったからである。背筋を伸ばして深呼吸すると、わたしに言った。

「じゃあ、行ってきます」

「気をつけて」

「あなたこそ」和美は硬《かた》さのほぐれない足取りで、中野ニューハイムのエントランスに姿を消した。わたしはシートを倒し、サングラスをかけて、居《い》眠りしているふりを装いながら、横目でエントランスを見張り始めた。ウィークデイの正午に、わたしを怪しむ通行人はいなかった。

わたしの計画は単純なものだった。和美が三浦の部屋を訪ねて、外におびき出す。唐突な訪問には、一昨日、わたしが彼を殴って怪我《けが》をさせたことを、本人に代わって謝罪するという立派な口実があった。そして、駅前の喫茶店で、和美が三浦を引き止めている間、わたしが彼の部屋に忍び込んで、有罪の証拠を探すという段取りである。

成功する可能性は高いと思った。隆史をめぐる争いがあったといえ、三浦は和美を邪険に追い返すことができないはずである。彼にとって、和美はわたしの妻である以前に、死んだ次美さんのただひとりの姉なのだ。

しかし、じつのところ、和美を連れてきたのは、三浦を引っ張り出す囮《おとり》になってもらう他に、もうひとつ別の理由があった。ひとりで家に残しておけば、いつ路子の悪意にさらされるかと不安でたまらなかったからである。神経質すぎるかもしれないが、用心に越したことはない。もちろん、このことは和美には黙っている。

十分ばかりたって、エントランスに、和美と三浦の姿が現われた。三浦は白いセーターにジーンズという格好で、髪に寝起きの癖が残っていた。和美の来訪をみじんも怪しんでいるふうに見えない。二人連れ立って、東中野駅のほうに歩いていった。二つの後ろ姿が角を曲がって、わたしの視界から外れる直前、和美が背中に手を回して、OKのサインを出すのが見えた。どうやら、うまく三浦を丸め込んだようだ。

わたしはサングラスを外して、車を降りた。道路を横切りながら、薄い生地《きじ》の手袋をはめる。別にその必要はないと思われたが、むしろ気構えの問題であった。

住人のような顔をして、エントランスをくぐる。一応、背広にネクタイを締めてきたので、本物の住人に見とがめられた時は、セールスマンのふりをするつもりだった。一階の階段のすぐ横のところに、全室分の郵便受けがあった。鍵がついているような、上等なものではない。

周《まわ》りに人影のないことを確かめてから、「三〇五号　三浦靖史」と記された郵便受けを開けた。わたしは、三浦の昔の習慣を知っていた。しょっちゅう外で鍵をなくすので、スペアキーを郵便受けの蓋《ふた》の裏側に、ガムテープで貼っておく決まりだと、次美さんが話していたことがある。たぶん現在でも、その習慣が続いているだろうと踏んだのである。

予想は当たった。開いた蓋の裏側を手で探ると、蝶番《ちようつがい》のすぐそばに、ガムテープを貼りつけた隆起があった。テープをはがして、接着面を見ると、案《あん》の定《じよう》、鍵がくっついている。ほくそ笑《え》んで、鍵をはがして手の中に握り、テープは元のところに軽く貼り直しておいた。

階段を上って、三浦の部屋の前に立った。何食わぬ顔をして、ドアブザーを鳴らした。この前のいかれた娘が潜《ひそ》んでいるかもしれない。しかし、中から応答はなかった。廊下の両側にさっと目を走らせ、人目のないことを見届けてから、郵便受けで手に入れたスペアキーを鍵穴に差し込んだ。

見つかったら、家宅不法侵入の現行犯である。すばやくドアを開けて中に入り、閉じる手で同時にドアをロックした。

靴を脱ぎ、部屋に上がる。この前ここに来た時は気づかなかったが、昼間というのに、何となく薄暗い部屋である。室内の荒れたさまは相変わらずで、気のせいか、食べ物の残骸の饐《す》えた臭いが、強くなっているようだった。わたしは灯《あか》りをつけた。蛍光灯のフードが、煙草の脂《やに》で変色しかかっていた。

あまりにも乱雑に散らかっているので、どこから手をつければいいのか、悩むほどだった。手始めに造りつけのクロゼットを開け、垢《あか》じみた衣類の間に首を突っ込んだ。子供が監禁されていた形跡はなかった。昨年の幼女誘拐犯の例を思い出して、ビデオテープの棚をひっくり返し、試《ため》しに二、三本再生してみたが、時間の無駄だった。映画やドキュメンタリーの映像ばかりである。

ベランダ側の窓に寄せたデスクの上に、デスクトップ式のワードプロセッサが置かれていた。C－ワードと呼ばれる機種である。『新都アド』でも、同じメーカーの上級機を使っていた。キーボード兼用のカバーは閉めてあった。その周りにノートや文庫本、東京近郊の地図などが所狭しと積み上げられている。地図を広げたが、昭和記念公園や狭山公園に印《しるし》をつけた跡はなかった。抽斗《ひきだし》の中も、役に立たないがらくたのみで、何ひとつ得るものがない。

床に放り出された雑誌や衣類をひとつひとつ拾い上げ、まだ生きていた時の子供の匂いを嗅《か》ぎとろうとした。ベッドのシーツの間から髪の毛を残らずつまみ出して、持ってきた封筒の中に収めた。浴室とトイレの床に鼻面《はなづら》をこすりつけ、口で息をしながら、流しの食べ物のくずを調べ、冷蔵庫の中身までチェックした。しかし、冨沢茂がここにいたことを示す証拠は、簡単に見つかりそうになかった。

失望と焦《あせ》りが忍び寄ってきたが、ここで引き下がるわけにはいかない。わたしは気を取り直して、電話を調べた。事件の夜、十時以降の連絡をこの部屋からかけていた可能性もある。

わたしの家の番号のメモを残しておくほど、三浦は馬鹿ではなかったが、メモリー付きの多機能電話なので、最後にかけた番号が記憶されているはずだった。受話器を取り上げ、リダイヤルのボタンを押した。機械が自動的にダイヤルし、先方で呼び出し音が鳴っている間、わけもなく緊張していた。わたしの家につながっているのなら、誰も出ないはずだった。

回線の向こうで、誰かが受話器を上げた。

「警視庁捜査一課ですが」

「まちがえました」と言って、受話器を戻した。わたしは馬鹿だ。機械が記憶していたのは、一昨日、久能警部が同僚を呼ぶためにかけた番号だった。

もう退却すべき時であったが、わたしは空手《からて》では帰りたくなかった。いや、和美と帰宅すると玄関先で路子が待っている、そんな絵が目の前に浮かんで、後に引けなくなっていたのだ。わたしは立ち上がって、室内を見回した。この部屋のどこかに、見逃した証拠が残っているはずだ。

デスクの前に戻った。ワードプロセッサのカバーを外すと、きれいな活字で印刷された紙が何枚か、その中にはさまれていた。法月が言っていた推理小説の草稿であろうか。わたしは紙をつまみ上げると、椅子を引いて腰を下ろし、読み始めた。そして、わたしが読んだものは、まったく想像もつかないような、奇怪な文章だった。内容はこうだった――。

彼らは、射精した、何度も射精した。両手で耳をふさいだが、射精したものが鼻の穴にはいこんでくる。俺はあたりを見まわす。ここは俺が朽《く》ち果てていく場所だ。彼らは、俺をここへほうりだしていった。反吐《へど》は胴のところまでうず高く積《つ》っている。そこらじゅう、反吐でいっぱいだ。


「名前は？」

「三浦靖史」

「年は？」

「六十五」

「家族や親戚に、頭のおかしくなった人はいませんか？」

「兄が自殺した」

「性病の有無《うむ》は？」

「淋病《りんびょう》をちょっと」

「収容所に連れていきなさい」

「先生、俺の舌を。目玉といっしょに鞄《かばん》にしまってある」

「ああ、目ですか。収容所へ連れていく前に、この人に目と舌をやってくれたまえ。耳はどうですか、三浦さん？」

「耳はありますよ。ありがとう、先生」

彼らは俺の手をガーゼで、ベッドの両端にくくりつけた。カテーテルをひっぱってしまうからだ。俺は窓のほうを向いて寝て、ほこりまみれの破れたガラスの向こうを見た。

外では、長い尻尾《しっぽ》の生《は》えた精虫が、反吐の山の中を這《は》いずりまわっている。精虫は食べた。するとなにかが精虫をおしつぶし、そのまま行ってしまった。紫色の舌といっしょにおしつぶされた精虫は、いままで食べたがっていたものの中へずるずると沈みこんだ。すると、紫色の舌が、おきあがり、もぞもぞと口から這いだした。

俺は、ここに二千六百年の間、寝ている。だから、人工尿道が詰まって、俺は失神して死んだ。それまでに彼らは、俺の両手と両足を付け根からもぎとってしまった、腐っていたから。

どっちみち俺は、両手も両足も使わなかった。手がなければ、カテーテルを引きぬいたりしない、だから、彼らはよろこんだ。

俺は火星に長いこと住んでいた。俺にウォークマンをもってきてくれ、そうすれば、古いハード・ロックが聞けるだろう。レッド・ツェッペリンの曲が好きなんだ。

外に生えている杉のせいで、俺は花粉アレルギーになった。あの黄色い雄花《おばな》の穂のせいだ。なぜあんな木を野放しに生やしておくのだろう？

俺は昔、ハラキリを見たよ。二日間、俺は床の上の水たまりに寝ころがっていた。家主のおばさんが、俺を見つけ、救急車をよび、ここへ運んだ。俺は道々、うなり声をあげた。それで、目がさめた。彼らがグレープ・フルーツのジュースをくれようとしたが、片手しかうごかなかった。もう片方の手は、グレープ・フルーツのジュースをくれようとしたが、片手しかうごかなかった。もう片方の手は、二度とうごかなかった。俺は、前みたいにプラスティックの兵隊を作りたいと思った。あの仕事は面白《おもしろ》かったし、暇つぶしにもなった。ときどき俺は、週末にやってくる人たちにそれを売りつけた。

「わたしがだれだか知っているか」

「知らない」

「わたしは、山倉史朗、きみの義理の兄だ。なあどうしてきみは、笑わないんだ？　走りまわって遊ぶのはいやなのか？」

義兄は喋《しゃべ》りながら、両方の目から射精した。

「そりゃ、そうでしょう、お義兄《にい》さん。でも、そんなことはここじゃ関係ないでしょう」

「きみになにが見える？　きみに見えるものを、わたしたちにも見せてくれ。この連中は、ここで暮らすのか？　ええ、そうなのかね？　あそこに住んでいる大勢の人間が見えるのか?」

俺は両手で顔を覆《おお》った。すると、射精は止《や》んだ。

「この悪党め、自分の息子も見分けられないくせに」

射精、射精——。

これだけだった。わたしはワードプロセッサのカバーを閉め、紙を小さくたたんで、背広のポケットに押し込んだ。その時、微《かす》かな物音を聞いたような気がして、振り向いた。背後に、三浦がいた。彼の顔は、まだ腫《は》れが引いていなかった。口許を凶暴に引き攣《つ》らせながら、振りかぶった腕をわたし目がけて打ち降ろした。

2

踵《かかと》が冷たい。目を開けると、水色に塗られた天井が見えた。採光が悪く、じめじめした部屋である。手を這わせると、ステンレスの浴槽にぶつかった。浴室のラバーマットの上に、仰向《あおむ》けになっていることに気がついた。膝から下がはみ出して、スラックスの裾と靴下がびしょ濡れだった。

ゆっくりと上体を起こし、ダメージの度合いを測《はか》った。後頭部がしくしくと痛んだが、出血はなかった。狭山公園の石段を転げ落ちた時に比べれば、大したことはない。今朝《けさ》の二日酔いの延長と思うことにしよう。他には、怪我もなさそうである。ただし、背広が水を吸って、惨憺《さんたん》たるありさまになっていた。生地が気に入っていたのに、もうこれでは着られない。

今回は冷静に、失神していたことを受け止めた。前とちがって、記憶の混乱もなかった。振り返りざま、三浦に堅いもので殴り倒されたことを覚えている。今朝の目覚めよりも、よっぽどしっかりしていた。懐《ふところ》に手をやって、ワープロ原稿がまだそこにあることを確かめた。息をひそめながら、浴槽の縁《ふち》に手をかけ、そっと立ち上がる。腕時計で時間を確認した。十二時五十分。意識を失っていたのは、三十分足らずの間だった。

中を見回して、三浦の部屋の浴室であることを確かめた。わたしは、ここに監禁されているのだろうか？　耳を澄ましたが、浴室の外から人声や、物音は聞こえなかった。とはいえ、部屋に誰もいない公算は低い。換気窓の位置は高く、しかも人が通り抜けるには狭すぎた。出ていくとすれば、ドアしかなかった。

足音を立てぬようにして、ドアに近づく。外に三浦がいるとすれば、わたしが意識を取り戻したことを悟られたくない。太腿の裏に貼りつくスラックスの感触が不快だったが、やがて気にならなくなった。ドアの磨《す》りガラスに、自分の影が映《うつ》らないよう用心して、向かって右のタイル壁の手前にしゃがみ込んだ。

このまま正直に出ていって、素手《すで》で三浦に立ち向かうのも芸がない。何か武器になるものがないか、浴室の中を探した。あいにく棍棒の類《たぐい》は見当たらなかったが、ハンディスプレー式のバス用洗剤が目に留まった。「使用上の注意。原液が目に入った場合は、すぐに水で洗い流すこと」と書いてある。ノズルを霧状スプレーに切り替えて、右手に構えた。ショットガンとはいかないが、顔を直撃すれば、強力な目つぶしになる。

左手をノブにかけた。ドアが内開きであることを確認して、静かに深呼吸。もう一度吸い込んだ息をそろそろと吐き出しながら、ゆっくりとノブを握る手に力を入れる。ドアが開かなければ、脚でガラスを蹴破るまでだ。

手の中で、ノブが回った。

スプリングの手応《てごた》えを、いっぱいまでねじる。ドアがかろうじて、蝶番にしがみついている感触。声に出さずに、三つ数えた。

「三浦っ！」威嚇《いかく》するように声を上げながら、ドアを引き、短距離走のスタートよろしく、浴室の外に飛び出した。姿勢を低くして、めちゃくちゃにスプレーの引き金を引き続ける。

中腰のまま、部屋の中をすばやく見回した。室内に人の気配はなかった。部屋の主は、わたしを置いたまま、どこかに姿を消してしまったらしい。ひとまず、わが身の危険は去った。

にわかガンマンぶった滑稽《こっけい》な姿に気づいて、洗剤の容器を床に置いた。酸性の有毒な霧のせいで、目がちくちくする。空気を換えるために、ベランダに通じるサッシ窓を開けた。

室内の様子は、わたしが忍び込んだ時と、ほとんど変わらないように見えた。デスクの上も、ベッドも、散らかった衣類もそのままであった。

急に和美の安否が心配になってきた。三浦は、和美に危害を加えるために、わたしを残して外に出ていったのではないか。あわてて玄関に出た。

わたしの考えはまちがっていた。三浦は玄関にいた。鉄のドアに背をもたれて、わたしの靴の上に尻餅《しりもち》をついていた。

そこにいるのに、さっき彼の名を呼んだ時、返事をしなかった理由がわかった。彼のセーターを、大きな赤い染みが覆っている。肋骨《ろっこつ》の下に当たる部分に裂《さ》け目があって、そこから黒い刃物の柄《え》が突き出ていた。

完全に絶命している。

一目瞭然《いちもくりょうぜん》であった。わたしが浴室で気を失っている間《ま》に、誰かに刺し殺されたのだ。

このような死体を目の当たりにするのは、生まれて初めてである。血を見て怖《お》じ気づいたわけではないが、急に耳鳴りがして、体の平衡《へいこう》を失いそうになった。とっさに流しに走って、水道の蛇口をひねり、流水を直接、額にぶつけた。

水の冷たさが、わたしを現実に引き戻した。水道の栓《せん》を止め、手で顔を拭《ぬぐ》った。ようやく自分が苦境に追い込まれていることを理解した。しかし、だからといって、すぐに尻尾を巻いて逃げ出すのは賢明でないと思った。自分の陥《おちい》った苦境の実態を、冷静に見届けておくことが重要なのだ。最悪の危機は、最高のチャンスの種子である。ビジネスの世界では常識だ。

玄関に戻り、もう一度、三浦と対面した。死体は両足をハの字の形に投げ出して、その膝の上に両手を載《の》せていた。ドアに寄りかかった上半身は向かって右に傾いて、顔も半分横向きになっている。目は半ば閉じられ、口はだらしなく開いていた。

そのすぐ下の沓脱《くつぬぎ》に、煙草が一本落ちているのを見つけた。吸い口に砂がついていた。膝と膝の間に、つぶれた煙草のケースが転がっている。映画シーンのように、煙草をくわえて最期を迎えようとしたにちがいない。死ぬ瞬間まで、気取りを忘れられない男であった。低タールを謳《うた》った銘柄であることが、余計に哀れを誘った。

自分がこの部屋を訪れたそもそもの理由を思い出して、恐る恐る三浦の体を探った。ジーンズの尻ポケットから、札入れとキーホルダーが出てきた。札入れの中を改めたが、誘拐の証拠となるようなものは出てこなかった。キーホルダーには、部屋の鍵が残されている。ところが、ドアの錠はロックされていた。頑丈《がんじよう》なシリンダー錠である。

わたしは不思議に思った。確か部屋の窓は、わたしが自分の手で開けるまで、全部、鍵がかかっていたはずである。戻って、窓を確かめた。まちがいない。わたしが開けた窓の他は、全て内側から施錠《せじょう》されている。

三浦を刺し殺した人物は、どこから出ていったのだろう？　いや、まだ室内に潜んで、わたしの隙をうかがっているのかもしれない。あわてて、部屋の中を探し回ったが、隠れている人間を見つけることはできなかった。トイレ、クロゼット、ベッドのマットレスの下、どこも空っぽだ。

昨日の法月の話が、ふと頭をよぎった。

「ミステリのテーマとしての密室とは、ある閉じられた空間の内部に他殺死体があるにもかかわらず、殺人犯人は不在で、しかも侵入ないし脱出した形跡がないという状況を指します。頑丈な壁とドアと窓のある箱のような部屋で、全ての錠が内側からロックされているのに、犯人の姿がないというのが、その典型的な図式です」

この部屋の状況は、まさに法月が定義《ていぎ》したとおりの密室状態ではないか。玄関のドアはロックされ、三浦の死体がその鍵を持っていた。スペアキーもわたしのポケットの中にある。したがって、殺人犯は、玄関から出ていくことはできなかったはずだ。しかも、トイレには屋外に通じる窓がなかったし、浴室の窓もわたしが目を覚ました時には鍵がかかっていた。ベランダに出る窓も同様である。つまり、犯人が脱出する出口はどこにもないのだ。

わたしは首をひねった。不可解な状況に説明を求めようとして、また玄関に戻り、死体の前にたたずんだ。その時、ドアブザーの音が聞こえた。

息を飲み、その場に凍《こお》りついた。心臓が止まる思いだった。

訪問者は、またブザーを鳴らした。ドアののぞき穴から外をうかがうと、本間万穂、例のいかれた娘が立っていた。そわそわしている様子から見て、部屋の鍵を渡されてはいないようだ。スペアキーのありかも知らないのだろう。もし、今すぐにドアを開けられたら、わたしは万事休すである。

急いで立ち去らなければならない。死体の腰に下から手を差し入れて、音を立てないように自分の靴を抜き取った。臀部《でんぶ》の生温《なま》かさがまだ残っていた。靴を手に、足音を忍ばせてドアの前から離れた。ブザーはしつこく鳴り続けている。きっと部屋の主は眠っていて応じないと思っているのだろう。

わたしは、スプレー式洗剤を浴室に戻しておいた。そのまま投げ捨てていってもよかったのだが、無意味に捜査を混乱させるつもりはなかった。最初から手袋をしていて、一度も外さなかったのは正解だった。素手であちこち触っていたら、この状況で自分の指紋を消している暇はなかった。

さっき自分で開けた窓から、追い立てられるようにベランダに降り、靴を履《は》いた。窓は閉めておいたが、どっちにしろ、鍵がかけられないので、殺人犯もこのベランダから逃げたと思われるだろう。密室の謎が見逃されるのは気に入らないが、どうしようもなかった。今は自分の身が大事である。

建物の裏は、アスファルトの駐車場になっていた。猫の額ほどの広さである。三浦のブルーのゴルフを含めて、五台の車が並んでいて、それでほぼいっぱいだった。駐車場の向こうは、五階建の別のマンションで、いかにも部屋の壁が薄そうな造りである。同じ空色のドアが各階に列をなしているが、折りよく、どのドアも閉じられたままだった。わたしが姿を消すまで、住人が通路に出てこないことを祈った。

手摺《てすり》の上から身を乗り出して、下の地面をのぞき込んだ。身ひとつで飛び降りたら、確実に骨を折りそうな高さである。駐車場との境に、大人の背丈《せたけ》ほどのブロック塀がこしらえてあった。敷地が狭いので、一階のテラスとの間が詰まっている。ここから落ちてぶつかったら、大怪我をするだろう。

ベランダにロープや梯子《はしご》の類はなかった。かといって、今さら、室内に戻って探す時間はない。頼れるのは、自分の五体のみである。とにかく、何とかして地面に降りるしか、逃げ道はないのだ。

手摺は頑丈な鉄製で、わたしの胸の近くまで高さがあり、頭上の雨除《あまよ》けとの間隔は狭かった。手摺の下、踝《くるぶし》ほどの高さに渡した横棒にぶらさがれば、二階のベランダの手摺の上に爪先《つまさき》が届くだろう。わたしは勇を鼓《こ》して、手摺の上に体を引き上げた。足が届かなかった時の心配をしている暇はなかった。

手摺を乗り越えて、コンクリートの角に爪先を引っかけ、背泳ぎのスタートのような格好で鉄棒にしがみついた。実際に腕だけでぶらさがろうとすると、意外に高く感じて、最初の勇気が鈍った。手摺をつたって横に移動し、隣室のベランダとの仕切り壁を足掛かりにすることを思いついた。体重を四肢に分散して、体ごとずり落ちるように爪先を降ろしていく。二階の住人が部屋にいたら、えらいことになるが、今はそれどころではなかった。

両足とも宙をさまよった時は、さすがに冷や汗が出たが、次の瞬間、靴の先がかろうじて手摺に触れた。しっかりと足場を固めて、三階のベランダの手摺から手を離す。仕切り壁に抱きつくようにして、体重を足のほうに持っていく。重心が完全に安定したところで、手摺をつかんだ。もう一度、片足ずつ手摺の外側に降ろして、さっきと同じ背泳ぎのスタートの体勢をとった。

これで、まず一段落である。余裕ができたので、今いるベランダから、部屋の中をのぞき込んだ。ブラインドが下りていてよく見えないが、どうやら留守らしい。わたしもまだ、全ての運から見放されているわけではないようだ。

アドレナリンがわたしを急《せ》き立てている。深呼吸をして、続きに取りかかった。一度うまくいったので、要領をつかんでいる。それに今度はもう、高さが苦にならない。だが、油断はしなかった。狭山公園の苦《にが》い経験がある。降りる途中、一階の部屋が留守であることを確かめた。

一階のテラスの手摺から直接、ブロック塀の上に移り、そこから、駐車場の車と車の間に飛び降りた。振り向いて見上げると、危ないことをしたという実感が湧いてきた。もう二度とこんなことはしたくない。

誰にも泥棒呼ばわりされなかったから、ベランダから降りてくるところを、目撃されてはいないはずだ。幸運としか言いようがなかった。しかし、いつまでその幸運が続くかわからない。早々に、中野ニューハイムを立ち去った。

3

来た道をわざと遠回りして、エントランスの反対側から自分の車に戻った。時計を見ると、一時十七分。意外に時間がたっていないので驚いた。すぐにエンジンをかけ、アウディを出した。

東中野駅付近のT字路で和美を拾い、山手《やまて》通りを南下した。

「ごめんなさい」和美は助手席に体を入れるなり、堰《せき》を切ったように話し始めた。「こちらの思惑《おもわく》を悟られたわ。予定どおり喫茶店に入ったけど、すぐ向こうはおかしいと感づいたみたい。話の途中で、急に店を飛び出していったのよ。わたしも後を追おうとしたけど、あなたから、絶対に三浦の部屋に近づくなと言われていたから、最初の約束どおり、さっきの信号のところで待っていたの。それから、もう一時間になるわ。ずっと心配していたのよ。あなたのほうは何もなかった？　三浦と鉢合《はちあ》わせしなかった？」

答えあぐねていると、和美はわたしの背広が湿っていることに気づいた。

「あなた、これどうしたの？　あそこで何かあったの？　三浦に何かされたの？」

「三浦は死んだよ」

開いた唇の形もそのまま、和美の表情が凍りついた。驚きと当惑の入り混じったような目が、わたしを凝視《ぎょうし》した。やがて、小さな声で言った。

「まさか──あなたが殺したの」

「ちがう」

「本当に？」

「本当だ」きっぱりと言った。「おまえに嘘など言ったりしない」

和美は頭を抱えた。直面している状況に、思考がついてこないような顔つきである。もどかしげに顎をひくつかせて、やっと言葉を見つけた。

「話して。どういうことなの」

三浦の部屋で起こった一部始終を、要約して伝えた。和美は確かに聞いていたが、混乱の度が激しく、どこまで理解したのかおぼつかなかった。

「――とにかく、あなたが殺したんじゃないのね」

「そうだ。わたしが気を失っている間に、誰かが忍び込んで、三浦の息の根を止めたんだ」

「あなたが無事でよかった」和美はつくづくと言った。

「浴室にいたので、気づかなかったのだろう」

「誰の仕業《しわざ》かしら」

「わからない。でも、誘拐と関係あることはまちがいないと思う」

その時、和美が急に悲鳴を上げた。

「どうした」

「大変だわ。わたしはさっきまで、三浦と一緒に喫茶店にいたのよ。店の人がわたしのことを覚えていたら、どうしよう。いいえ、ぜったい覚えてるわ。そのことが警察に知れたら、わたしが殺したって思われる――」

全身に鳥肌が立った。和美の言うとおりである。自分のことばかりに目が行って、妻を重大な危険に巻き込んだことを見逃していた。家庭を守るための行動が、かえって、和美を苦境に追い込んでしまうなんて。わたしは、自分の浅慮《せんりょ》を恥じた。

「――心配ない」かろうじて言ったが、

「だめよ」慰安の嘘など通用しない。「警察はすぐに、わたしのことを探り出すわ。どうしよう、あなた。わたし、本当は三浦の家のすぐそばまで行ったんだから」

「何だって」

「言いつけを守れなくて、ごめんなさい。あなたのことが心配だったの。でも、建物の前をうろうろするだけで、何もできなかった。結局、約束の場所に戻っただけ。だから、アリバイもないのよ」

何ということだ。目眩《めまい》がしそうになったが、妻を責めることはできない。そもそも和美を巻き添えにした、わたしが悪いのだから。幸運は早くも尽き始めたようである。

自分の判断の甘さには、責任を取らなければならない。わたしは腹をくくった。何よりも、妻を守ることが全てに優先する。警察の厳しい取調べにさらされるには、和美はあまりにも繊細すぎる心の持ち主である。和美を庇護するために、おのれを盾《たて》と化すことを心に決めた。

和美の肩が怯《おび》えきって、わなないている。五日市《いつかいち》街道の外れで、車を道路の端に停《と》めた。

「大丈夫だ、落ち着きなさい」和美の肩を両手でつかんで、こちらを向かせた。「おまえは何も関係ないんだから」

和美は首を横に振った。

「いいえ、どうしてもだめよ。だいいち三浦に会った理由を訊かれても、わたし、答えられないのよ」

「事実を言えばいいんだ」

和美は、はっと息を飲んで、身を引き締めた。それから、いやいやのような仕草をしながら、わたしにすがりついてきた。

「いけないわ。そんなことをしたら、あなたが」

「わたしは殺していないと言っただろう。事実をありのままに話せば、警察だってわかってくれる」

「そんなことって」和美は口をつぐんだ。

わたしから体を離すと、両手を口の前に合わせ、ダッシュボードに目を落とした。やがて、顔を上げて言った。

「いいわ。わたし、訊かれても何も答えない。あなたのことは話さないから、安心して」

「いや」即座に応えた。「それはだめだ。わたしは自分の潔白を、自分で明らかにしたい。元はといえば、わたしがこんなことを思いついて、おまえを巻き込んだのがまちがいだった。反省している」

「そんな他人行儀なこと、言わないで。あなたのためだったら、わたしは全然かまわないのよ」

胸がじんと熱くなった。

「そう言ってくれて嬉しい。でも、これもみんな、わたしが招いたことだ。わたしが責めを負って当然だ。それに、警察には本当のことを言うのがベストだと思う。黙秘したり、嘘をついたりするとろくなことはない」

「でも、あなた」

「それだけじゃない」間《ま》を置かずに続けた。「事実を隠しても、三浦を殺した犯人を喜ばせるだけだ。あの男は死んで当然の報《むく》いだが、わたしは殺した犯人のほうに用がある」

「どうして」と和美がたずねた。

「誘拐に共犯がいた可能性がある」口に出す直前、突然、頭に浮かんだ考えだった。「三浦を殺したのは、その共犯者かもしれない」

「共犯者？」

わたしはうなずきながら、改めて自分が言ったことに納得した。確かにそう考えれば、筋が通る。なぜ今まで気がつかなかったのだろう？　三浦に共犯者がいれば、アリバイなどあってなきがごとしなのだ。

大きな前進と感じた。三浦を失ったことは痛手《いたで》だが、茂の死の真相に一歩近づいたからだ。こうしてみると、中野ニューハイムを調べたことも、けっして無駄な骨折りではなかったのである。

「わかりました」とうとう和美も折れた。「あなたの言うとおりにするわ。今からすぐ、警察に行くつもりなの？」

出頭して事情を話しても、簡単に警察が信じてくれるとは思えなかった。最低でも三、四時間は留め置かれるだろう。あるいはもっと長くかかるかもしれない。そのことを念頭に置いて答えた。

「いったん家に帰って、着替えたいな。その後、隆史を学校に迎えに行こう。万一、帰りが遅くなった時に備えて、お義父さんのところで預かってもらったほうがよさそうだ」

「そうね」

「別に、不安がっているわけではないんだ。ただ、念のためにと思っただけで」

「わかってます」と和美が言った。「せっかくだから、ついでに三人で、何か食べに寄りません？」

「いい考えだ。会社も休んだことだし、たまには家族サービスに相勤《あいつと》めようか」

無理に明るい声を出したのは、自分を取り巻く状況が、言うほど楽観できるものでないと知っていたからだ。口には出さないが、たぶん和美も同じ考えだろう。

自宅に戻って着替えをすませた後、下校時間に合わせて、小学校に出かけた。校門の前にアウディを停め、和美が車を降りて昇降口まで隆史を迎えに行った。

二人が校門から出てきて、車に乗った。突然のことなので、隆史は面食らっているようだった。

「パパ、どうしたの？」

「パパとママは今夜、用事があって、家に帰れないかもしれない。おまえは、小石川《こいしかわ》のおじいちゃんの家に泊めてもらいなさい」

「明日の学校は？」

「仕方がないわ。お休みしなさい」と和美が言った。

「やった」無邪気に喜んでいる。何の用事か、たずねようともしない。もっとも、訊かれたら説明に窮するであろうが。

「少し早いけど、夕御飯にしよう。隆史が食べたいものは何だ？」

「――ビッグマック」

わたしと和美は顔を見合わせて、どちらからともなく噴き出した。親の心子知らずとは、まさにこのことである。わたしは車を出した。隆史はわけもわからず、はしゃいでいた。

〈マクドナルド〉で親子三人、豪華だか質素だかよくわからない食事をすませた後、文《ぶん》京《きょう》区の義父宅に向かった。

義父の家は、小石川の古い町並の一角にある。住人は現在、義父夫婦と、離れの空《あ》き部屋に下宿している東大《とうだい》の学生の、合わせて三人だけだった。泥棒除けと称して、安い家賃しか取っていないそうだ。妻の母親である美江《よしえ》が、家事の一切を取りしきっている。行く前に電話をしておいたので、着いた時には、そわそわしながら、表まで迎えに出ている義母の姿が見られた。たったひとりの孫が、かわいくて仕方ないのである。隆史の中に、亡《な》くなった次女の面影《おもかげ》を見出しているのかもしれない。以前から、甘やかしすぎるといって、和美が注意することも珍しくなかったが、いくら言っても変わりはなかった。

「じゃあ、お母さん。隆史を頼むわよ」

「ああ、安心してお行き」義母の目がわたしを見つめた。「史朗さん、くれぐれも和美のことをお願いしますよ」

詳しい事情は何も話していないが、義母は直感的に、和美の動揺を見抜いていたようである。だから、そんなことを言ったのだ。

「わかりました」息子の頭に手を置いた。「いい子にしてるんだぞ。わかったな」

「うん」

「うんじゃない、はいだ」

「はい」

義母に隆史を託して、わたしたちは車に戻った。白山《はくさん》通りを南下する。

二人になると、極端に口数が少なくなった。気持ちは通じていたが、気休めの言葉を重ねても、見通しが明るくなるわけではない。わたしは運転に集中した。道路が混み始めている。そろそろ帰宅ラッシュが始まる時間だった。

警視庁に車を乗りつけ、捜査一課の久能警部に面会を求めた。

4

久能は不在だった。

出先と連絡が取れるまで、ロビーでしばらく待たされた。和美は緊張して、長椅子の上でもずっと体を硬くしている。

内勤の職員に呼ばれて、カウンターに足を運ぶと、電話の受話器を差し出された。

「中野署とつながっています」

中野署だって？　電話に出ると、相手はもちろん久能である。開口一番に訊かれた。

「今、おひとりですか？」

「妻も一緒です」

「そうですか」ほんの一瞬だが、久能の沈黙を意識した。「またご足労をかけて申し訳ありませんが、中野署のほうまで来ていただけませんか。じつは、われわれのほうでも、奥さんに訊きたいことがあるんです」

「わかりました」努めて抑《おさ》えた声で言った。

「では、後刻に」

受話器を返した。

警察の反応も、思ったよりすばやい。久能が中野署にいるということは、いち早く三浦の死と誘拐殺人の関連を洗い直している証拠だった。

向こうが和美に何を訊くつもりか、詮索《せんさく》するまでもなく明らかである。殺される直前に三浦が和美と会っていたことを、すでに突き止めているにちがいない。そのことを和美に告げると、無言のうなずきが返ってきた。

見覚えのある私服が現われて、これから中野署まで送ります、と言った。確か、前にも久能に命じられて、三浦の部屋まで車で迎えにきた男だった。

パトカーの後部席に乗せられた。道路は混んでいたが、パトカーはサイレンを鳴らさずにゆっくりと走った。今はまだ善良なる市民の扱いというわけだが、革のシートの上で、和美はずっとわたしの手を握っていた。汗ばんでいたのはわたしの手か、妻の手か判然としなかった。

中野署に着くと、久能がわたしたちを迎えた。もちろん、妻とは初対面である。

「奥さんの和美さんですね？」

「はい」と妻が答えた。

久能はうなずくと、その場にいたもうひとりの人物に目を向けた。丸顔で頭のてっぺんが薄い、太り肉《じし》の男である。一目で刑事とわかる面構《つらがま》えで、中野署の平田《ひらた》警部と紹介された。

平田の案内で、捜査係の奥の部屋に通された。四面を壁に閉ざされた取調室ではない。長椅子を向かい合わせた席に、四人で腰を下ろした。

向こうが切り出すのを、黙って待った。平田は煙草に火をつけて、悠然と煙を吐いている。久能に下駄《げた》を預けた格好だった。二人の間にはあらかじめ、何らかの取り決めがなされているようだった。

久能がようやく口を開いた。

「今日の午後、三浦靖史が自宅で殺害されました」

どういう反応を示すべきか迷ったが、正直に対応することに決めた。

「知っています」

久能は鼻の下をむずむずさせた。それから、和美のほうに顎をしゃくった。

「奥さん」

「はい」和美は居《い》ずまいを正した。

「今日の正午頃、ＪＲ東中野駅近くの喫茶店〈つぐみ〉で、被害者と会っていましたね？」

和美は一瞬、わたしの顔を見たが、ためらいなく質問にうなずいた。そして、ほとんど動じていない口ぶりで言った。

「ずいぶん早くわかったんですね」

「ええ。じつは、店のウェイトレスから、情報の提供があったのです。おかげで、被害者が殺される直前〈つぐみ〉で和服姿の女性と話していたことが、早くに明らかになったわけです。被害者は〈つぐみ〉の常連客で、それで、店員のほうもよく覚えていました。三浦は、店の名前が気に入っていたそうです」

なるほど。三浦にとっては、亡き妻の名である。

「でも、どうしてすぐに相手がわたしだと？」

「ウェイトレスがたまたま、二人の会話を耳にはさんでいたせいです。供述によると、被害者は連れの女性を一度ならず、『ねえさん』と呼んだということでした。そこで、われわれはすぐに杉並署と連絡を取り、あなたの特徴をチェックしました。その結果、〈つぐみ〉で目撃された和服姿の女性と、あなたの外見が酷似していることがわかったのです。本庁から連絡があったのは、ちょうど久我山のお宅にうかがおうと思っていた矢先でした」

図《はか》らずも和美が言ったとおりに、事が運んだわけである。警察の手際《てぎわ》がよかったというより、むしろわたしたちの運が悪かったのだ。しかし、責めを負うべきは和美でなく、このわたしである。

「奥さん」久能が続けた。「その前後のいきさつをわれわれに説明していただけますか?」

「待ってください」久能をさえぎった。「その前にどうしても、わたしの口から話しておかねばならないことがあります」

久能はこちらを向いたが、すぐには返事をしなかった。代わりに感情を殺した目つきで、わたしと和美の顔を見比べた。どちらの表情から、何を読み取ったのかわからないが、最終的にわたしのほうに目を据《す》えると、おもむろに口を開いた。

「わかりました。あなたの話をうかがいましょう」それから、平田警部に命じた。「奥さんを別室のほうに」

驚いた。

「別室ですって?」

「いけませんか」すかさず久能が言った。

「どうして隔離するんです」

「隔離? そんなつもりはありません。単に時間の節約のためです。二人別々に話を聞けば、お引き止めする時間が半分になるでしょう」

詭弁《きべん》だと思ったが、これが警察の常套《じょうとう》手段なのだろう。無理に逆《さか》らえば、かえって悪い先入観を与えることになりかねない。和美をひとりにするのは心許《こころもと》ないが、現段階で無茶な取調べはないはずだ。おとなしく従うのが得策と判断した。

「わかりました」和美の手を取って、言い聞かせた。「わたしに気兼ねせず、ありのままを話しなさい。わたしもそうする。本当のことを話せば、すぐに帰してもらえるはずだ」

「わかってます」と和美が答えた。毅然《きぜん》とした表情で立ち上がると、平田に従って、捜査課の部屋を出ていった。

「われわれも席を移しましょう」久能が言って、反対側の奥のドアを指した。

席を立ち、そちらに移動した。窓も表札もない、くすんだ色のドアを開けると、閉めきった殺風景な部屋に通じていた。初めての場所なのに、部屋の雰囲気に覚えがあるような気がしたのは、青梅署の取調室に放り込まれた時の記憶がよみがえったからだろう。だが、気がかりなのは、自分よりも和美のことであった。

「ご心配なく」わたしの考えを見越したように、久能が言った。「奥さんは談話室です。取調室に閉じ込めるわけではないので、安心してください」

だからといって、談話室がどんな部屋かわからないが、たぶん、ここよりはましなのだろう。わたしはそう思うことにして、パイプ椅子に腰を下ろした。

それから、今日の午後の出来事を包み隠さず、久能に打ち明けた。

わたしが話し終えると、久能はむずかしい表情で腕を組み、部屋の壁をじっと見つめた。わたしに対する態度を決めかねている感じだった。簡単には信じてもらえないと思っていたが、予想した以上に自分の立場が危ういものであると知った。

久能はやおら立ち上がると、

「少し待っていてください」

と言い残し、わたしを置いて出ていった。

しばらくして、中野署の刑事が二人、部屋に入ってきた。片方はさっきの平田警部で、もうひとりは細身のスーツを着込んだ若い男だった。妙につるんとした顔は表情に乏《とぼ》しいくせに、猜疑《さいぎ》心の強そうな目でわたしをにらんでいる。名を岡崎《おかざき》といった。

二人はまず、わたしを医務室に連れていった。白衣を着た初老の男がぶつぶつ言いながら、後頭部を触診した。三浦に殴られたところは、痛みこそ去ったものの、まだ少し鬱血《うっけつ》していた。二人はそれだけ確認すると、白衣の男に礼を言って、またわたしをさっきの部屋に連れて戻った。

「供述書を作るので、もう一度あなたの話をしてください」と平田が言った。

久能に話したことを、最初から繰り返した。平田は話の途中で、何度も質問をはさんだ。「浴室にあったスプレー式洗剤の商品名は?」とか、そういうどうでもいいようなことばかりである。隅の机では岡崎刑事が、わたしの話を書き留めていた。二人ともヘヴィスモーカーで、わたしが眉をひそめても意に介《かい》さず、自殺的なペースで煙草を吸い続けた。

話し終えると、平田が、どうもご苦労さまと言って立ち上がった。癇《かん》に障《さわ》る言い方だったが、わたしは黙っていた。平田は筆記録に目を通し、読み終えると、にやっと笑って、岡崎の肩をぽんと叩いた。岡崎は能面《のうめん》のような表情のまま、うなずいて平田と席を交代した。

「念のために、もう一度、今の話を聞かせてください」岡崎は平然と言った。「今度は、細《こま》かいことも省略しないように」

細かいところを省略した覚えはなかったが、いちいち文句を言うのもおとなげない。要するにここは警察の取調室で、相手は警察官なのである。逆らわないで、言われたとおりにした。

三度目に話し終わると、もうもうと部屋にたちこめた煙のせいで、煙草を吸わないわたしまで、喉がいがらっぽくなった。外の新鮮な空気を吸いたいと思ったが、黙っていた。弱みを見せるのが、嫌だったからだ。

岡崎はまた部屋の隅に行って、平田と何か小声で打ち合わせた。目の前で内緒話をされるほど、気持ちのすさむことはない。それから、岡崎は調書を持って部屋を出ていった。

平田がわたしに説明した。

「奥さんの供述と、あなたの話したことを照らし合わせるので、少し待っていてください。なに、そんなに時間はかからない」

時間稼ぎの口実だと思った。そんな手間をかけるぐらいなら、最初から二人一緒に供述を取ればいいのだ。わたしの言うことを、頭から信用していない証拠であった。

六章　密室——不合理ゆえに我《われ》信ず

1

　岡崎が部屋に戻ってきた。さっきの調書だけでなく、コピーの綴《つづ》りも持っている。和美の供述の写しであろう。岡崎がまた、何か耳打ちした。平田はうなずいている。二人は再び、最初の配置に戻った。平田が慇懃《いんぎん》な口調で言った。

「先ほどの供述について、二、三おたずねします」

　わたしは平田を制した。

「その前に、妻がどうしているか教えてください」

「奥さんは談話室です。特に問題はありません」

「問題がなければ、先に妻だけ帰してください」

「あいにく、そうはいきませんね」

「なぜです。わたしと妻の供述の間に、食いちがいでもありましたか?」

「いいえ。供述は、細部まで一致しています」

「だったら、どうして妻を帰さないのですか」

「あなたの供述が疑わしいからですよ」平田はあけすけな口ぶりで言った。「奥さんの供述の信用性はあなたの言葉にかかっているのに、それが絵に画《か》いた餅みたいなものでは困るんです。奥さんが心配なら、われわれの疑問にちゃんと答えてください」

「答えますよ」ぶっきらぼうに言った。

「三浦靖史の死体を発見した時、どうしてすぐに一一〇番通報をしなかったのですか?」

「あの状況では自分が疑われると思ったからです」

「にもかかわらず、後になって自分から出頭したのはなぜです」

「妻に殺人容疑がかかるのを見過ごせなかったからです。事情を説明しなければ、妻の無実を証明できなかった。そのことは何度も言ったでしょう」

「ただそれだけの理由で?」

「それだけです」

平田は信じられないという顔をした。本当にそう思っているのか、それとも表情を自由に操《あやつ》ることができるのか、定かではなかった。

「でも、そうした結果、今度はあなた自身が苦しい立場に陥ることになる。それでもいいんですか？」

「妻が苦しめられるよりはましです」

「自分より、奥さんが大事ですか？」

「もちろん。これは、わたしの無分別《むふんべつ》が招いたことです。妻はただ、三浦を誘い出す囮《おとり》の役を務《つと》めただけで、殺人事件とは何の関係もありません」

「わざと嘘の供述をして、われわれの捜査を混乱させようとしているのではないですか？奥さんの犯行をかばうために」

かっとして、拳《こぶし》を机にたたきつけた。

「冗談じゃない」

「だが、あなたの供述は信用が置けない」平田は蛇のように落ち着いている。「何しろ、荒唐無稽《こうとうむけい》すぎるのでね。気絶して目が覚めたら、死体があったとか、密室殺人とか、まるでTVの二時間サスペンスだ。一方的に信じろと言われても、とても鵜呑《うの》みにはできません」

「何のために、医務室で検査したんです。わたしが三浦に殴られたことは、あれで証明されたはずだ」

「自分で自分の頭を殴るぐらい簡単ですよ」

「そんな馬鹿な。わたしはまちがいなく、三浦の部屋にいたんです。ちゃんと説明したでしょう」

「でも、証拠はない」

「ありますよ」やり込めたつもりで答えた。「三浦の部屋から持ち出したワープロ原稿が」

わたしが言ったのは、三浦の部屋で発見した、例の奇怪な文章のことである。自宅に戻って着替えた後も、忘れず身につけてきた。そして、この部屋で最初に久能と話した時、例のスペアキーと一緒に、証拠として手渡しておいたのだ。

「指紋検査をすれば、三浦の指紋が出てくるはずです。彼が使っていたワープロのプリンターと、印字を照合してもいい。いずれにしろ、わたしが持参した原稿が、もともと三浦の部屋にあったと判明すれば、わたしが犯行現場にいた証拠になります」

「それにはまだ時間がかかる」

「でも、今から結果は見えています。調べればわかることで、嘘をついても仕方がないでしょう」

平田は少し首を横に傾《かし》げた。

「いや、仮にあなたの言うとおりの結果が出たとしても、それだけでは何の証拠にもなりません」

「なぜです」

「あなたが三浦の部屋に行かなくても、奥さんが持ち出したものを、後から受け取ればすむことです」

　わたしはあきれて、強くかぶりを振った。

「どうしてわたしが、そんなことをする必要があるんですか？」

「言ったでしょう、奥さんをかばうためだと」まばたきもしないで言った。

「同じことを何度言ったらいいんです？　わたしはありのままを喋っているのに」

「ありのままねえ」平田は芝居がかった溜息をついた。「鍵のかかった部屋から、殺人犯が煙のように消えたというのも、ありのままの話ですか？」

「――実際に起こったことを話しただけです」

　平田は肩をすくめた。

「そうすると、また瑣末《さまつ》な質問の繰り返しになりますね。どうでしょう、被害者の様子について、覚えていることを話してくれませんか？」

「いいでしょう」目を閉じて、死体の映像を瞼《まぶた》の裏に呼び起こした。「三浦は玄関のドアに背をもたれて、こちら向きに坐ったまま絶命していました。凶器は黒い柄のついた刃物で、セーターの上から左の脇腹に突き刺さっていました」

「左の脇腹というのは、どちら側ですか。被害者自身から見て左？　あるいは、向かって左なのか」

「被害者自身から見て左です。だから、向かって右になる」

「それから」

「上半身が左、つまり、わたしから見て向かって右側に傾《かし》いでいました。顔を半分横に向けて、目は閉じかかっていました。両足はハの字形に広がって、手は膝の上。わたしの靴の上に尻を載せていたので、逃げ出す前に少し体を動かしました」

「被害者は靴を履いていましたか？」

「いいえ。靴下だけの裸足《はだし》でした」

「服装は？」

「白いセーターとジーンズ。靴下の色は、ええと、緑でした」

「その他には？」平田は死体の姿勢に関して冷淡だった。なぜだろう。

不意に気がついた。あの時、三浦の死体はドアに体重をかけていた。ドアは外開きである。発見時、死体は支えを失って、外の通路に倒れたにちがいない。つまり警察は、絶命した時の三浦の姿勢を知らないのだ。

「玄関の沓脱《くつぬぎ》に、煙草が一本転がっていました。死ぬ直前、三浦がくわえていたものだと思います。ひしゃげたケースが、膝の間にありました」

「煙草の銘柄は？」

「メリット」

「ケースの中に煙草が残っていましたか」

細かいことを言う。思い出そうとした。

「残っていました——確か二本ほど」

「三本です」と平田が言った。

「記憶ちがいです。大したことじゃない」

「そのとおり。大したことではありません」平田は肩をすくめた。「続けてください」

続けた。三浦の札入れを調べたのを思い出して、中身の金額を告げた。のぞき穴から見た本間万穂の服装を詳述した。それから、部屋の中の散らかったありさまを、できるだけ克明に再現した。

ベランダから手摺をつたって降りる手順を、細かく説明した。実際にそうした人間でなければ、わからない事実を織り込んだ。当然、現場検証でもチェックされているはずである。ひょっとして、わたしと同じことをした警官がいないとも限らない。

そうやって、ひととおり話し尽くすと、平田が意地悪な口ぶりで評した。

「現場の状況は、おおよそあなたが言ったとおりで、まちがいありません。しかし、山倉さん、くどいようですが、だからといって、あなたが実際にそこにいた証拠にはならないんです」

「どうしてですか」

「あなたは奥さんから、現場の様子を聞いただけなんじゃありませんか。打ち合わせをする時間はいくらでもあった。そうして、いかにも自分があの部屋にいたように、装《よそお》っているだけでしょう」

「ちがいます」

わたしはいい加減、うんざりしていた。この平田という刑事は、きっと低能なのだ。想像力というものの持ち合わせがないにちがいない。どういう理由か知らないが、和美を殺人犯に仕立て上げることに、あらゆる情熱を注《そそ》いでいるとしか思えない。最初から色眼鏡で見ているので、わたしの供述を真剣に取り上げるつもりがないのだ。

「どうしても、妻を人殺しに仕立て上げたいのですか?」急に怒りがこみ上げて、思わず平田に食ってかかった。

平田は心外だという表情を示した。そして、背筋が寒くなるような猫なで声で言った。

「そんなつもりはありません。犯人はひとりいれば充分ですから」

罠《わな》にかけられたことに気づいた。迂闊《うかつ》だった。警察は和美を囮に使ったのだ。連中にとって、本命は最初からこのわたしだった。

わたしを油断させ、弱気にするために、わざと和美に容疑をかけているふりをしたのだ。根掘り葉掘り細かい質問を繰り返したのも、初めからわたしを自白に追い込む意図であった。

卑劣な。何という卑劣な手段であるか。

かっとなって、部屋を飛び出そうとしたが、かろうじて思いとどまった。ここで自制を失えば、それこそ向こうの思うツボである。

冷静に対策を講じた。わたしを本命視しているからには、とりあえず、和美の身は安全であろう。それなら、これ以上愚劣な尋問に付き合う必要はない。態度を変えて、口を閉ざすことに決めた。

目を閉じて、腕を組んだ。

「山倉さん——どうしました?」平田が何か言っているが、耳を貸さない。自《みずか》ら を一個の石となし、あらゆる質問を排除した。

それから一時間、尋問に対して、完全に沈黙を守った。二人の刑事はついに手を焼いて、いったん席を外した。しばらくして、誰かが取調室に入ってくる気配がした。

「山倉さん」呼びかけられて瞼を開けると、目の前に久能の顔があった。苦い表情で言う。「あなたも困った方ですね」

にんまりと唇の端を上げた。

「お互いさまでしょう。妻はどうしています?」

「先ほど帰宅してもらいました。あなたと一緒でなければ、てこでも動かないという剣幕でしたが、こっちはいつまでかかるかわからないので」

「妻をだしにしましたね」

久能は答えずに肩をすくめると、調書のページをぱらぱらと繰《く》った。やがて手を止め、調書から目を離して、わたしをにらみつけた。

「今度は、わたしが質問します」

「どうぞ」

久能の尋問が始まった。強気で質問に応じる。自分の答にはすっかり飽きていたが、たずねるほうも同様だろう。

相変わらず、わたしの立場は微妙だった。とりわけ、現場が密室状態になっていたことが、わたしに対して不利に作用した。正確な供述に努めれば努めるほど、自分を追いつめるというジレンマに陥った。

しかし、和美が帰宅を許されたと聞いて、かなり元気を取り戻していた。自分だけなら、少々締め上げられても持ちこたえる自信がある。どんなにしぶとく追及されても、切り抜けてみせる。留置場に放り込まれるのも辞さない構えだった。

尋問はだらだらと長引いた。

時刻はすでに十一時が近く、質問する久能の表情にも疲れが見える。わたしが自分の供述を読み上げている最中、不意にドアが開いた。岡崎刑事が久能を手招きしている。

「休憩にします」と言って、久能は席を外した。

ひとりになった。

ずいぶん長い休憩だった。外では、新しい展開が生じているらしい。何であれ、自分に有利なものであることを祈った。

四十分後、取調室に法月綸太郎が入ってきた。

2

法月が向かいの椅子に腰を下ろすのを、黙って見ていた。黒いポロシャツに、格子縞《こうしじま》のジャケットを着ている。わたしの顔をしげしげと見つめた。

「かなり締め上げられましたね」この場にそぐわない、快活な声であった。

「久能警部は、わたしが三浦靖史を殺したと考えているようです」

「身に覚えがあるのですか？」

わたしは首を横に振った。

「誘拐殺人犯として、三浦を憎んでいたのは確かです。でも、殺したいとは思わなかった。もっと別の形で罪を償《つぐな》わせるべきだと考えていました」

「しかし、あなたは一度、彼を半殺しの目に遭《あ》わせている。月曜日、他ならぬ久能警部の目の前で。止めに入らなければ、そのまま殺しかねない勢いだったと聞きました」

「それは否定しません。あの時はどうかしていたんです。しかし、けっして殺すつもりではなかった。子供を殺したことを白状させたい一念でした」

「いずれにしても、そのことが警部の心証を悪くしています。相応の動機があって、犯行現場にいたとなると、容疑者扱いされても仕方がありませんよ」

ところが、言っている内容とは裏腹に、法月の声には弾劾《だんがい》的な厳しさがないのである。そもそも彼がここにいること自体、異例のことではないか。一縷《いちる》の望みをかけながら、法月にたずねた。

「あなたこそどうなんです。やはり、わたしが三浦を殺したと思いますか」

「いいえ」さりげなく答えた。「ぼくは、あなたの供述を信じます」

内心で安堵《あんど》感が広がったが、年長である手前、表には出さず、皮肉な態度を装って言った。

「どういう理由で？」

「ぼくは、人を見る目はあるつもりですから」

「ずいぶんあやふやですね」

「山倉さん、ぼくが言うのは少しちがう意味です。これはひとつの論理的帰結なんです」

「どういうことですか？」

法月は居ずまいを正し、咳《せき》払いをした。

「あなたの供述には、ひとつだけ常識に見合わない異常な部分があります。それはいうまでもなく、あなたが意識を取り戻し、三浦靖史の死体を発見した時、現場が密室状態になっていたという点です。

いいですか、山倉さん。仮にあなたが三浦を殺した犯人で、奥さんの容疑を晴らす必要に迫られ、やむを得ず、虚偽の供述をでっち上げたとします。その場合、供述のストーリーには表面的な一貫性がなければならない。筋の通らない供述をして、かえって疑いを招いては、元も子もありません。

ところが、あなたは犯行現場が密室状態になっていたと主張して、自分の供述に明らかな矛盾を持ち込んでいる。自分以外に真犯人がいると言いながら、同時に第三者の存在を否定するなんて、正気の沙汰《さた》ではありません。しかも、肝心《かんじん》の密室は、あなたの言葉の上に成り立っているだけで、実際にそうであったという確証すらないのです。つまり、密室に関するあなたの証言は、供述の一貫性に欠けている上に、事実の裏付けを持たず、あなた自身にとってもデメリットにしかならないということです。

あなたが犯人なら、わざわざそんな供述をでっち上げる必要はなかった。警察に出頭するまでに、頭を使う時間がなかったわけでもありません。むしろそれによって、供述全体が信憑《しんぴょう》性を失い、かえって自分にかかる嫌疑が増すことぐらい目に見えていたはずです。にもかかわらず、あなたは落ち着きはらって、矛盾に満ちた供述をしているのです」

わたしは思わずかぶりを振った。出来事をありのままに話すことに気を取られて、そうした自家撞着《じかどうちゃく》について深く考えていたわけではなかった。法月は先を続けた。

「ひょっとすると、あなたは『毒をもって毒を制す』のたとえどおり、二重の苦境に自分を追い込んでみせて、逆説的に自分の供述に真実性を持たせようとしたのでしょうか？　その時たまたま、ぼくが昨日話した密室の定義が頭にこびりついていて、それを利用しようとしたのでしょうか？

これもあり得ません。そんなことを考えるのは、価値観がひっくり返った推理小説マニアだけです。だが、山倉さん、あいにくあなたはそうしたタイプの人種ではない。密室トリックにリアリティを感じない人間が、危急の際にそれを利用するなどということは考えられません。あなた自身、推理小説には詳しくないと言いましたが、ぼくも昨日話して、そのとおりの印象を受けました。少なくとも、不可能犯罪を扱った推理小説の愛好家なら、『糸と針を使って云々《うんぬん》』といった物言いはしないのです。人を見る目があると言ったのは、そういう意味です。あくまでも、自分の商売に関する目利《めき》きですからね。

ここまでのところをまとめると、あなたの供述には、説明のできない論理的な破綻《はたん》がある。しかし、それはあなたの作為によるものではない、ということになります。こうした場合、ぼくは論理的な破綻そのものを、事実性の表われと見なすことにしています」

「ずいぶん回りくどい説明ですね」とわたしは言った。「最初から一言《ひとこと》、不合理ゆえに我《われ》信ず、と言ったほうがわかりやすかった」

法月はにっこりして、肩をすくめた。不思議と気持ちの和《なご》む仕草であった。わたしは奇妙な論理を操るこの青年に、いつの間にか、頼もしさを感じていることに気づいた。

「それはそれとして、犯人はどうやってあの部屋から脱出したのでしょう。法月さんは、何か考えがありますか？」

「いくつか考えていることはありますが、現段階で口にするのは時期尚早《しょうそう》と思います。ただ、このケースでは〈どうやって？〉よりも、〈なぜ？〉密室が作られたのか、という観点が重要な意味を持つような気がします」法月は唐突に話題を変えた。「ところで、冨沢路子さんの捜索願いが出ていることをご存じですか」

「冨沢さんの奥さんが？　いつから行方《ゆくえ》がわからないんですか」

「ご主人によると、昨夜から帰宅していないそうです。そういえば、昨日の夜、住友ビルの一階ロビーに黒ずくめの女の人がいましたね。あの人が、冨沢路子さんだったのではありませんか？」

「そうです」いやでも、呼吸が速くなった。「ではあの後、彼女と話さなかったのですか」

「声をかけそびれて、見失ってしまったんです。殺された子供の母親だと思い当たった時には、もう後の祭りでした」

「そうですか」わたしはほっとした。誰彼《だれかれ》かまわずわたしとの関係を暴露するほど、路子は自暴自棄《じぼうじき》になってはいないようだ。「しかし、それと三浦が殺されたことと、何か関係がありますか？」

法月はちょっと目をすがめた。

「冨沢さんには、三浦靖史を殺す動機があります」

「まさか」

「彼女は、殺された子供の母親です。あなた以上に誘拐犯人を憎む気持ちは強いはずだ。関係者の中でも、一番強力な動機を持つ人物ではないですか」

「無理です」わたしは反論した。「冨沢さんは、三浦に誘拐犯人の疑いがあることを知らなかったはずです。警察は、彼を取り調べたことを発表しなかったじゃないですか。だいいち、どうやって三浦の住んでいるところを探し出したのか」

法月の目が、きゅっと細く絞られた。わたしは鎌《かま》をかけられているのだろうかといぶかった。

「これはひとつの仮説にすぎないのですが」と法月が言った。「山倉さん、三浦が殺されたタイミングの符合について考えませんでしたか」

「タイミングの符合？」

「説明しましょう。あなたは今日、急に三浦の部屋の捜索を思いついた。だって、昨日の時点では、少しもそうした素振りを見せていなかったのですから。昨夜の冨沢さんの唐突な出現が、あなたの決断と関係あるような気がしますが、それはぼくの憶測にすぎません。問題は、あなたが三浦の部屋に忍び込むことを知っていたのが、あなた自身と奥さんの和美さんだけだったということです」

「それがどうかしましたか」

「あなたの供述によれば、奥さんの協力を得て、一度は三浦を外に追い払ったものの、彼はすぐに詐術に気づいて部屋に舞い戻り、物色中のあなたを殴って昏倒《こんとう》させた。ここまではいいんです。ところが、よりによってその直後、殺意を持った第三者が部屋を訪れた。そして、あなたが気絶している、ちょうどその隙に三浦を殺害して、姿を消した。これが、わずか三十分ばかりの間に起こったのです。偶然にしては、できすぎていると思いませんか？　タイミングの符合というのは、そういうことです。ぼくはこの符合を重視します。あなたの行動と犯人の行動の間には、密接な関連があるはずです」

「なるほど」とわたしは言った。

「ですから、あなたはたまたま殺人現場に居合わせたのではなく、むしろ、あなたが三浦の部屋に行ったことが、殺人の直接のきっかけになったと考えるべきなのです。ところが、そのためには、殺人犯があなたの行動をフォローしていることが必要です。つまり、三浦を殺した犯人は、あなたが彼の部屋に忍び込むことを、あらかじめ知っていた人物でなければならない」

　わたしは驚いて、身を乗り出した。

「あなたは、妻を疑っているんですか」

「ちがいますよ。今は、冨沢路子さんの話をしているところです」

「だが、彼女はわたしの行動を知ることなどできなかったはずです。そのことを知っていたのは、わたしと妻の二人だけだった。あなたの言うことは矛盾しています」

「表面的にはそうです。しかし、第三者が山倉さんの行動を知る方法が、ひとつだけあるんです」

「わかりませんね」

法月は坐り直して、わたしを見つめた。

「昨夜、住友ビルのロビーで冨沢夫人の姿を見た時、あなたは『どうして、ここが』とつぶやきました。彼女の出現を予期していなかったことは明らかです。したがって、あなたが彼女を呼び寄せたわけではない。もちろん、ぼくが会合の場所を知らせたのでもありません。だとすると、彼女はいかにしてあそこにたどり着くことができたのか。合理的な答はひとつしかありません。冨沢さんは、あなたを尾行していたのです」

「わたしもそう考えました」

法月はうなずいて、

「同じことが、中野ニューハイムの三〇五号室にも当てはまります。さっき言ったように、彼女は昨夜から自宅に帰っておらず、今日一日の行動もわからないのですが、昨日と同じことをしていた可能性があります。冨沢夫人は朝からあなたの家の前で、張り込んでいたのではないでしょうか？」

腹の底に粘り着くようなやましさを感じた。

「するると、彼女はわたしたちを尾行して、三浦の家にたどり着いたのですか？」

「そうすることが可能でした。その時点で、何をするつもりだったかわかりませんが、彼女はあなた方が車で出かけるのを見て、自分もタクシーを拾って追いかけた。そして、奥さんが三浦を外におびき出し、あなたが彼の部屋に侵入するまでの一部始終を見届けた。あなたの供述の中に、郵便受けからスペアキーを取り出したとあります。冨沢さんは物陰からそれを見ていて、あなたが階段を上っていった後、名前を確かめたのでしょう。恐らく彼女は、隆史君の実父の名前を、以前から知っていたのではありませんか」

わたしはうなずいた。実際に二人が会ったことはないが、三浦の名前だけは、わたしの口から洩《も》らしたことがあるからだ。

「そこで彼女は鋭敏な勘を働かせ、すぐにあなたの目的を悟った。すなわち、三浦が子供を殺した犯人である可能性に思い至ったのです。殺意は、その瞬間に固まったと思います。ちょうどそこに三浦が戻ってきたので、彼女は後を追い、三〇五号室に入りました。三浦はあなたに気を取られていて、もうひとりの侵入者に気づく余裕がなかったのでしょう。彼女は易々《やすやす》と、室内に身を潜めることができました。あなたが殴り倒され、浴室に運び込まれるところを、彼女は息を殺して見守っていたはずです。浴室から出てきた時、三浦はすっかり油断していて、彼女の不意打ちを避けることができませんでした。そういえば、凶器となった包丁は、もともと現場の流しにあったものと判明しました。これも、凶行が発作的《ほっさ》なものだったことを示しています。もっとも、指紋は残っていなかったそうですが。駆《か》け足になりましたが、今回の事件のアウトラインはこうしたものだったと考えられます」

法月の説明にはついていけない気がした。前半はともかく、路子が瞬間的に殺意を固めて、いきなり三浦を殺してしまうという件《くだり》は、強引すぎるのではないだろうか。それに、わたしの頭には、誘拐の共犯者が、口封じのために三浦を殺害したという考えがあって、そちらのほうを信じたい気持ちが強かったのである。

「このストーリーは、お気に召しませんか」わたしの反応を促《うなが》すように、法月が言った。

「本当に、彼女の犯行と信じているのですか?」

「いいえ」あっさりと自説を撤回した。「今の説明には、穴が多すぎます。そもそも、犯行現場がなぜ密室になっていたか、これではまったく説明できないんですよ。彼女が犯人でないと断定はできませんが、今のところ、その可能性は高くありません」

こちらが気負っていたせいもあるが、肩すかしを食わされた気がして、面白くなかった。法月にしてみれば、局外者の推理ごっこかもしれないが、わたしのほうは自身の存亡がかかっているのである。八つ当たり気味に詰め寄った。

「それなら、どうして無意味な議論を延々と聞かせたんですか?」

「無意味ではありません」軽く頭を揺すりながら答えた。「久能警部と、中野署の捜査首脳部の先入観を覆《くつがえ》すために、どうしてもこの仮説を信じ込ませることが必要だったんです」

「先入観を覆す?」

「そうです、山倉さん。ぼくがここに遊びに来ていると思ったのですか。手の込んだ推理を披露して、あなたを煙に巻くために? とんでもありません。ぼくはあなたを助けに来たんです。あなたを自由にするために、彼らを説得しました。かといって、不合理ゆえに我《われ》信ずでは、取り上げてもらえない。すぐに放免してもらうには、次の選択肢として、冨沢夫人をだしに使うしかありませんでした。それが今の説明です。彼女には気の毒ですが、これで捜査本部も本腰を入れて行方を捜《さが》し始めるでしょう。どっちみち単なる捜索願いでは、警察は動かないものなんです」

わたしは思わず目をみはった。

「ということは、わたしを釈放させるためと、一刻も早く冨沢さんの行方を知るために、一石二鳥《いっせきにちょう》の餌を投げたのですか?」

「早く言えば、そういうことです」面映《おもはゆ》そうな表情がのぞいた。「残念ながら、命令ひとつで警察を思いどおりに動かす力なんて、ぼくは持っていません。その上、頼みの綱の父親も今、別の事件にかかりきりで、手を貸してくれないんです。無力な民間探偵としては、勢い、こすからい計略に頼らざるを得ないわけで。そこのところを、あらかじめ承知してもらいたかったんです。でも、これ以上内幕を明かすのは、やめたほうがよさそうだ。あの足音はきっと、久能警部だと思いますよ」

法月が口をつぐむのと同時に、取調室のドアが開いた。ちょっと気まずそうな顔つきで、久能が入ってきた。

「長らくお引き止めして、申し訳ありません。今日のところは、帰っていただいて結構です」

急に言われても、あまり実感が湧かない。

「わたしの容疑は晴れたのですか」

「まあ、そんなところです」久能は歯切れの悪い口調で言った。

立ち上がった。法月は坐ったまま、涼しい顔でわたしに流し目をくれた。ドアを押さえている久能の横を通って、廊下に出た。

背広がすっかり煙草くさくなっていた。

3

法月に礼を言いそびれたことに気づいて、ロビーで待った。少し遅れて、彼が降りてきた。わたしが頭を下げようとすると、照れた顔で手を振った。

「そんなに大げさなことではないんですよ。それより、これから少し寄り道しませんか」

「寄り道？」

法月は懐からキーホルダーを出して、目の前に掲《かか》げた。見覚えのあるデザインだ。

「三浦のキーホルダーじゃないですか」

「久能警部に頼んで、借りてきたんです」もう一度懐に手を突っ込むと、折りたたんだ紙を引っ張り出した。「これと一緒に」

三浦の部屋で見つけた、ワープロ原稿だった。

自宅に電話を入れて、わたしの身を案じている妻を安心させた。まだ寄るところがあるから、先に寝ていなさいと言うと、起きて待っていますと返事がかえってきた。

玄関を出ると、さすがに夜気《やき》が身にこたえたが、すがすがしくも感じられた。駐車場に行くと、わたしのアウディがあった。親切はありがたいが、どうやって警視庁からここまで運んできたのだろうか。車のキーを取り上げられた覚えはなかった。

「そういうことの専門家がいるんですよ」と法月が説明した。これだから、警察というのは信用できないのである。

法月を助手席に乗せて、車を出した。青梅街道を右に折れて、堀越《ほりこし》学園をかすめる通りを北上する。夜もこの時間になってくると、渋滞で身動きも取れないということはなかった。

法月は膝の上で、三浦の原稿を読むとはなしに弄《もてあそ》んでいる。さっきから気になっていることを、この機会にたずねることにした。

「三浦のことを呼び捨てにしませんでしたか？　確か昨夜は、ずっとさん付けにしていたような記憶があります。まさか死んだから、呼び方を変えたわけではないでしょう」

「お察しのとおりです」声つきに畏《かしこ》まった響きが感じられた。「あの人には裏切られました。あれから、自分の思いつきを確かめてみたんです。悪い予感が当たりました。山倉さんの言うとおり、ぼくは彼のアリバイ工作に利用されていたんです。どんなに親しくしていた人でも、誘拐犯人をさん付けで呼ぶわけにはいきません」

「本当ですか？」

「確かな証拠があります」ジャケットのポケットから、何かを取り出した。「これを見てください」

ちょうど大久保《おおくぼ》通りで信号が赤になったので、受け取って目を向ける暇があった。フロントガラスに額を近づけて、目を凝《こ》らした。

ＮＴＴ玉川局《たまがわ》が発行した、通話記録のプリントアウトだった。顧客に郵送する専用の通知書ではなく、ＯＡ用紙に打ち出した臨時の書式である。電話加入者は〈ノリヅキ　サダオ〉名義になっていた。

「ぼくの家の電話です」と法月が言った。「ＮＴＴの窓口に行って、特別に作ってもらったものです。アンダーラインしてあるところを見てください」

今月の九日、午前十一時十分のところに、蛍光ペンで線が引かれていた。指でなぞると、通話先の番号が載っている。見慣れた数字が並んでいた。わが家の電話番号であった。

「誘拐のあった日、最初の脅迫電話がかかった時刻と一致しています。甘く見られたものです。三浦は隙をうかがって、ぼくの目と鼻の先で脅迫電話をかけていたんです」

後続車がクラクションを鳴らした。信号が青になっている。通話記録を返して、アクセルを踏んだ。

「ちょうどその時刻、ぼくは玄関で、生命保険のセールスマンと応対していました」法月は目を細め、横顔で説明を続けた。「その保険屋とは全然、話が嚙み合わず、追い返すのに苦労したことを覚えています。ぼくは頼んだ覚えもないのに、呼ばれたからわざわざ来たんだと言い張って、どうしても譲《ゆず》ろうとしないんです。最後はこっちが頭を下げて、やっと引き取ってもらいました。そのせいで、三浦が居間の電話を使っていたことに気がつかなかった。あの時、おかしいと気づくべきでした。今思うに、三浦があらかじめ前日に、ぼくの名をかたって保険会社の支店に電話していたようです。時間と場所を指示して、保険に入りたいから、契約書類を持ってきてくれと。話が噛み合わないのは、当然のことでした」

「なるほど。しかし、二度目の脅迫電話はどうしたんです？　この記録には、上がってきていないが」

「次の脅迫が行なわれたのは、午後一時二十分。ちょうど外で、昼飯を食べていた時間です。三浦は途中で用を足すと言って、席を外しました。それは口実で、その間に店の電話を使って、あなたの家にかけたのでしょう。プライバシーの問題があるので、店の電話の記録まで調べることはできませんでしたが、ぼくの家の分だけで、証拠としては充分です」

法月の見解を是《ぜ》としながら、同時に、わたしは微かな疑問を感じた。

「最初の電話を受けた時、妻は茂君の声を聞いています。あなたの言うとおりだとして、どうやって子供の声を聞かせることができたのか？」

「カセットテープです」法月は反芻《はんすう》するような口ぶりで言った。「小型のテープレコーダーを使えば、可能です。あらかじめ子供の声を吹き込んでおいて、電話口で再生すればいいのです」

「待ってください。茂君が誘拐された時すでに、三浦はあなたの家に来ていたはずです。なのに、どうやって子供の声を?」

「声を録音したのは、事件当日より前だったと思います」法月の声はそっけなくて、しかもその答にはまったく説得力がなかった。

「それはおかしい。和美はまちがいなく、茂君の声を聞いたと言っています。でも、彼は事件の当日、隆史とまちがえられ、偶然連れ去られたにすぎない。三浦がそれ以前に、茂君の声を録音していたというのは、ナンセンスではないですか?」

法月は返事をしなかった。答を用意していないのではなく、何かまったく別のことを考えている様子だった。会話は尻切れとんぼに終わったが、その時はもう目的地のすぐそばまで来ていた。

中野ニューハイムの前に車を駐めて、すでに見慣れた階段を上った。本来なら、マンションの管理人に一言あるべきところだが、時間が時間だった。加えてわたしの場合、前に来た時は不法侵入だったわけで、今さら気が引ける道理がない。

三〇五号室のドアの鍵を開けると、法月は黙って中に入っていった。わたしは玄関で足を止め、そこで息を引き取った男の名残りを求めたが、何も嗅ぎつけることはできなかった。隣室の住人の迷惑にならぬよう、静かにドアを閉め、部屋に上がった。

法月は部屋の灯りをつけ、光の下で室内をゆっくりと見回した。彼の目の黒い部分が、大きくなったように見えた。唇を結んで、声をかけがたい表情だった。冷淡を装っていても、三浦の死に対して、わたしとはちがった感慨のあることは確かだった。そのことは、わたしに驚きと違和感をもたらした。

見つめられているのに気づいて、法月は止めていた息を吐き出し、肩の力を抜いた。感傷が目の奥に退《しりぞ》いた。窓に寄せたデスクに目を向けると、まっすぐ近づいて、積み上げた本の山を調べ始めた。最初から目標を絞って、それのみに集中しているような手つきである。水色の背の一冊を抜き出すと、猛然とそのページを繰った。彼の手が、ふっと止まった。視線が開いたページをなぞっている。

「やっぱり」とつぶやいて、わたしのほうに向き直った。目が輝いている。しゃがみ込んで、床の座卓の上を無造作《むぞうさ》に片付けると、懐から例の原稿を取り出してそこに置いた。本のほうは、指をページの間にはさんで、手に持ったままだ。

わたしも座卓の前に坐った。

「思ったとおりです」と法月が言った。

「何のことですか？」

「このページを読めばわかります」

本を受け取って、開かれたページを読み始めた。

かれらは、ガブルした、何度もガブルした。かれは両手で耳をふさいだが、ガブルしたものが鼻の穴にはいこんでくる。かれはあたりを見まわす。そこはかれが朽《く》ち果てた場所だ。かれらは、かれをここへほうりだしていった。ガビッシュは胴のところまでうず高く積っている。ガビッシュでいっぱいだ——。

それ以上、読み続ける必要もなかった。三浦の原稿と酷似している。人称代名詞といくつかの固有名詞をすげ替えただけで、ほとんど同じ内容だった。文意が通じないところまで、そっくりである。

「完全な剽窃《ひょうせつ》ですね?」顔を上げて訊いた。

法月はうなずいた。

本をひっくり返して、表紙を見た。サイケデリックなイラストが描かれている。題名は『火星のタイム・スリップ』。著者名は、フィリップ・K・ディックとなっていた。

「何の本ですか」

「SFです。ディックをご存じではないですか?」

「知りません」

「アメリカSF界の鬼才です。一九八二年に没するまでに、数多くの傑作を残しました。サイバーパンクSFの祖として、最近、再評価を受けています。ひと頃、『ブレードランナー』という映画が流行しましたが、その原作を書いた作家ですよ。この本も代表作のひとつです」

試しに裏表紙の内容紹介を読んでみたが、火星植民地とか、異形《いぎょう》の悪夢世界とか、わけのわからないことが書いてある。こういう小説は苦手《にがて》だ。本のことを追及するのはやめにして、法月にたずねた。

「原稿を読んで、すぐにピンときたのですか?」

「原典が何だったかは別として、他人の文章の引き写しであることは、すぐにわかりました。なぜかというと、原稿のこの部分に注意してください」

二日間、俺は床の上の水たまりに寝ころがっていた。家主のおばさんが、俺を見つけ、救急車をよび、ここへ運んだ。俺は道々、うなり声をあげた。それで、目がさめた。彼らがグレープ・フルーツのジュースをくれようとしたが、片手しかうごかなかった。もう片方の手は、グレープ・フルーツのジュースをくれようとしたが、片手しかうごかなかった。もう片方の手は、二度とうごかなかった。俺は、前みたいにプラスティックの兵隊を作りたいと思った。あの仕事は面白《おもしろ》かったし、暇つぶしにもなった。ときどき俺は、週末にやってくる人たちにそれを売りつけた。

「文章が繰り返《ループ》している箇所があるでしょう」と法月が指摘した。「意図した修辞とは読めないし、何らかのミスだとしても、自分の頭の中から出てきた文章を書いている限り、こんなことは起こり得ません。でも、人の本を横に置いて、ディスプレイ画面と交互に見ながら、文章を写していくと、よくこういうミスをして気づかないことがあります。これを見て、剽窃の可能性に思い当たったのです」

「この本だということは?」

「元の書名までは思い出せませんでしたが、作者はディックと確信していました。以前、彼と本の話をした時、SFではディックが最高だ、チャンドラーの次に好きな作家だと言ったのを覚えていたからです。問題は、嫌いな作家を剽窃する人間はいないし、これはチャンドラーの文章ではありません。問題は、どの本のどの場面かということでしたが、自分の記憶がごちゃごちゃになっていて、これという自信がなかった。たまたま、この本が机の上に出ていたので、探す手間が省《はぶ》けたわけです」

「なるほど。それにしても、三浦は何の目的で、こんな剽窃をしたのでしょう」

「――一種の現実逃避なんです」法月は苦い口ぶりで言った。「たとえば、ぼくの場合、半日ワープロの前に坐って、真っ暗な画面とにらめっこしても、まともな文章が一行も浮かんでこないことがあります。そういう時は、つい本棚に手が伸びる。自分を鼓舞《こぶ》するために、好きな本の中の気に入った場面を写していくんです。中世の修道院の写字生《しゃじせい》みたいに。ディック風に言うと、尊敬する作家の執筆行為を擬似体験するわけです」

「そんなことをしても、時間と労力の浪費ではないですか」

「確かに。しかし、たとえ他人の文章であっても、現に書いているという実感さえ手に入れば、一行も書けない状態より、はるかに気が楽なものです。それが優れた文章なら、なおさらです。もっとも、こうして楽をしている限り、一歩も先には進まないんですが。締切りを目前に控えた時は、特にそうです。書けない時は、書けないという現実を直視しなければ、何も始まりません。

むしろ、それ以上に危険なのは、最初は軽いウォーミング・アップのつもりで始めても、やがて、写していく作業そのものに、麻薬的な快感を覚えるようになることです。そこで引き返さないと、深みにはまってしまう。読む行為と書く行為の境界が曖昧《あいまい》になり、自前の文章より引用に頼る頻度《ひんど》が高くなります。最終的には、どこかからコピーしてきた文章を、平気で人前に出すようになるでしょう。そうなったら、作家としてはおしまいです」

「三浦がそうした深みに足を取られていたと？」

「恐らく。原文に思わせぶりな修正が加えられているところを見ると、将来、何らかの形で利用することを考えていた可能性があります。もっとも、それがどんなものになっていたか、今から推測しても、何の役にも立ちませんが」

　わたしはうなずいた。それと同時に、三浦の原稿をめぐるこの議論そのものも、何の役、に立つのかさっぱりあやふやであることに気がついた。

「三浦が執筆に行き詰まって、剽窃まがいのことをしていたのはわかりました。しかし、それと今回の事件と、どういう関係があるのですか？　こんな議論は、それこそ時間の浪費という気がするのですが」

「そんなことはありません」法月は、わたしと原稿を交互に見ながら言った。「この原稿にこだわるのには、理由があります。もしぼくの仮説が正しければ、この文章は——」

「あなたの仮説？」おうむ返しにたずねた。

「つまり、誘拐事件の真相です」法月はそっけなく言って、腰を伸ばした。「今度は、ワープロ本体を調べてみましょう」

　デスクの前に戻り、カバー兼用のキーボードを外して電源を入れた。ディスクドライブには、フロッピーディスクが差し込まれたままになっている。咳《せ》き込むような起動音とともに、画面《ディスプレイ》が映《えい》じた。法月は慣れた手つきで、キーボードをたたいた。彼の後ろから、画面をのぞき込むと、見やすいように体を斜めにしてくれた。

　法月は、文書目録画面を呼び出した。フロッピーに保存されている文書のリストが浮かび上がる。左から文書名、日付とメモ欄、行数等の順である。

「――たぶん、これだな」法月は指示印《カーソル》を〈ＰＫＤ１〉という文書に移動した。「フィリップ・Ｋ・ディックの頭《かしら》文字です」わたしに説明しながら、文書作成画面に切り替える。

画面に表示された文章を見て、法月はにやりとした。プリントアウトした原稿と同じ書き出しで始まっている。画面を先に進めて、原稿との異同を確認した。文章がループしている部分も含めて、まったく同じ文面が並んでいた。

法月は、わたしの顔を肩越しにちらと見た。そしてキーボードに指を落とし、もう一度、文書目録画面をディスプレイに表示した。

「日付を見てください」

「十一月二日」声に出して読み上げた。

「誘拐の日より一週間も前です」今度は上体ごと、くるっとわたしを振り向いた。冷たい空気に触れたように、顔の皮膚が張りつめていた。「山倉さん、原稿の終わりのところを、読んでもらえませんか」

彼が何をもくろんでいるのか、見当がつかない。原稿を取り上げ、最後の一節を読んだ。

「俺は両手で顔を覆った。すると、射精は止んだ。

『この悪党め、自分の息子も見分けられないくせに』

射精、射精――」

「自分の息子も見分けられないくせに」法月がその部分を繰り返した。「つまり、三浦靖史はこの文章を書いた十一月二日の時点で、犯行当日、人質のまちがいが生じるのを、あらかじめ予想していたことになります」

「それはちがう」わたしは訂正した。「これは月曜日に、わたしがここで三浦をなじったのと同じ言い回しです。たぶんその後、書き加えた文句でしょう。そもそも、事前に子供をまちがえることを予想していたはずがありません」

「いいえ。ディスプレイの日付が示すとおり、この原稿は十一月二日、誘拐が実行される一週間前に書かれたものです」

法月は結論を急ぐあまり、大きな勘違いをしている。わたしは誤りを指摘してやることにした。

「あなたが言うとおり、この文書〈PKD1〉がフロッピーに最初に保存されたのは、十一月二日でしょう。しかし、このC－ワードという機種に限って、二日以降、三浦自身が手を加えなかったと断言できません。確かに、市販されている最近のワープロでは、同じ文書に手を入れて保存し直した場合、内蔵タイマーが示す当日の日付に自動更新されて、記録が残ります。つまり、毎回手を入れる度《たび》に、最新の保存日が残されるわけです。このシステムを採用した機種なら、あなたの主張も通ります。

ところが、Ｃ－ワードのシステムはちがいます。文書保存にも二通りあって、最初に文書を作成して文書名を新登録するのが〈新規保存〉、同じ文書を文書名を変えずに、二回目以降に保存するのは〈再保存〉と区別されています。注意しなければならないのは〈再保存〉した場合、特に変更を加えない限り日付は更新されず、〈新規保存〉時の日付がそのまま記録されるという性質です。

つまり、三浦がこの〈ＰＫＤ１〉という文書を後から呼び出して、ちょっと文章を書き直し、文書名を変更せず改めてフロッピーに保存しても、文書目録に表示される日付は〈新規保存〉した日、すなわち、十一月二日のまま変わらないはずです。わたしの会社でも、同じＣ－ワードの上級機を使っているので、まちがいありません。

だからこそ、少なくともこの最後の一節だけは、さっきも言ったように月曜以降、ないしはどんなに早くても、人質の誤認に気づいた時に、書き加えられたものだと思います」

「この場合はそうではありません」法月は落ち着きはらって、反論を予期していたようだった。

「どういうことですか」

「ぼくも、Ｃ－ワードの保存システムは知っています。しかし、すでに見たように、この文章はディックの完全な剽窃なのです。分量は四百字詰原稿用紙にして、五枚足《た》らず。しかも、単語を置き換えただけの、お手軽な代物《しろもの》です。長くても、一時間もあれば書き終えてしまう程度の手すさびであって、後からあれこれ手を入れる余地はないに等しい。つまり一度プリントアウトして、それでおしまいという性質の文章だということです。したがって、後から最後の一節を書き直した可能性はきわめて低いということです」

法月の真意が理解できなかった。どんなに理屈をこね回しても、彼の主張は意味がないはずである。

「それは一般論です。三浦が、実際に手を加えなかったという証拠としては、あまりにも弱すぎる」

「証拠は別にあります」法月の声は自信にあふれて、引き込まれそうなリズムを持っていた。「すでに指摘したことの繰り返しになりますが、原稿には文章がループしている部分がありました。そして、現在フロッピーに保存されている文書〈ＰＫＤ１〉の該当部分も、まったく同じように重複《ちょうふく》しています」

「それが、何か？」

「あなたの言うように、三浦が十一月二日以降、この文書に手を入れたとしたら、なぜこの転記ミス部分が修正されずに残っているのでしょう。たとえ最後の会話のみが書き直しの対象だったとしても、重複箇所はその直前にあるのですから、画面を送る途中で必ず目についたはずです。にもかかわらず、プリントアウトした原稿でも、また保存文書でも、ループ部分は見過ごされたままになっている。

したがって、三浦はこの文章を一度きりしか見ていないのです。言い換えれば、文書〈PKD1〉は、最初にフロッピーに保存された十一月二日以降まったく変更されていないことになります。すなわち、『この悪党め、自分の息子も見分けられないくせに』という文章は、現実の誘拐事件に先立つ、十一月二日の時点に書かれたということです」

「――そんなことは、あり得ない」そうつぶやくのが、精一杯であった。

「いいえ」法月はまた首を横に振った。「この記述は、偶然に生じたものでしょうか？ちがいます。三浦はこの時すでに、一週間後に起こるまちがいを知っていた。その知識が、無意識のうちに〈PKD1〉中に混入してしまったと考えるのが妥当《だとう》です。一週間も前から、子供を見誤ることを知っていた以上、それはまちがいではなく、犯人の計画の一部だったと結論しなければなりません。

ということは、九日の誘拐事件に対するわれわれの評価は、根本的に誤っていたのです。最初から、まちがいなどありませんでした。あなたのお子さんは、注意をそらすために利用されただけでした。さっきは答えませんでしたが、三浦があらかじめ茂君の声を録音していたことも、それで説明がつきます。すなわち、誘拐犯の真のターゲットは、殺された茂君のほうだったのです」

4

翌朝、出社と同時に義父の部屋に呼びつけられた。顔を合わせたとたん、気分を害しているることがわかった。非難がましい目つきで私をにらみつけると、突き放すような口調で言った。

「三浦のことは警察に任《まか》せろと言ったはずだ。あんな軽はずみな真似《まね》をして、警察の厄介《やっかい》になってくれと頼んだ覚えはない。それどころか、和美までさらしものにするとは」

感情が言葉を追い越して、義父の言葉は宙ぶらりんになった。わたしは爪先をそろえて、義父の前に深く頭を垂《た》れた。

「申し訳ありません。全部自分の責任です」

義父は口をへの字に曲げた。

「今さら謝っても、詮《せん》ないことだ。それより、和美の父親として、はっきり訊いておく。三浦靖史を殺したのは、きみではあるまいな？」

顔を上げ、左右に首を振った。

「嘘だったら、承知せんぞ」

「わたしなら、殺すようなことはしません。むしろもっと他の報復を考えたでしょう」

だ」
知っているはずではないか。そのきみが、和美を危ない目に遭わせたことが気に入らんのだ」
当きつかったはずだ。そうでなくても、あれは神経が細い。そのことは、きみが一番よく
だが、許せんのは和美を巻き込んだやり方だ。娘は何も言わなかったが、警察の調べは相
「口を慎《つつし》みなさい」と義父は言った。「まあ、正直きみが三浦を殺したとは思ってない。

「軽率でした。あんなことになるとは、思ってもみなかったのです」

　義父は目を細めた。

「三浦のことで、きみがむきになる気持ちもわからんではないが、もっと自分の立場というものをわきまえてほしかった。今後は、自重《じちょう》するように」

「はい」

　義父は椅子の中で、肩の力を抜いた。上目遣《うわめづか》いにわたしを見つめて、次の質問を考えている。そのせいか、何となくちぐはぐな表情になった。咳払いをして、背中を立て直した。

「殺された子供の母親が失踪しているらしい。彼女が三浦を殺した犯人だということか？」

「ちがいます」おのずと声が引き締まった。「三浦を殺したのは、茂君を殺したのと同一人物です」

義父は姿勢を変えず、慎重に眉を持ち上げた。

「どういうことだ、それは？」

「三浦の他に誘拐の共犯がいたのです。しかも、実際に子供を誘拐し、命を奪ったのは、もうひとりの犯人のほうでした。三浦はその人物に操られていた、けちな手先にすぎません。最後には、口封じのため殺されてしまったのです」

義父は椅子から身を乗り出した。

「もうひとりの犯人？　それはいったい、何者だ」

「まだわかりません。しかし、その犯人の目的は身代金ではなく、冨沢茂を殺害することでした。三浦は、その計画の駒《こま》として利用されていたのです」

「どういうことだ、それは？」義父はさっきと同じ台詞《せりふ》を繰り返した。

「誘拐そのものが、まやかしだったのです」とわたしは続けた。「われわれはみんな、警察も含めて、偽《いつわ》りの前提を信じ込まされていました。実際には、隆史を誘拐して、身代金を手に入れる計画など、どこにも存在しなかった。茂君を殺す口実を作るために仕組まれた、手の込んだ筋書きがあっただけです」

義父の反応は鈍かった。言われたことを、すぐには飲み込めないようである。もっとも、わたしだって人のことは言えないが。昨夜、三浦の部屋で、法月から同じ話を聞かされた時は、しばらく頭が混乱して、何も言えなかったからだ。

「手ちがいなどなかった、というのか」ようやく義父が声を取り戻した。「結局、何もかも犯人の思惑どおりに運んだというのだな。しかし、いったいどういう筋書きだ。なぜ、そんな回りくどいことを？」

「真犯人にとっては、何よりも動機が最大のネックだったはずです。真犯人というのは、もちろん、三浦を背後で操っていた連続殺人犯のことですが。その人物には、どうしても茂君を殺したい理由があった。しかし、相手はまだ小学一年生で、通り魔や変質者の類はさておき、普通なら計画殺人の被害者になるような年齢ではありません」

「確かにそうだ」

「それでも、強《し》いて彼を殺すべき積極的な動機の持ち主を求めるなら、その範囲は少数のごく身近な人間に限られます。小学一年生の生活半径など狭いものですから。要するに、策を弄《ろう》さず殺人を実行した場合、動機が絞られ、すぐに警察に捕まってしまう確率が高いということです。真犯人が完全犯罪をもくろんだとすれば、真っ先に自分の弱点をカバーすることを考えたでしょう。一番賢い方法は、自分を含む人間関係の外部に、見せかけの動機をでっち上げることです。疑いを入れる余地のない、強力な動機を。誘拐の人質殺害という発想が出てきたのは被害者が子供だったからで、身代金受渡しの成否にかかわらず、誘拐事件で人質が殺されるケースが多いことは周知の事実です」

「もう少し嚙み砕《くだ》いて話してくれ」と義父が口をはさんだ。「話の内容についていけない」

わたしは肩をすくめた。じつは、話している内容はそっくり法月の受け売りだった。そのせいか、どうしても話しぶりまで移ってしまうようである。

「しかし、真犯人は単なる偽装誘拐では、カムフラージュとしては不充分だと考えたようです。というのも、そもそも冨沢家は、資産家の部類に入る家庭ではありません。どうして普通の中流家庭の子供が、営利誘拐の目標に選ばれたのかと疑われる恐れがあるわけです。それに、実際問題として、児童誘拐の場合、被害者の家族の周辺に犯人がいるケースが多いそうですから、かえって策が裏目に出て、真っ先に取調べを受けるかもしれない。そこで、真犯人は百パーセント容疑の圏外に出るために、まちがい誘拐というコンセプトを導入したのです。黒澤明《くろさわあきら》が映画にしているぐらいですから、コンセプトそのものは目新しくありませんが、それを裏返したところに、犯人の頭のよさが表われています。もっとも、まちがい殺人と見せかけてじつは、という推理小説が腐るほど書かれているそうなので、それほど独創的なアイディアではないかもしれませんが」

「待ちなさい」義父がまた抗議した。「説明が先走ってよくわからん。まちがい殺人と見せかけてじつは、というのは、要するにどういうことなのか」

「図式化すれば、こうです。犯人Xが人物Aを殺したがっているとしましょう。もちろん、ストレートにAを殺した場合、自分に嫌疑がかかることは目に見えています。そこで、XはAの周辺にいて、かつ自分とは無関係な人物Bを利用します。事前にB宛《あて》の脅迫状を送りつけるなどして、人々にBが命を狙《ねら》われているような先入観を植えつけるのです。そして、たまたまBと誤認されたかに見える状況で、実際は予定どおり、Aを殺害する。当然、Aの死は不運な巻き添えを食ったものと見なされて、捜査はBを殺害する動機の持ち主に集中します。その結果、XのAに対する動機は看過《かんか》され、容疑の圏内から完全に除外されるでしょう。今回の偽装誘拐殺人は、この図式の応用でした。Aに当たる真の被害者が冨沢茂であり、見かけの人質候補Bが、隆史だったということになります」

「なるほど」義父はそっけなく顎をなでた。

「見かけの人質候補として、隆史が選ばれた理由は明らかです。隆史は茂君と同じクラスで、仲がよかった。家が近く、お互いの母親同士も親しい間柄です。二人は毎朝、一緒に登校する習慣があり、まちがい誘拐の演出にはぴったりでした」

それどころか、二人の子供たちは、父親まで同じ男だったのである。もっともそれは、義父の前で口にできるようなことではなかった。義父だけではなく、誰にも知られてはならないことである。真犯人の意図でなく、単なる偶然の符合であればいいのだが。秘密を胸に伏せたまま、説明を続けた。

「しかも、お義父さんの前でこんなことを言うのははばかられますが、わたしは優良企業の局長ポストで、年収も一般的なサラリーマン家庭のそれよりかなり高い水準にありまず。久我山の家だって、持ち家です。したがって、営利誘拐の標的にされても、あながち不自然とはいえません。現に、要求された六千万円を当日中に用意することもできたのです。これだけ条件が揃っていたら、隆史が真犯人の計画に利用されないほうが不思議なぐらいです」

義父は溜息混じりにうなずいて、

「そこまではわかった。だが、どうして真犯人の計画に、三浦が加わってきたのだね？」

「偽装誘拐が効を奏するためには、その犯行の細部がしっかりしていることが重要です。擬似餌《ぎじえ》だからこそ、本物に劣らないリアリティを要します。犯行がずさんだと偽装と見破られる危険が大きくなる。ブルジョア子女の小遣銭欲しさの狂言誘拐が、往々《おうおう》にして、すぐばれてしまうのはそのせいです。とりわけ営利誘拐を装う以上、身代金の受渡しをおざなりにすることはできません。したがって、犯行当日には交渉も含めて、人質の家族と、何度か接触する機会が生じますが、真犯人はその際、自分の身をさらしたくなかった。それができない理由があったのでしょう。そこで、自分の代わりに動く手先がひとり、必要になったわけです。それとは別に、真犯人は偽装誘拐の計画を立てる前、わが家の内情を詳しくリサーチしたはずです。隆史の実の父親が誰かということまで。三浦が東京にいることを知った時、共犯者の人選は、ほぼ自動的に決まったと思います。まちがい誘拐の筋書きをもっともらしくするために、三浦靖史は打ってつけの人物だったからです」

義父は小鼻をこすりながら、かぶりを振った。何となく、表情が曇ったように見えた。

「だが、そのことを裏付ける証拠があるのか？」

「証拠というほどのものはありません」即答すると、義父はちょっと拍子《ひょうし》抜けした表情を見せた。

「警察がよくそんな結論を認めたものだな」

「残念ながら、今まで話したことは、まだ捜査本部の統一見解にはなっていないと思います」

いぶかしそうにわたしの顔を見つめた。

「では、全部きみが考えたことなのか」

「いいえ」わたしは種を明かした。「じつは、法月綸太郎という人物が、推論によって組み立てた説明なのです。今のところ、仮説の域を出ませんが、正しい方向を指していることはまちがいありません」

「――法月綸太郎だって」とつぶやくと、しばし記憶をまさぐるようにデスクの端に目を移した。「三浦のアリバイを証明した張本人じゃないか。その男がどうして、君にそんな話を？」

「彼自身、知らずに利用されていたのです」法月との関わりの始まりから、三浦の部屋で事件がひっくり返るまでのいきさつを要約して伝えた。「若いに似合わず、ものすごく切れる人物です。名探偵と持ち上げられているのも、むべなるかなですよ」

「ほう」義父は無関心に近い顔つきで、話題を戻した。「ちょっと整理させてくれ。法月綸太郎は利用されただけだと言ったな。ということは、犯行当日の三浦のアリバイはどうなるんだ」

「例のアリバイは一応、本物です。しかし、三浦の背後にもうひとりの犯人が潜んでいたことを考えれば、その意味は根本から変わってしまいます」

義父は眉をひそめた。

「実際に子供を誘拐し、命を奪ったのは、三浦でない真犯人の仕業と言ったが、そのことか？」

「ええ。真犯人の唯一の目的は茂君を殺すことであり、その実行まで、三浦に肩代わりさせる気はなかったのです。確かなアリバイを持つ以上、一連の犯行の中で、誘拐―監禁―殺害という行為は、三浦の分担ではあり得ません。しかし、彼のアリバイのわざとらしさは、この役割分担に起因していました」

「というと？」

「説明しましょう。法月君からの受け売りですが。真犯人は金曜の朝、久我山で冨沢茂を誘拐し、アジトに監禁した後、夜の八時から九時の間に人質を殺害しました。しかし、なぜこの時間に子供を殺したか、腑《ふ》に落ちませんでした。身代金受渡しの成否に関係なく、人質を殺してしまうなら、どうして夜まで生かしておく必要があったのか？　逆に夜まで待つなら、なぜ受渡しの結果がわかるまで、殺害を延ばさなかったのか？　いずれにしても不可解でした。しかし、あえてこの時間を選ぶ理由があったのです」

「どういう理由なのだ」

「すぐに人質を殺さなかったのは、あまり殺害を急ぎすぎると、かえって真の動機を悟られるのではないかと真犯人が懸念《けねん》したせいです。一方、殺害を九時以降に延ばせなかったのは、共犯者のアリバイを確保するためのタイムリミットがあったからです。そもそも三浦が最後の連絡で、わざと遺体のありかを教えたのはなぜだと思いますか？」

義父は首をひねった。

「遺体の発見が遅れると、正確な死亡時刻の判定がむずかしくなるからです。死亡推定時刻の幅が広がって九時を超過してしまうと、せっかく作り上げた三浦のアリバイが水の泡になる恐れがあります。それを避けるために場所を知らせたのです」

「なるほど一理あるな」義父はまた顎をなでた。「脅迫電話は全て、三浦がかけたのだな？」

「そうです。日中から夜にかけて、三浦は等々力でアリバイを作りつつ、午前午後の二回に分けてわたしの家に脅迫電話をかけました」アウディの運転席で聞いた法月の説明を繰り返した。「午後九時、法月君と別れた三浦は、最寄《もよ》りの駅に駐めておいたゴルフでアジトに直行し、死んで間もない茂君の遺体とランドセルを受け取って車のトランクに積みました。このアジトは中野ニューハイムの三〇五号室ではなく、真犯人が準備した場所である可能性が高いと思います」

「だろうな。それから？」

「三浦は、三度目の脅迫電話をかけてきました。自動車電話を使って、わたしを引っ張り回し、狭山公園まで身代金を運ばせたのも、三浦の仕業です。そして、わたしが石段から落ちて気を失っている頃、入れちがいに彼はゴルフを青梅市に走らせ、ビニール袋に入れた子供の遺体を、資材置場に放置しました。その後、人質の死を告げる最後の電話をかけて、三浦の果たす役割は、全て終わったことになります」

「きみが石段で足をすべらせたのは、本当に偶然の事故だったのだろうか？」眉の端を指でかきながら義父がつぶやいた。「話を聞いていると、真犯人の計画の一部だったようにも思えるのだが」

うなずいた。義父は目で説明を促した。

「法月君も同じ意見でした」内心、面目《めんぼく》を施《ほどこ》した気持ちで言った。「これも証拠はありませんが、わたしが狭山公園に着く前、三浦が先回りして、石段にテグス糸を張り渡すか、ビーズ状のものをばらまいておいたにちがいありません。その直前の指示の不自然さも、罠を前提にすればいちいち筋が通ります。わたしを焦らせ、石段を駆け降りさせることが、向こうの狙いだったのです。あの暗い急斜面で足を取られたら、転げ落ちて怪我をするのは確実でした。気を失うことも、充分予想できたでしょう。ひょっとしたら、その間に車を回して、石段の罠を回収したのかもしれません。戻る時には、そうした形跡すらなかったので」

「しかし、身代金は手つかずだったはずだ」

「身代金などまったく眼中になかったのです。あくまでも人質を殺す口実として、営利誘拐というフィクションを利用したにすぎません」

義父は黙って相槌《あいづち》を打つと、目を伏せ、腕を組んだ。時折かすれたうなり声を洩らしながら、今までの会話を反芻し始めた。

義父には言わなかったが、石段に罠を仕掛けたのは真犯人の計画ではなく、三浦の考えだと確信していた。わたしに向ける憎悪が、あまりにも露骨であった。わたしを羞《はずかし》め、屈辱感を抱かせるため、ことさらに選んだ手段にちがいない。

結果的には、それが三浦にとって命取りになったといえる。身を切られるような屈辱感さえなかったら、わたしは誘拐事件の真相に、これほどこだわりはしなかっただろう。わたしがしつこく嗅ぎ回らなければ、三浦もあんな最期を迎えることはなかったはずだ。彼は自分でも気づかずに、自分の足下に罠を仕掛けていたのである。

義父がおもむろに顔を上げた。眉間《みけん》の皺が深くなっているような気がした。

「三浦を殺したことも、真犯人にとって予定の行動だったのだろうか？」わたしの考えを読み取ったような質問だった。

「遅かれ早かれ、口封じのために殺すつもりだったことは確かです。でも、水曜日にあんな唐突な形で殺す予定ではなかったと思います。真犯人としては、ほとぼりが冷めてから、事故か何かを装って、誘拐事件と無縁な死に方をさせたかったでしょう」

「どうしてそう言える？」質問しているのに、義父の目つきはうわの空だった。

「三浦にはアリバイがありました。つまり、隆史の実の父親として、予想される警察の取調べに備えていたことになります。すぐに口を封じるつもりなら、真犯人がそうした予防措置《そち》を講じる必要はありませんでした。死期を早めたのは、三浦自身の責任です。狭山公園でゴルフを目撃されたことが、最悪の失策でした。共犯者としては、あまりにも無神経で、不注意な行動です。真犯人は、三浦がその種のミスを繰り返すことを、何よりも恐れたはずです。さらに、わたしが三浦に目をつけたと知ると、不安のあまり、秘密裏《り》に彼の身辺を監視し始めた」

義父が突然、続きを引き取った。

「ちょうどその矢先、きみが和美を囮にして、三浦の部屋に忍び込んだわけだな。すぐに三浦も戻ってくる。一触即発《いっしょくそくはつ》の事態と見て、真犯人は急いで三浦を消す必要に迫られた。やれやれ、きみが慎重に動いていれば、三浦の口を割らせることができたかもしれないのに。真犯人に届く手掛かりを、自分で断ち切ってしまったことになる」

義父の態度に、不可解な二重性を嗅ぎとったのはその時である。気のせいかもしれないが、三浦が死んで、真犯人に届く手掛かりが失われたことを、歓迎しているように聞こえたのだ。

最初は、錯覚だと思った。ところが、義父のほうもわたしの違和感を悟ったらしい。突然、顔つきによそよそしいこわばりが生じた。意識的に表情を読まれまいとしたのだ。思いがけない義父の反応に、わたしはとまどいを覚えた。

「だが、あまり気に病《や》むことはない」義父はわざとらしく慰めの言葉をかけた。「どちらにせよ、三浦が死んだのは自業自得《じごうじとく》だ。真犯人の手掛かりだって、他にないと決まったわけじゃなし」

わたしは言葉を失っていた。義父は両手を重ねてデスクの上に置いた。磨《みが》き上げられた木目に白い曇りが浮かんだ。手の内側が汗ばんでいるのだ。義父がいつからそんなに緊張していたのか、わたしにはわからなかった。

七章　暴露——打ちのめされた母親

1

　SP局に戻った時は、もう十時を過ぎていた。部員たちがせわしなく机の間を動き回っている。自分のデスクに向かい、不在の間に溜まった書類に手をつけたが、もはや仕事をする気になれない。役員室でのやりとりが頭に引っかかっていた。

　義父が裏表のありそうな素振りを示したことが、どうしても腑《ふ》に落ちなかった。長い付き合いだが、こんなことは初めてである。わたしに対して、何か隠しているのではないか。疑うのは本意でなかったが、自分の目に狂いがあるとも思えなかった。

　路子との関係を知られてしまったのだろうか。真っ先に浮かんだ考えだったが、即座に打ち消した。そのことなら、あえてわたしに隠すまでもない。

　何かあるとすれば、やはり三浦靖史にまつわる事柄にちがいない。ことによると、彼の口を封じた人物の手掛かりを、他ならぬ義父自身が握っているという可能性もある。ひょっとしたら、真犯人の正体を知っているかもしれないのだ。

この想像には、根拠がないわけではなかった。義父は興信所を使って、三浦の身辺調査を続けていたのである。最近の動静までキャッチしていたとすれば、真犯人とおぼしき人物に関する報告を受けていても不思議はない。

考えがそこに及ぶと、もうじっとしていられなくなった。だが、これだけでは単なる憶測の域を出ていない。もう一度、義父にアタックしたところで、思いすごしと一蹴《いっしゅう》されるのが落ちである。その前に、興信所の線を調べてみることに決めた。

月曜日、義父の部屋で見た三浦靖史の身上報告書には、興信所の名前が刷《す》り込まれていた。『昭和総合リサーチ』という社名を、わたしははっきりと覚えている。

手すきの女の子に、職業別電話帳を取ってくれと頼むと、隅田成美が嫌な顔もせず、席を立って、分厚い電話帳を携《たずさ》えてきた。

「ありがとう」

「タウンページと言うんです」鬼の首を取ったみたいに相好《そうごう》を崩して言った。「職業別電話帳なんてもう誰も言いませんよ」

わたしは肩をすくめて、自分の席に戻る隅田成美の姿を見送った。仕事のできる娘だが、多少子供じみたところがある。だいたい、いい年をしてタウンページだの、ハローページなどと、口が裂《さ》けても言えるものか。たとえ広告代理店に身を置こうが、日本語として譲れない一線がある。

索引を引き、「興信・探偵」のページを開いた。社名のマイナーさから推《お》して、手広く仕事をしている大手ではなさそうだ。どぎつい広告ページは最初から無視して、囲み広告のはざまに並んだ小さな活字を追っていった。

『昭和総合リサーチ』は、『昭和信用サービス』と『昭和探偵社』の間に掲載されていた。指を横にすべらせて、電話番号と住所を手帳に控えた。新橋《しんばし》五丁目の田島《たじま》ビル5Fに事務所を構えている。土地鑑のある場所だった。手帳をじっとにらんで、数分を費《つい》やした。

十一時に、銀座の化粧品メーカーを訪れる約束がある。宣伝部長らと昼食を一緒にする予定だったが、それを取りやめにして、新橋まで足を延ばすことにした。もちろん、会社の人間には内緒である。サボリが知れると、部下に示しがつかない。そうでなくても、今週はまともに仕事をしていないのだ。

打ち合わせの資料をそろえて、会社を出た。訪問先は新橋寄りなので、銀座線に乗り換え、新橋駅から後戻りしたほうが近い。十一時前に到着、会議室に直行する。お決まりの世間話も省略し、すぐ用件に入った。新製品のサンプル配布の下相談で、先方はこちらが示したデータに九分九厘《くぶくりん》満足している。

打ち合わせを早めに切り上げ、食事の誘いは丁重《ていちょう》に辞した。表に出た時は、十二時半になっていた。新橋駅前の横断歩道を渡り、外堀《そとぼり》通りの日比《ひび》谷口側に出る。ＪＲ駅前広場のＣ11蒸気機関車を左手に、柳《やなぎ》通りを南に下っていった。

六〇〇メートルほど歩いた。モーターマガジン社の近くと見当をつけていたので、田島ビルはわけなく見つかった。同じ通りに面していたのだ。最近、化粧工事を施した跡があるが、建物そのものは時代遅れの造りである。

入口から中に入ると、ロビーとは名ばかりの狭い共同通路になっていた。無人だが、来る者は拒《こば》まずといった雰囲気だった。小豆《あずき》色に塗ったエレヴェーターのドアが、窮屈そうに壁の一部を占《し》めている。操作盤の横に、テナントを示すプレートがあり、不動産会社や輸入代行業のオフィスなどと並んで、『昭和総合リサーチ』の表示が出ていた。

腕を組んで、その文字に見入った。さて、これからどうするか。

ここまで足を運んだはいいが、義父の受けた報告の内容を調べる具体的方策を考えていなかった。生半可《なまはんか》な口実では、本人に電話で確認されて、元も子もなくなってしまうだろう。夜中に押し入って、ファイル・キャビネットを荒らすなどは、論外である。かといって、金で買収するというのも気が進まなかった。

うまい考えもなく、そこでもたもたしていると、不意に咳《せ》き込むような機械音が壁づたいに響いた。一階で止まっていたエレヴェーターが、動き始める音であった。表示灯の数字がひとつずつ増えていって、五階で止まるのを見届けた。その後、エレヴェーターは下降に転じた。

五階はフロア全部が、『昭和総合リサーチ』の事務所に当てられている。わたしはとっさに通路の物陰に身をひそめた。別に隠れる必要はなかったが、調査員が降りてくるかもしれない。それをやり過ごそうと思ったからである。

エレヴェーターのドアが開いて、中から出てきたのは、若い女だった。赤いジャケットの下は、プリントシャツと細身のパンツ。ブランド物のセカンドバッグを抱えている。

突然、女の顔に見覚えがあることに気づいた。着ているものの雰囲気こそちがうが、三浦の部屋に出入りしていた本間万穂なのだ。ボーイッシュな髪型を見まちがえるはずがない。あわてて通路に飛び出し、呼び止めた。

「きみ」

女は足を止め、振り返った。わたしの顔を見るなり、はっと息を飲んだ。そのままバネがはじけるように、道路に向かって駆け出した。

「待ちなさい」

聞く耳も持たない。赤い背中が日比谷通りの方向に逃げていく。追いかけた。

一〇〇メートルも行かずに追いついて、ジャケットの裾をつかまえた。観念して道路にへたり込んだ。わたしよりずっと若いくせに、もう息が切れている。

「つかまえたぞ」

「――暴力はやめてよ」

はっとして、ジャケットから手を放した。この娘には、三浦を殴りつける場面を見られている。ばつの悪さを覚えた。

娘は肩で息をしながら、立ち上がった。顔が朱《しゅ》に染まっている。手でパンツの埃《ほこり》を払い落とした。

「おじさん、元気なのね」憎まれ口をたたく余裕は残っているらしい。

「どういうことか、説明してもらおうか」

「こんな往来の真ん中で？」

通りすがりの人々が、わたしに冷たい視線を送っていることに気づいた。ヤクザかポン引きまがいの仕打ちと映《うつ》っている。その視線を避けながら、肩をすくめて譲歩した。

「仕方がない。近くで飯でも食いながら話そう」

ダイエット中だというので、日比谷通りに面したイタリアン・カフェに入る。ところが、本間万穂は迷わず、ティラミスをオーダーした。

「何だ？　ダイエットしてるんじゃないのか」

「だから、このために昼食を抜いているのよ」

よくわからん理屈である。相手のペースに乗せられまいと、空腹をこらえてコーヒーだけ注文した。後でカツ丼でも食おう。

「本間君といったね。なぜあのビルにいた？『昭和総合リサーチ』で働いているのか」

「一応、調査員ってとこかしら。バイトでやってるの。本業は、大学生」あけすけな口ぶりで白状した。もうシラを切っても無駄と承知している。

「学生証を見せてくれ」

「疑り深いなあ。ま、しょうがないけど」セカンドバッグから定期入れを取り出して、こちらによこした。S大学の学生証である。人文社会学部三年生、本間万穂。澄ました写真も、確かに目の前にいる本人の顔だ。

定期入れを返しながら言った。

「近頃の女子大生には、恐れ入るね。他人の私生活のあら探しで、社会勉強か」

少し気分を損《そこ》ねたようだ。口をとがらせる。

「ビデオで脱ぐ娘よりましだと思うけど」

「その言い方は差別だ」とわたしは言った。「少なくとも、彼女たちは自分の責任の範囲内でやっている。その限りでは、誰にも迷惑をかけていない」

「何よ。自分だって差別しているじゃない。興信所は社会のガンだと言いたいくせに」

「存在しないに越したことはない」

「そういう建前《たてまえ》をぶつ人が、一番たちが悪いの。自分の都合は別なのよね。うちの依頼人だって、世間では人格者ぶってるかもしれないけど、一皮《ひとかわ》むけばどいつもこいつも、宮内《くない》庁《ちょう》なんかと大差ない連中だもの」

意外にしっかりした意見の持ち主らしい。これが三浦の部屋にいた、いかれた娘と同じ人間なのか。いずれにせよ、この娘に対する認識を、根本的に改める必要がありそうだ。

「それにしても、なぜこんなバイトを？　ギャラがいいのか」

「それもあるけど」口が過ぎたと思ったのか、相手も態度を和《やわ》らげた。「今、社会学研究室にいて、都市論が専攻なんだ。来年、論文を書くためのフィールドワークって言ったら、カッコつけすぎかな」

「ほう」目から鱗《うろこ》が落ちる思いだった。

「それにこの仕事、学生って肩書きが役に立つの。女子大生ですって言うと、みんな油断するから、こわもてのおじさん探偵には聞き出せない話が、自然に耳に入ってくることもあるし。趣味と実益じゃないけど、持ちつ持たれつでうまくやってるわけ」

「そんなものかね」感心しながら、コーヒーに口をつけた。そろそろ本題に入る潮時《しおどき》だ。

「その伝《でん》で、三浦靖史の身辺を洗っていたのか？」

目に警戒の色が浮かんだ。急に口が重くなる。

「三浦さんとは、大学の友人の紹介で知り合ったのよ。このバイトとは関係ないわ。都市論に興味がある作家だっていうから、研究の参考になるかもしれないと思って、時々、話を聞きに行ってただけ」

「それは、表向きの口実だろう。月曜日、わたしが三浦のマンションを訪れた時、きみはどこか切れた軽薄女のようなふりをしたじゃないか。わたしの素姓《すじょう》を知っていたから、目をつけられまいとして、わざと下手《へた》な芝居を打ったんだ。きみが三浦のことを調べていた証拠だよ」

痛いところを突いたようだ。目を伏せて、小さくかぶりを振った。

「悪いけど、答えられないわ。第三者に調査内容を漏《も》らしてはいけないって規則があるのよ」

「ということは、『昭和総合リサーチ』の指示で、三浦を調べていたことを認めるわけだ」

今度は、声が聞こえなかったふりをして、ティラミスを攻略し始めた。その手には乗らない。わたしはかまわず続けた。

「どうして、わたしがきみのバイト先を探し当てることができたか、不思議に思っているんだろう。教えてあげよう。簡単なことだ。義父《ちち》の手元にある身上報告書の綴《つづ》りの社名を盗み見たんだよ。後は、電話帳で住所を調べるだけだった」

本間万穂は手を休めない。しかし、わたしの言葉に聞き入っていることは確かである。

「依頼人は、『新都アド』専務取締役の門脇了壱。七年前に死んだ三浦の妻の父親だ。わたしの義父でもある。素行調査は大阪でも続いていたと思うが、きみが三浦の調査を担当したのは、彼が東京に戻った今年の夏からだろう。部屋に出入りするぐらいだから、かなりきわどいアプローチをかけたのかもしれない。調査は無期限に継続する予定だったが、マークする相手が殺されたために、きみの仕事もひとつ減ってしまったわけだ。そういえば、三浦の死体を見つけて一一〇番したのはきみじゃないのか？」

本間万穂がようやく顔を上げた。いぶかしげな表情を浮かべている。

「どうして、それを？」

「しつこくドアブザーを鳴らしていただろう。ドアののぞき穴から、きみの顔が見えた」

びっくりして、フォークをテーブルに落とした。

「まさか。あなたが、あの人を？」

「残念ながら、そうじゃない。三浦を殺した犯人は別にいる。そのことを警察に納得してもらうのに、真夜中までかかったがね」

本間万穂はがっくり肩を落として、溜息をついた。心なしか、顔色が青ざめている。

「おどかさないで。わたしまで口封じのために殺されるかと思った」

強がっていても、やはり女の子だ。殺人事件に巻き込まれて、心細くなっていることは確かである。年長者として、謝っておいたほうがいいだろう。

「悪かった」

「いいけど」背中をしゃんと伸ばすと、強気の表情が戻った。「でも、それだけ知っていれば、もう充分でしょ。訊くことなんかないんじゃないの」

「いや。わたしが知りたいのは、きみが義父に対して、どんな報告をしたかということなんだ」

「言ったはずよ、調査内容は漏らせないって」

「そこを何とか頼む」

「無理です」

テーブルに手を突いた。

「こうして頭を下げてもだめかね？」

断固として、首を横に振った。

「強情《ごうじょう》だな、きみは」思わず言ってしまった。

「強情とか、そういう問題ではなくて、これは守秘義務というものなの」語気が荒くなった。気を悪くしたようだ。

「守秘義務も何も、三浦靖史はもう死んでいる」

「ちがうわ。守秘義務っていうのは、依頼人のためのものよ」

「依頼人はくだらん連中ばかりだと、さっき、きみ自身の口から聞いたところだ」

「それとこれとは、話が別よ」取りつく島がない。

「そういう御託《ごたく》を並べていると、本当に口封じに殺されてしまうぞ」

ついに、目を怒《いか》らせてわたしをにらんだ。

「おどかそうったって、もう遅いわよ」

「おどかしなんかじゃない」苛立《いらだ》ちが募《つの》って、なじるような口調になっていた。「詳しい説明は省《はぶ》くが、三浦靖史は先週の誘拐殺人事件の共犯だった。彼を殺したのは計画の首謀者で、子供を殺した犯人なのだ。そいつは犯行に先立って、三浦と接触を重ねていたはずだ。警察より先に、真犯人を突き止めたい。きみの調査の中で該当《がいとう》する人物がいないか、それを聞かせてほしい。頼む。教えてくれ」

顔が横を向いている。完全にへそを曲げて、わたしの言葉を半分も聞いていなかった。性急さのあまり、説得の仕方を誤ったようだ。

黙りこくって、にらみ合っていた。お互いに気まずい沈黙だが、わたしのほうが形勢不利である。どうやって話の接《つ》ぎ穂《ほ》を見出すか、内心大あわてで考えていた。

唐突に、懐《ふところ》のポケットベルが鳴り始めた。会社からの呼び出しである。一時撤退のタイミングか。

「ちょっと失礼する」断わって、席を外した。

店の電話から、SP局の直通番号にかけた。

「局長？」隅田成美の声が出た。「今、専務におつなぎします」

接続を待っている間、ひょいと振り向くと、本間万穂がすばしこい足取りで、店を出ていく姿が目に入った。呼び止めようとしたが、こちらに顔も向けず、さっさと表通りに消えてしまった。話の途中で逃げられた。

舌打ちをした瞬間、義父の声が耳に飛び込んだ。

「きみか。どこにいる」

「新橋の日比谷通り沿いですが」

「今すぐ家に帰りたまえ」

「何かあったのですか？」

「和美から電話があった。隆史が誘拐された」

「まさか」

「嘘じゃない。詳しいことはわからんが、死んだ子供の母親が、学校から隆史を連れ去ったらしい。まだ二人とも行方不明だ」

　受話器を置きながら、悪態をついていた。くそ。隆史が連れ去られた？　路子がさらっていった？　無茶をする。いったい、何のために？

　畜生、決まっている。

　今朝、隆史はいつもどおり登校したのだ。昨日、和美が予想より早く釈放されたので、小石川に隆史を泊める必要がなくなり、予定を変更して、家に連れて帰ったからである。

　こんなことになるとわかっていたら、学校に行かせたりしなかった。後悔しても、もう遅い。路子は隆史を殺す気だ。

一万円札をレジにたたきつけ、釣りももらわずに外に飛び出した。

2

自宅に戻ると、すでに警察が到着していた。表の道路にパトカーが待機している。隠密《おんみつ》行動の必要を認めていないとすれば、よくない徴候だった。

玄関でわたしを迎えたのは、予想どおり久能警部だった。挨拶も省略して、彼にたずねた。

「どういう状況ですか」

久能はかぶりを振って答えた。

「われわれも今、着いたばかりです。まだ事態が把握できていません」

「妻は?」

「リビングのほうに」

和美はソファに坐っていた。体を前に折り、肘を膝の上に立てて、爪を噛んでいる。わたしの気配を察して、顔を持ち上げた。青ざめた頬には、ほとんど血の気がなかった。

「お帰りなさい」機械的な口調で言った。その後も視線が定まらない。腕に触れると、マネキンのようにこわばっていた。

「隆史の居場所《いばしょ》は？」

喉が震えるだけで、答が声にすらならない。首を横に振るのが精一杯であった。

「冨沢さんの奥さんにさらわれたというのは、確かなのか」

今度はうなずいた。

「彼女から連絡があった？」

「――いいえ」やっと声を絞り出し、おずおずと視線を横すべりさせた。

ソファの端に、トレーナーとジーパン姿の見慣れない若い女が立っていた。年の頃、二十七、八に見える。目が合うと、わたしに向かって頭を下げた。すっかり畏縮《いしゅく》して、ぎごちない動作だ。

「一年四組担任の石塚《いしづか》です」と自己紹介した。ということは、学校の隆史のクラスの担任教師である。参観日や運動会に出たことがないので、顔を見るのは初めてだった。誘拐と知って警察に通報したのは自分だと言った。

「学校から連れ去られたと聞きましたが？」

「申し訳ありません」また頭を下げた。「こんなことになったのは、わたしの落ち度です」

「どういうことです」

隆史がさらわれた時の事情を聞いた。昼休み、冨沢路子から職員室に電話がかかってきた。

「隆史君のお母さんが買い物の途中、交通事故に遭《あ》って、北烏山《きたからすやま》の救急病院に運ばれました。危険な容態です。一刻も早く、病院に家族を呼ばないといけません。これから隆史君を迎えにいくので、すぐ下校の用意をさせてください」

路子は切羽詰《せっぱつ》まった口ぶりで、そうまくしたてた。石塚先生はその言葉に従って、隆史に帰り支度《じたく》をさせると、校門で迎えを待った。十分後、路子はタクシーで学校に現われ、隆史を乗せると三鷹方面に姿を消した。後で念のため、病院に確認の電話を入れたところ、路子の話が真っ赤な嘘であることが明らかになった。急いで一一〇番した時には、もう後の祭りだったという。それ以降、何の連絡もなく、二人の行方はわかっていない。

「おかしいとは思わなかったのですか?」思わず、彼女をとがめた。「冨沢さんのお子さんが誘拐されて殺されたのは、つい先週ですよ。注意が足りなかったのではないですか」

「お返しする言葉もありません」石塚先生は肩を落として言った。

「責めているのではないんです。しかし、彼女の言葉を鵜呑《うの》みにしないで、先に病院に確認してもらいたかった」

「すみません。ただ、見ず知らずの人ならともかく冨沢さんは、家庭訪問やPTAなどでよく知っている方なので、つい油断して確認を怠《おこた》ってしまいました。まさか嘘をついているとは思いませんでしたし、お母さん方二人とも親しくされていたので、電話の内容を信じ込んでしまったんです」言葉に詰まって、唐突に顔の筋肉をこわばらせた。「でも、所詮《しょせん》は言い訳にすぎませんね。もし、隆史君の身に何かあったら、わたし、責任を取ります」

「何かあってもらっては困ります」

「ごめんなさい」

まだ腑《ふ》に落ちない点がある。彼女にたずねた。

「ひょっとして、冨沢さんが何日も行方がわからなくなっていたことを、ご存じではなかった？」

「ええ」顔を伏せるようにして答えた。「そのことはさっき初めて聞きました。月曜日のお葬式の後、茂君のお父さんが、うちのことはしばらくそっとしておいてほしい、とおっしゃったので、こちらからご両親に連絡することは控えていたんです」

「警察から連絡はなかったんですか？　奥さんの捜索願いが出ていたはずですが」

首を横に振った。

「ありませんでした」

明らかに警察のミスである。連絡が行き届いていれば、こんな事態を招くことはなかった。わたしは久能をつかまえて、情報伝達の不備を責めた。

「お気持ちはわかります、山倉さん」久能はなだめるように言った。「われわれも手を尽くしたつもりですが、これは予想外でした。まさか彼女が、学校に現われるとは思わなかったのです。それに、冨沢氏の意を汲《く》んで、公開捜査に踏み切ることを見合わせていたことも一因です」

「しかし——」なおも食い下がろうとした。

「もうよして」泣きそうな声がわたしに訴えた。和美だった。「そんなことをいくら議論したって、隆史の安否と関係ないわ」

和美の言うとおりだ。ここで内輪《うちわ》揉《も》めをしても始まらない。叱責《しっせき》の言葉をぐっと飲み込んだ。久能も同じ表情だ。

「申し訳ありません、奥さん」頭を下げたが、和美のほうは久能など眼中になかった。わたしを制したこと自体、一種のヒステリーだったらしく、顔色が真っ白になっていた。和美の体を支えて、ゆっくりとソファに横にして休ませた。

「でしゃばった真似《まね》をして、ごめんなさい」

「いいから、気を楽にしていなさい」

和美はうなずいて、自分を閉ざすように堅《かた》く目をつぶった。気を取り直して、久能に質問する。

「隆史を拾ったタクシーの行方は？」

「石塚先生の協力で、会社はわかっています。今、無線を通じて照会している最中です」

三十分後、問題のタクシーが突き止められた。運転手によると、三鷹市内で路子を乗せたという。乗車時刻は、学校に電話が入ったほぼ直後。小学校に寄って隆史を拾った後、また三鷹に戻り、吉祥寺《きちじょうじ》通りで二人を降ろした。

「日産厚生園《にっさんこうせいえん》の手前の交差点だそうです」と久能が説明した。「二人は玉川上水《たまがわじょうすい》の方向へ歩いていったそうです」

「その時の彼女の様子は？　隆史に危害を加えるとか、そんな気配はなかったでしょうか」

「少し神経をとがらせていたようですが、目立って異常な徴候はなかったみたいです。子供のほうは、ずっとおとなしくしていたらしい。運転手は親子だと思って、何も訊かなかったと言っています」

しかし、その後の二人の足取りがたどれない。即刻、井の頭公園から東京女子大キャンパスに至る地区に緊急捜査網が布《し》かれたが、二人はもちろん、子連れの女を目撃した人物も見つからなかった。いたずらに時間が過ぎるばかりで、新しい情報もなく、不安と苛立ちが募った。

一昨日の夜、住友ビルのロビーで、路子を避けさえしなければ。苦《にが》い悔恨《かいこん》が、ぶり返してきた。路子に対して、もっと誠意を見せておくべきだった。これほど追いつめられていると気づくのが遅すぎた。

いや、そもそもこれは、昨日今日に始まった問題ではない。七年前、路子と道ならぬ関係を持った時から、今日のこの事態に至る必然の流れが生じていた。誘拐事件すら、路子にとっては呼び水にすぎなかったのだ。今まで逃げ続けてきた過去が、ついにわたしの現在に追いついた。そのことを認めざるを得なかった。

みじめに打ちひしがれていた。

午後四時。冨沢耕一が現われた。事件の報を聞いて、矢も盾《たて》もたまらずに、路子が立ち寄りそうな場所を回ってきたそうだ。青梅の工事現場、茂の遺体が発見された場所にも足を運んだという。全て徒労であった。疲労のせいか、体の動きが極端に鈍っている。重要な部品を欠いたまま、無理やり稼動している機械のようだ。目の周《まわ》りが病的なぐらい黒ずんで、表情に生気というものがまったく見られない。しかも、痛々しいほど取り乱していた。

「許してください」突然、彼がリビングの床の上に土下座した。「路子は茂のことで頭がいっぱいで、だからこそ、誰かが支えてやらなければならなかったのです。だのに、わたしには力がなくて、それができなくて、あれはけっしてそんな女ではないのに、こんなことをしでかすなんて。これはそもそも、みんなわたしの責任なんです。お詫《わ》びのしようもない」

「頭を上げてください」

顔を伏せたまま、左右に振るのみである。

「冨沢さん」

「だめです」言ったきり、石と化して動こうともしなかった。冨沢は自《みずか》らを虫けらの低さまで貶《おとし》めていた。「あなたの顔を見ることもできない」

いや、ちがう。わたしのせいです。舌まで言葉が出かかっていた。路子はわたしに復讐しようとしているのです。

たぶん和美がいなければ、否応《いやおう》なく口走っていただろう。だが、わたしは黙っていた。口を閉ざしていた。しかも、それ以上、冨沢の姿を正視するに耐えず、背を向けたのである。土下座して許しを乞うべき男は、このわたしを措《お》いていないはずなのに。

そう。この世でもっとも卑《いや》しく、醜悪なエゴイストがここにいる。善人ぶった寄生虫。偽りの鎧《よろい》をまとった、小心翼々《しょうしんよくよく》たる詐欺師。それがわたしだ。

こっそりと廊下に出て、ひとりになった。誰の目にも自分の姿をさらしたくなかった。

動きのないまま、日没を迎えた。

夕闇の訪れに、憂慮は深まるのみ。二人の行方は未《いま》だ杳《よう》として知れぬ。隆史の生存すら定かでなかった。リビングではだいぶ前から、誰も口を利《き》かなくなっていた。何か喋《しゃべ》ったところで、緊張と不安が増すばかりである。冨沢耕一は、まだ床にうずくまっていた。

和美は少し落ち着きを取り戻し、ソファに身を起こしているが、放心した表情に変わりはない。

石塚先生がコーヒーをいれて、リビングの一同に配っている。先週の金曜日には、和美が同じことをしていた。冨沢茂の誘拐から、今日でちょうど一週間になる。各人の役割が替わっただけで、起こっていることは先週の繰り返しだ。それにしても、今日のほうがよほど状況は悪かった。たとえ身代金の要求でも、連絡がないよりははるかにましである。路子の意図がわかっているだけに、隆史の安否を気遣う心はひたすら暗いほうに傾きがちだった。

午後六時半すぎ、リビングの電話が鳴った。わたしが受話器を上げた。

「山倉さん？」路子の声だった。

「わたしです」よそ行きの声で応じた。「冨沢さん、今どこにいます？　隆史は無事ですか」

「ぴんぴんしているわ」ほっとするどころか、ぞっとするような響きだった。「井の頭公園〝小鳥の森〟のそばに、つぶれてしまった幼稚園があるわ。さざんか幼稚園というのよ。そこにいるから、奥さんと二人で来るのよ。ひとりで来たって、子供は返してやらないわ」

路子は電話を切った。

3

パトカーに分乗して、久我山を出発した。三鷹台団地の交差点で人見《ひとみ》街道を離れ、北上して玉川上水を横断する。

サイレンのスイッチを切り、井の頭の住宅街を走り抜けた。一戸建ての多い静かな一角だが、社宅や寮の看板も目立つ。明星《みょうじょう》学園中学の校門の前を通過し、流路を南北に変えた玉川上水と再びぶつかろうという辺《あた》りで、車が停《と》まった。

助手席の久能が振り向いて、到着を告げた。運転席の制服は無線のマイクを握っている。和美を促《うなが》して、車を降りた。

路地の片側に沿って、薄汚れたブロック塀が立っている。ブロックの継ぎ目の溝《みぞ》には、暗緑色の苔《こけ》の帯がむしていた。その気になれば乗り越えられる高さだが、塀の上には有刺鉄線が三条、ぐるりと張りめぐらされていた。蔓草《つるくさ》が何重にもからみつき、錆《さび》でぼろぼろである。管理する者がいなくなって久しいことを物語っているのだ。

久能が先に歩いていく。塀の切れ目が門になっていた。コンクリートの門柱に、「さざんか幼稚園」と刻《きざ》んだプレートが埋め込んである。「さざんか」のさの字にひびが入っていた。ゲートは太いチェーン錠で封鎖されている。ここでも、錆と腐食が席捲《せっけん》していた。

塀の上の有刺鉄線を見ても、人の出入りを禁じていることが明らかである。詳しいことはわからないが、たぶん園児の不足が原因で廃園になったまま、地主の都合で捨て置かれているのだろう。

ゲートを調べていた久能が、こちらを向きながら首を横に振った。

「人が出入りした形跡はありません。裏に回ってみましょう」

塀に沿って、路地を折れた。車を降りてからずっと、和美はぴったりとわたしに寄り添っている。二台目の車に乗ってきた冨沢耕一と、警官たちが遅れてついてきた。話し声は聞こえない。

敷地の西側の塀がくり抜かれて、通用門が設《しつら》えてある。頑丈《がんじよう》そうなドアと見えたが、久能が手を当てただけで、ずるずると内側に倒れてしまった。蝶番《ちようつがい》の木ネジが腐って外れていたものを、塀の切れ込みに立てかけてあるだけだった。久能はライトで中の地面を照らした。雑草の茎《くき》が何本も折れている。

「ここから忍び込んだようです」念を押すように言った。「――足下に気をつけて」

和美の手を引いて、塀の内側に足を踏み入れた。暗がりの中で、おぼろに視界が開けた。正面から右手は、こぢんまりとした運動場である。平坦な地面に、野ざらしのブランコや滑《すべ》り台の黒い影がしがみついている。

左手奥に二階建のうらぶれた園舎。暗いので、壁の色などわからない。二階の東端に位置する部屋の窓から、灯《あか》りが洩れていた。室内灯の明るい光ではなく、久能が手にしているハンディ・ライト程度の光量だった。人影までは見えないが、そこに隆史が囚《とら》われていることはまちがいなかった。

三人とも思わず駆け足になる。その足音を聞きつけたか、二階の灯りがふっと落ちて、窓が暗くなった。和美がいきなり足を止め、わたしの腕を引っ張って、先に行かせまいとした。

「灯りが――」隆史の身に何かあったとでも言いたげに窓を指した。目つきが尋常《じんじよう》でない。

「何でもない、気にするな」和美をなだめた。「わたしたちが行くまで、隆史は無事なはずだ」

突然、顔をゆがめて、激しくかぶりを振った。

「路子さんがそう言ったの？　だったら、信用できないわ。あの人は今、普通じゃない。茂君を殺された腹いせに、隆史を殺すつもりなのよ。いいえ、もう殺してしまった後かもしれない。もし、隆史が殺されたら、今度はわたしがあの人を殺す番だわ」

普段の妻なら、こんな口の利き方はしない。それだけ気が動転している証拠だった。やはりこの場に連れてきたのは、酷だったようだ。しかし、路子の命令は絶対である。今のところ、路子の言うとおりにするしか、隆史を救う道はなかった。

園舎の玄関で、冨沢と他の刑事が追いついた。久能は手勢を二手にわけ、一方を園舎の外、路子が潜んでいると思われる部屋の下に待機させた。それから、わたしたち夫婦と冨沢耕一に注意を与えた。

「包囲しているプレッシャーを、できるだけ与えたくありません。事を大きくせず、皆さんの説得で子供を解放させる方向に持っていきたい」

「わかっています」とわたしが言った。和美と冨沢は、思い思いに首を振った。

「では、行きます」

久能を先頭に、建物に入った。入口の扉は開けっ放しだった。ガラスが割れずに残っているのが、奇蹟的と言えた。久能が暗い建物の内部を懐中電灯で照らした。光の輪が穴倉めいた暗がりをなめる。玄関ホールの奥に階段があり、その上に踊り場が見えた。

階段を上っていく。ホールを離れると、空気の流れが完全に停滞している。床に積もった埃の匂いが鼻についた。階段のてっぺんで久能が足を止め、振り向いた。声をひそめて言った。

「明かりを消します。冨沢さん、あなたが先に」

冨沢がうなずいて、先頭を歩き始めた。さっき灯りが見えた部屋まで、およそ二五メートルほどの奥行《おくゆき》がある。道程《みちのり》の半ばまで進んだところで、久能はわたしたち夫婦を留《とど》まらせた。それから、冨沢耕一に何か耳打ちした。

冨沢はうなずくと、ひとりで歩いていった。久能がこっちを向いた。
「最初は、ご主人に説得してもらいます」
暗闇に目が馴《な》れてくると、廊下の突き当たりに引き違いのドアがあることがわかった。
だが、閉まっているので、中の様子はわからない。冨沢耕一はドアの前で足を止めると、
ドア越しに呼びかけた。
「路子」
しじまの中で、和美の息遣いが自分の呼吸のように身近に感じられた。冨沢がもう一度
言った。
「路子」
言った後、冨沢の背中がはっと緊張して、肩越しにちょっと振り返った。きっと部屋の
中に人の気配を感じたのだ。
「路子、おまえの気持ちはわかった。でも、もうこんなことはよしなさい。隆史君に罪は
ない」
ドア越しに答が返ってきた。しかし、離れているので聞き取れない。思わず前ににじり
出ようとすると、久能に制止された。
「ご主人に任《まか》せるんです」
だが、冨沢の反応はよくなかった。

「路子、そんなことを言わずに、出てきてわたしと話し合ってくれ」

今度は答がなかった。冨沢がもう一度言った。

「路子」

長い沈黙が続いた。

冨沢は肩を落として、回れ右した。ゆっくりとこちらに戻ってきた。暗いので細《こま》かな表情までは読み取れないが、身のこなしの鈍重《どんじゅう》さで、説得が効を奏さなかったと知れた。

「冨沢さん?」久能が声をかけた。

冨沢はじっとわたしを見つめている。

「あなたと話したいと言っています」

緊張の塊《かたまり》が、心臓から喉まで駆け上った。今まで先延ばしにしてきたツケを、目の前に突きつけられる覚悟をしなければならない。

「わかりました」

黙って、和美の肩を抱いた。傷ついた小鳥のようにか細く、希望を失って震えていた。

「行きます」と久能に言った。

「できるだけ、刺激しないように」

「ええ」

廊下を進んでいった。突き当たりのドアの前に立ち、深呼吸をした。心臓の鼓動が速くなって、同時に神経がとぎすまされていくのがわかる。閉めきったドアの内側に、抑《おさ》えた息のさざなみが聞こえた。

「冨沢さん」と声をかけた。

「いらっしゃい、史朗さん」路子の声が答えた。

喉にこみ上げてきたものを飲み下した。よそ行きの言葉を捨てた。

「隆史は無事か？」

「無事よ」

「ドアを開けてもいいか」

「ええ。でも、中に入ってはだめ。敷居のところに立って、よく顔を見せるのよ」

「言うとおりにする」引き違いのドアに手をかけ、そうっと開けた。開けきったところで手を下ろし、中に目を向けた。

すぐ内側に、机が積み上げられていた。一種のバリケードなのだろう。脚と脚の間から、室内の様子を探ろうとした。しかし、絶対的に光が足りない。

「下がって」路子の声がした。

一歩退《しりぞ》いた。

「そこで、気をつけをするの」

言われたとおりにすると、突然、部屋の奥からまぶしい光がほとばしった。ハンディ・

ライトの光だった。わたしの顔から爪先《つまさき》まで、なめつくすように光が動いた。発光点の高さから見て、路子は椅子に坐っているらしい。

「やっと来てくれたわね、史朗さん」

「どうして、こんなことを？」

「あなたと話をするためよ。この前、新宿では逃げられたわ。逃がさないためには、こうでもするしかなかったの」

「隆史はどこにいるんだ。無事な姿を見せてくれ」

「他人の子がそんなに心配なの？」苛立っているような声だった。「ほら、見てごらんさい。ちゃんと息をしているから」

光を横に向けた。椅子に縛りつけられた子供の顔が浮かび上がる。紛《まぎ》れもなく隆史だった。頬に銀色に光る流線型が押し当てられていた。ナイフの切っ先だった。

「隆史」呼びかけた。「パパだ。隆史、生きているのか。返事をしなさい」

答はなかった。ぐふぐふと息の洩れる音が聞こえた。口にガムテープが貼りつけられているのだ。

しかし、生きている。

「うんじゃない」反射的に、いつもの癖が口をついて出た。「はいだ」

路子の手が動いて、ハンディ・ライトを隆史と反対側に移した。机か何かの上に載《の》せて、そのまま、わたしのほうに光を投げている。路子の姿は、ぼんやりとした輪郭《りんかく》しか見えない。

「わかった?」

「わかった」あえぐような声で答えた。冷静になろうと努《つと》めていた。「こんなことをしても何にもならない。今、息子を放してくれたら、今日のことはなかったことにする。全て水に流そう。お願いだから、子供を放してくれ」

「そうはいかないわ」冷たい声だった。「だって、茂のことを水に流すわけにはいかないもの。そのためにあなたを呼んだのよ」

「路子さん」

「他人行儀な呼び方はやめて。昔のように、路子って言いなさいよ」

路子は絶叫している。廊下の三人の耳にも、声が筒抜《つつぬ》けになっているはずだ。背中に痛いほど和美の視線を感じた。だが、振り返ることのできる場面ではなかった。気力を振り絞って、正面の路子にだけ神経を集中させた。

「路子」七年ぶりに言った。

「そう、それでいいのよ」

「なぜ、こんなことをする」

「茂の仇《かたき》を取るために決まってるじゃないの」

「仇だと？　それなら、わたしの出る幕ではない」

「そんな偉そうな口を利かないで。自分の胸に訊いてごらんなさいよ」

言葉に詰まった。

「ほら、答えられないくせに」勝ち誇った響きである。「わたしには、全部お見通しなのよ。あなたがわざと、茂を死に追いやったってことぐらい」

背後の三人が、顕著《けんちょ》な反応を示した。聞こえているのだ。あえて知らぬふりを装った。

「何を言っているか、わたしにはわからん」

「今さらとぼけないでよ。自分で言えないなら、代わりに言ってあげる。金曜日の夜、あなたはわざと狭山公園の石段でつまずいたのよ。誘拐犯に身代金を渡すつもりなんて、最初からなかったんだわ。犯人のまちがいを利用して、茂をこの世から消してしまおうとしたのよ。何もかも思いどおりになったと思っているか知らないけど、わたしがそうはさせないわ」

「誤解だ」必死になって声を張り上げた。「わたしは犯人にはめられたんだ。わたしの行動の如何《いかん》にかかわらず、茂君は殺されることになっていた。それが犯人の計画だった」

「わけのわからないことを言わないでよ」

こちらの意に反して、路子は態度を硬化させた。自分の浅慮を呪《のろ》った。今の路子を理屈で説得しようというのが、どだい無理なのである。

「わかった。きみの言うとおりだ。何もかもわたしの責任だ。何でも言うことを聞こう。わたしを好きなようにするがいい。だが、隆史には何の罪もないんだ。どうか放してやってくれ」

「そうはいかないわ」

「何だって？」

「あなたはいつも口先だけだった。今だって、心の中では、わたしのことを嘲《あざけ》ってるに決まっているのよ。わたしだって、何度もだまされるほど馬鹿ではないわ。もうあなたの言葉なんて、絶対信じない」

「じゃあ、どうすればいいんだ」

短い沈黙が落ちた。

背後のやりとりが、言葉の意味はわからないが、耳に入った。和美と冨沢に、久能が何かたずねているらしい。自分が巨大な罠《わな》にはまって、のっぴきならない危機に陥《おちい》りつつあることを改めて悟った。

路子が声を取り戻した。

「電話で言ったとおり、奥さんを連れてきた？」

「ああ」

「ここに呼びなさい」

路子の企《くわだ》てを瞬間的に読み取った。

「やめてくれ」と叫んだ。

「子供の命がかかっているのよ」傲慢きわまりない口ぶりで脅しをかけた。

「お願いだ」考えるより早く、その場にひざまずいていた。「それだけは勘弁してくれ」

「約束よ。早く奥さんを連れてきなさい」

「頼む」恥も外聞もなく、額《ひたい》を床にこすりつけた。屈辱などは後からついてくるがいい。

「早く」容赦《ようしゃ》ない命令であった。

目を上げた。路子の黒い輪郭は微動だにしない。

「土下座をしても無駄なのか」

「七年前ならいざ知らず、今さら遅いのよ」

うずくまった姿勢のまま、自らの過去と現在を天秤《てんびん》にかけた。息子と妻を天秤にかけた。自分自身の善と悪を天秤にかけた。

答は初めから決まっていた。

立ち上がった。

路子の影をじっとにらみながら、スラックスについた埃も払わず、肺に空気をみなぎらせる。自分自身の全人生を棒に振る瞬間を思い描いた。覚悟を決めるのに、長い時間を必要としなかった。これ以上、子供の命を散らすわけにはいかない。

回れ右をして、和美のほうに歩いていった。

4

和美はまばたきもしないで、わたしをにらみつけていた。視線に隔《へだ》たりを感じた。不安と狼狽《ろうばい》に加えて、疑いと不信が表情をいっそう険《けわ》しくしている。

「一緒に来てくれないか」

答はなく、唇がわななくのみだった。土下座した姿がショックだったのだろう。路子とのやりとりから、ただならぬ匂いを嗅《か》ぎとっているはずである。

「山倉さん」久能がわたしたちの間に割り込んだ。「今の会話はどういうことです？　冨沢さんとの間に、何かあったのですか」

今は説明している時ではなかった。

「後で詳しく話します」腕を差し出して、和美の手を取った。「さあ、行こう。おまえが必要だ」

小さな手を石のように握りしめている。その拳《こぶし》を掌《てのひら》で包み込んだ。わたしから目をそらさない。つかまえた腕を引っ張ると、逆《さか》らわずついてきた。

「彼女の様子は？」と久能がたずねた。

「今のところ、落ち着いているようです。ただ刃物を持っているので、隆史が心配だ。何とか背後の窓から近づけませんか？」

久能は渋い表情でかぶりを振った。

「外からの連絡では、建物が老朽化していて、二階に登るのは困難なようです。無理に外から接近しても、彼女に気づかれる可能性が高い。かえって人質を危険にさらします。根気よく説得するしか、手はありません」

「わかりました」

また歩き始めた。冨沢耕一ににらまれている。当惑と猜疑《さいぎ》の入り混じった目つきであった。声をかけずに、通り過ぎた。

入口まで半分、廊下を行ったところで、足を止めた。和美の正面に立ち、腕を両肩に置いて、その顔を見つめた。白い顔を起こして、和美も見返した。

「これから、つらいことが起きると思う。本当はおまえまで巻き込みたくない。だが、こうするしかないんだ。気を確かに持って、辛抱《しんぼう》してくれ。隆史を救うためだ。その後は、どんな非難でも甘んじて受ける」

わたしを見つめていた。無数の問いが和美の瞳を占領している。しかし、唇をきつく嚙んだまま、何ひとつ問わずにうなずいた。

和美を抱き寄せた。わたしを拒まない。数秒間、そのまま動かずにいた。これが最後の触れ合いになるかもしれない。そう思っていた。

腕をほどいて、再び歩き始めた。

「何もたもたしてんのよ」

暗がりの部屋の奥から、ひしゃげた罵倒《ばとう》の声が届いた。和美の肩を押しながら、最後の数歩をともに歩んだ。和美の動作はぎこちなく、怯《おび》えている様子がありありとうかがえた。

入口に並んで立つと、ライトの光が、わたしたちの体を交互になめ尽くした。まるで凌辱《りょうじょく》されているように、和美は目をそむけた。

「和美さん」軽侮《けいぶ》をむき出しにして、路子が呼びかけた。「横を向いたら、子供の顔が見えないわよ」

和美はきっとなって、顔をまっすぐ起こした。不安と怯懦《きょうだ》が、怒りへと転じつつあった。

「路子さん」興奮に声を震わせて言った。「あなたのことを、妹みたいに思っていたわ。あんなに親しくしていたのに、これはどういう仕打ちなの？」

路子はヒステリックな笑い声を上げた。

「妹ですって？　あなた本当に馬鹿じゃないの。その年になっても、世間知らずのお嬢さま気質《かたぎ》が抜けないのね」

「何を言ってるのか、全然わからないわ」

「わからなければ、教えてもらいなさいよ。あなたの最愛のご主人に」

「路子！」我慢しきれずに、怒鳴りつけていた。

「――あなた？」和美が険しい表情で、わたしを見上げた。「どうして、あんなことを言われなきゃならないの。路子さんと何があったの？」

拳を固め、天を仰《あお》いだ。全身が瘧《おこり》に取りつかれたように震えていた。

「言えない。わたしの口からは言えない」

和美は激しくかぶりを振った。

「わからないわ。何が何だか、わからないわ」

「だらしない人ね、史朗さん。あなたが言わないなら、わたしから教えるわ。和美さん、お葬式の時、わたしが言ったことを覚えてる？」

和美の肩に激しい憤《いきどお》りがみなぎった。

「主人のせいで茂君が殺されたっていう、あれのことね。馬鹿なことを言わないで。言いがかりもはなはだしい」

「言いがかりじゃないわよ」路子は嘲りをあらわにして言った。「その人は、茂が死ぬことを望んでいたんだから。そうでしょう、史朗さん？」

「嘘でしょう、あなた？」

二人に問い詰められて、答に窮した。和美はわたしの袖《そで》をつかんだ。

「なぜ黙っているの。嘘だと言ってちょうだい」

「——嘘だ」

わたしの声の中に逡巡《しゅんじゅん》を嗅ぎとって、和美は反射的に手を放した。

「本当なのね」

「そうじゃない」

「そうなのよ」路子が言った。

「路子さん」和美は打って変わった口調でたずねた。「あなた、何か知っているの？　知っているなら、もったいぶらずに早く言いなさい」

「聞いてから後悔しないのよ」路子の声は、ほとんど正常な範囲を踏み外していた。「茂の本当の父親は、そこにいるあなたの夫なの」

音のない衝撃が、わたしの体を垂直に貫《つらぬ》いた。口の中に生唾《なまつば》があふれ、全身の毛穴から冷たい汗が噴《ふ》き出した。叫び声を上げようとして息が詰まり、心臓と肺が、めいめい勝手にめちゃくちゃな収縮を開始した。

和美は身じろぎもせず、凍ったような目でわたしを見ていた。和美の内部で、確実に何かが崩壊しつつあるように思えた。和美がこのまま気を失ってしまえばいい、わたしはふとそう思った。気を失ってしまえば、わたしの裏切りを忘れ、悲しみの重圧から逃れることができる。

だが、和美の瞳は激情の光を失わなかった。

「そうなのね」冷ややかにわたしを凝視《ぎようし》した。「路子さんと――本当なのね」

「男らしく認めなさいよ」路子が勝ち誇った口ぶりで言った。

「許してくれ」和美の前にひざまずいた。「魔が差したんだ。一時の気の迷いだった。おまえが流産して、不安定になっている時だった。おまえを見るのがつらかった。おまえの苦しみから、目をそらそうとした。わたし自身、普通でなかったのだ。なりゆきでそうなってしまっただけだ。言い訳に聞こえることはわかっている。しかし、これだけは確かだ。本気ではなかった。おまえを愛することをやめたわけではなかった。時期が悪かったのだ。けっして裏切るつもりはなかった」

「みんなそう言うんだわ」路子が荒々しくさえぎった。「本気ではなかった、魔が差しただけだって。でも、してしまったことは動かせないのよ。和美さん、その人は気の迷いだって言うけど、一度きりのことじゃないわ。子供までできて、何が裏切るつもりはなかったよ。七年間も隠し続けて、よくそんな口が利けるわね」

「黙っていて」和美が叫んだ。「――どうしてなの。どうして路子さんと？　どうしてそのことを隠していたの。どうして打ち明けてくれなかったの」

額を床に押しつけて、這《は》いつくばった。

「言えなかった。おまえに打ち明けることなんて、できなかった。おまえがまた、あの頃のように、おまえらしくなくなるのを恐れていた」

「みんなわたしのせいにするつもり？」

「ちがう」顔を上げ、和美にすがりつこうとした。「おまえに心配をかけたく――」

「わたしに触らないで！」和美がわたしの腕を振り払った。まぎれもない拒絶の身振りであった。わたしは絶望的な気持ちで、その場に崩れていた。

冷ややかな顔が見下ろしていた。天の星よりなお遠く、いかなる妥協も認めない瞳であった。和美の心は、固い鎧《よろい》をまとっていた。どんなに哀願しても、わたしの叫びは届かないだろう。

和美は突然、踵《きびす》を返すと、両手で顔を覆《おお》って、ドアと反対側に走り去った。寒々とした空白が、わたしの中で際限ない悲鳴を上げていた。

手遅れだった。

もう何をしても手遅れだった。

わたしは和美を失った。永久に失った。和美はもう二度と、わたしの前に姿を見せることはないだろう。自業自得なのだ。おまえは人生で最大の宝を失った。もはや生き延びる意味すらない、みじめな敗残者である。山倉史朗、おまえは自分にふさわしい報《むく》いを受けた。後はこのまま、ここで朽《く》ち果てるがいい。

——いや、まだ隆史がいる。

ゆっくりと体を引っ張り上げた。確かにわたしは人間のくずかもしれないが、隆史を救うことができる。隆史は、和美の息子だ。せめて和美の手に、隆史を取り戻してやることぐらいはできる。

立ち上がって、深呼吸をした。部屋の中に向かって呼びかけた。

「路子」

「ざまはないわね」と返事がかえってきた。「奥さんに見放されて、いい気味だわ」

「路子」最後の望みをかけて言った。「これでもう気がすんだろう。頼む。隆史を返してくれ。その子に罪はない」

「いやよ」

「なぜだ。わたしをこんな目に遭わせて、充分満足しただろう。これ以上、何を望むというのだ」

「この子を殺してやるんだ」

「待て。今さら隆史を殺して何になる。茂君の命が帰ってくるわけじゃない」

「そうよ。茂は死んだのよ。どうしたって、帰ってこない。不公平よ。この子も死ぬべきだわ」

「やめるんだ」

「この子を殺して、わたしも死ぬわ」路子が動く気配がした。

「やめろ、路子」あらん限りの叫びをぶつけた。「やめるんだ！」

「待ってください」

　突然、背後で声がした。振り向くと、法月綸太郎が立っていた。ちょうど駆けつけたばかりの様子だった。路子に気を取られて、彼が来ているのに気がつかないでいた。

法月はドアの前に進み出た。ハンディ・ライトの光が彼の顔を照らした。

「あんた、誰なの」路子がたずねた。

「警視庁捜査一課の法月です」警察手帳を胸の前に掲《かか》げた。驚いているわたしに、目の端で黙っているよう合図した。

「刑事が何の用？」路子は冷然と言い放った。「警察なんて怖くないわ。この子を殺して、あたしも死ぬんだから」

「死ぬ前にわたしの話を聞いて損はない。奥さん、あなたは憎しみをぶつける相手をまちがえている」

「聞いたふうなことを言わないで。あんた、自分を何様だと思っているの」

「誰が茂君を殺したか、知りたくないですか？」

路子が息を飲んだのがわかった。しかし、強がっている態度を崩さない。

「知ってるわよ。そこにいる男、山倉史朗が茂を殺したのよ」

法月はゆっくりと首を横に振った。

「そういう意味じゃない。わたしが言っているのは文字どおり、茂君を手にかけた人物のことだ。十一月九日の夜、あなたの子供を絞殺した犯人の名を、知りたくはないのですか」

答が遅れた。路子は動揺している。

「――時間を稼ごうとしてるんでしょう? その手には乗らないわ」

「時間稼ぎではありません。その犯人は、今、この場にいます」

驚いたのは、路子だけではなかった。わたしは思わず法月の腕をつかみ、顔をのぞき込んだ。

「本当ですか」

うなずいた。

「誰です」

法月はわたしから目を離し、ゆっくりと肩越しに振り返った。彼の視線を追って、わたしも後ろを振り向いた。

そこに、冨沢耕一の顔があった。

あまりの衝撃に、声も出ない。

「そこに誰がいるの？」路子がハンディ・ライトを振り回しながら、叫んでいる。

誰かがわたしの手を引っ張った。久能だった。いつの間にか、ドアの陰に身を潜《ひそ》めている。彼のほうに移動して、しゃがみ込んだ。

光の動きが止まっていた。無表情な冨沢の顔が、白く浮かび上がっている。

「嘘だわ」路子がつぶやく声が耳に届いた。

「彼が茂君を殺したのです」法月は容赦ない口調で言った。「茂君には生命保険がかけられていました。契約は今年の九月で、死亡時の保険金は三千万円。受取人はあなたのご主人です」

路子は返事をしない。明らかに狼狽している。

法月は続けた。

「ご主人の身辺を調査したところ、いくつものサラ金から、総額一千万円以上の金を借りていたことがわかりました。三年前から、株をやっていたのです。最初は趣味程度のものだったが、好況期に味を占《し》め、深入りしたのがまちがいの元でした。今年になって、株式不況で大きな欠損を出し、それを取り返そうと仕手《して》株に手を出してしまった。その後は、雪だるま式に借金を重ねていきました。にっちもさっちも行かなくなった末に、今回の保険金殺人のシナリオが書かれたのです」

まじまじと冨沢の顔を見上げた。唇を堅く結んで、光源の方向を凝視している。人は見かけによらないというが、この男にそんな一面があったとは思ってもみなかった。

「昨日、中野にあるマンションで、三浦靖史という男が殺されました。三浦はそこにいる隆史君の、実の父親でした。ご主人は彼と結託して、偽装誘拐殺人の計画を実行に移したのです。人質をまちがえたと見せかけて、じつは、最初から茂君を殺害するのが目的でした。身代金受渡しの失敗も、山倉さんの落ち度ではなく、犯行計画の一部として、そうなるように仕組まれていたことがわかりました。口封じのために、三浦を殺したのもご主人です」

「でたらめよ！」路子が絶叫した。「その人は、茂の父親なのよ。自分の息子を手にかける父親なんていないわ」

「茂君の実の父親は、山倉さんです」法月は冷たく答えた。「ご主人は、そのことに気づいていた。だからこそ、茂君を殺す計画に着手したのです」

ごとんという音がして、冨沢の顔が闇に没した。路子がライトを取り落としたのである。

久能がわたしに耳打ちした。

「今のうちだ。机を動かして、中に入る隙間を作るんです。音を立てないように、注意して」

うなずいた。

床に張りついて、身を乗り出し、入口をふさいでいる机の脚に手をかけた。久能はもう始めている。息を殺して、慎重に力を加える。じりじりと机を押していった。

路子の息遣いが不規則になってきた。血迷って、隆史に手を出さないとも限らない。それが気になって、つい腕に力が入った。

机が軋《きし》み音を立てた。

息を飲んでいた。全身が凍りつく。路子に気づかれたか。恐怖のため、心臓が破裂しそうになった。

静寂が続いた。息を止めて、中の様子をうかがっていた。路子に動く気配はない。耳を澄ませているのか。じっと待ち続けた。

路子の声が聞こえた。

「――嘘よ。絶対に嘘だわ」

気づかれていなかった。ほっと息を吐き出していた。久能が、わたしの腕を軽く触った。慎重に、という合図である。うなずいて、再び作業を続けた。

「われわれはアリバイを再確認しました」と法月が言った。「ご主人は、誘拐当日まで一週間にわたって、カリフォルニアの工場視察で、海外出張していたと主張しています。ところが、現地に問い合わせたところ、ご主人は一週間の予定を一日繰り上げ、八日の夜、すでに日本に帰国していたことが明らかになったのです。九日の夜、ご主人が山倉家に現われた時刻は、午後九時十五分。茂君の死亡推定時刻は八時から九時の間ですから、犯行は充分可能です。ご主人にアリバイはありません」

足音が聞こえた。路子が動いている。こちらに近づいていた。ライトを拾い上げた様子はない。数歩進んで、部屋の真ん中で立ち止まった。

隙間はかなり広くなっていた。あと少しで、突入可能な幅ができる。床から腰を上げて、前屈姿勢を取っていた。

路子の声がした。

「本当なの」無残に打ちのめされた声だった。「あなたが、茂を殺したの?」

身を切るような沈黙が続いた。

ひゅるひゅると笛のような音がした。冨沢耕一の喉を、息が通り過ぎていく音だった。

「刑事さんの言うとおりだ」と彼が言った。「わたしが茂を殺した」

路子がうめいた。張り詰めていたものが切れて、その場にくずおれる気配がした。

「今だ」久能が室内に突入しようとした。一瞬早く彼をさえぎった。

「わたしが先に行きます」

凝縮した筋肉の力を、一時に爆発させた。机が倒れるのも構わず、部屋の中へ猛ダッシュする。後から、久能が続いた。

目標を路子にのみ定めていた。自暴自棄《じぼうじき》の精神の塊が、闇の中で強烈な気を放っている。全身を一個の意志として、その中心に突っ込んだ。

ほんの一秒ほどの時間が、無数の刹那《せつな》へと微分《びぶん》される。わたしの気配を察して、路子が顔を上げた。その目に涙が浮かんでいるのを、確かに認めた。わたしの目にも、同じものがあふれかかっていた。

路子は体を起こした。両手で銀色の流線型を握りしめた。わたしに向かって、Vの字に腕を突き出した。その鋭角の先端に、とぎすまされた切っ先を見た。切っ先めがけて、この身を躍《おど》らせた。

二つの感情が一点で交錯した。腹部に異様な感覚が奔《はし》った。構わずに、そのまま組み伏せた。路子の絶叫の残響がドップラー効果のように、聴覚にしがみついていた。

その後は、ただ暗黒のみ――。

「子供は無事だ」「路子」「山倉さん」「いかん、出血している」

気を失っていた。

八章　真相——裁くのは誰？

1

左の脇腹に鈍痛を感じて、目が覚めた。見知らぬ部屋の、見知らぬベッドに横たわっていた。枕に頭をつけたまま、首をねじって視野を変える。薄いグリーンの壁。窓にはブラインドが下りている。ベッドサイドのテーブルに、白エナメルの洗面器が置いてあった。病院にいることに気がついた。

病室は個室で、わたしはひとりきりだった。シーツをどけて、自分の体と対面した。薄っぺらな患者衣を着せられている。その上から脇腹にそっと手を当てると、包帯とガーゼの感触がした。息を吸う度《たび》に傷口がうずくので、胸式呼吸に切り替えた。

ちょうどその時、ドアが開いて看護婦が入ってきた。三十歳ぐらいで、顔にそばかすの跡が目立つ。

「あら、お目覚めですね」と彼女が言った。「気分はどうですか、山倉さん」

「まああです。ここは？」

「井の頭の三鷹台病院。あなたは昨晩、救急車でこの病院に運び込まれて、緊急手術を受けたんです。左脇腹の裂傷を、十二針ほど縫いました」

「十二針も」

「心配ありません。傷が意外に浅かったので、すぐにふさがって跡も残らないでしょう。しばらく待っていてくださいね。先生が診察に来ますから」言い置くと、洗面器を持って出ていこうとする。

「あの」白衣の背中に声をかけた。「妻と息子はどうしました？」

「奥さんは手術の後、一晩じゅうここに付ききりでしたけど、先ほど着替えを取りに、お宅に戻られました。息子さんも一緒だと思います」

「そうですか」内心、ほっとしていた。和美と顔を合わせるまで、まだ間《ま》がある。お互いに心の準備をする暇があるということだ。

十分ばかりたって、医者が部屋に入ってきた。まだ若く、インターンと区別がつかない。脈を取り、血圧と体温を測《はか》った。気分はどうか、痛みはないかなどとたずね、所見をカルテに書き込んだ。

「いつ退院できますか？」

「化膿さえしてなければ、明日の午後にも出られますよ。あとは、通院のみで結構です」ボールペンをポケットにしまいながら、ドアのほうにちらと目をやった。「ところで、今、警察の方が来ていますが、話す元気がありますか?」

「ええ」

「じゃあ、ここに通しますよ」

医者が出ていくのと入れちがいに、知った顔が二人、病室に入ってきた。言わずと知れた久能警部と、もうひとりは法月綸太郎である。

「いかがです、傷の具合は?」と法月が言った。

「十二針縫ったそうですが、大した怪我《けが》ではないらしい」上体を引きずり上げ、ヘッドフレームに背中を押し当てた。「明日にも退院できるようです」

「それはよかった」

久能が両手をズボンの横に当て、頭を下げた。

「われわれがついていながら、こんな目に遭《あ》わせてしまって、申し訳ありません。一瞬の出来事だったので、対応が遅れました。まかりまちがえば、取り返しのつかないことになっていたかもしれない。重傷でなくて何よりでした。改めてお詫びします」

「いや、それには及びません。わたしが勝手に飛び出したのが、まずかったのです。誰を責めるつもりもありません。それより、あれから路子さんはどうしました?」

「あなたを刺した後は、ほとんど放心してしまって、逮捕する際も抵抗はありませんでした。すぐ杉並署に連行しましたが、精神的動揺が激しく、まだ取調べのできるような状態ではありません。落ち着くのを待って、事情聴取を始める予定です」

「やはり彼女の罪は免《まぬが》れないのでしょうか」

「誘拐だけなら、営利目的ではないので、親告罪ですが、問題は脅迫及び傷害のほうです。こればかりは目をつぶるわけにはいかない。もっともこのケースだと、執行猶予がつく可能性は充分ありますが」

思わず溜息が洩れた。自分でも不思議なほど、もう路子に対する憎しみはなかった。むしろ路子こそ、本当の被害者なのではないか。かわいそうなことをしたという気持ちのほうが勝っていた。

「冨沢さんのご主人は？」話題を変えた。「もう自供を始めているのですか」

わたしがたずねると、二人は顔を見合わせた。法月がこちらを向いて、わたしを凝視した。少し気後《きおく》れしたような表情が浮かんだ。

「じつはそのことで、山倉さんにお伝えしなければならないニュースがあります」

「何ですか？」

法月は答える代わりに肩をめぐらせて、ドアの外に声をかけた。

「冨沢さん」

ドアが開いて、冨沢耕一が姿を見せた。入りかけたところで立ち止まり、目を疑っているわたしに向かって、深く頭を下げた。ようやく頭を上げると、口を開いた。

「妻のことを許してやってください。あれは子供を亡《な》くしたショックで、自分を見失っていたのです。あなたを傷つけるつもりなど、本当はこれっぽっちもなかったのです。起こったことの責任は、全てこのわたしにあります。どうか妻のことを悪く思わないでください」

混乱していた。なぜ冨沢耕一がここに？　彼は殺人犯として逮捕され、勾留されているはずなのに、手錠すらなく、完全に自由な姿で目の前に立っている。夢でも見ているのではないかと思った。手術の麻酔のまどろみが、まだ続いているのではないか。

気を取り直し、法月にたずねた。

「――これはいったい、どういうことです？」

「冨沢さんと謀《はか》って、一芝居打ったのです」と法月が言った。「彼は、茂君と三浦靖史を殺した犯人ではありません。昨夜の解決は、根も葉もないでっち上げでした」

法月の言う意味はよくわからない。しかし、トリックに引っかかったとすれば、面白《おもしろ》くなかった。気色《けしき》ばんで、法月に説明を求めた。

「何のために、そんな芝居を？」

「もちろん、隆史君の命を救うためです。激昂《げっこう》した路子さんの感情の矛先《ほこさき》を、あなたからそらすのが唯一の狙《ねら》いでした。したがって、サラ金からの借金とか、三千万円の生命保険とか、みんなあの場でとっさにひらめいた思いつきで、実際はそうした事実は一切ありません。それどころか、冨沢さんはしっかりしたアリバイを持っています。逆立《さかだ》ちしたって、茂君を殺すことは不可能だった。中野ニューハイムの三浦殺しにしても、また然《しか》りです。あの時、冨沢さんが犯行を認めたのは、その場であらかじめ応急の打ち合わせがしてあったからです。ぼくがどんな的外《まとはず》れなことを喋っても、奥さんの前ではそれを全面的に肯定《こうてい》してほしいと頼みました」

「本当ですか、冨沢さん」

冨沢は黙って、首を縦《たて》に振った。

「彼の協力がなければ、この方策は成り立たなかったでしょう」法月は説明を続けた。「自分の夫がわが子を殺したと知ったら、彼女の憎しみは一時的にあなたと隆史君から離れて、ご主人のほうに向かうはずでした。仮にそうならなくても、激しく動揺して、精神的な隙が生じることは確実でしょう。その隙をついて、隆史君を救い出そうと考えたのです。あいにく、山倉さんが傷つく結果になりましたが、作戦はおおむね成功だったと思います」

冨沢の顔に目を移した。相変わらず一歩引いた位置にとどまって、半ば目を伏せるようにしたまま、この場の脇役に甘んじようとしているようだった。

たまらなくなって言った。

「それでは、路子さんがかわいそうすぎる。わたしの怪我はともかくとして、彼女の精神的動揺が激しく、未《いま》だに事情聴取すらできないのは、あなたたちが与えたダメージのせいではないんですか」

冨沢はゆっくりと顔を上げた。

「たぶんそうでしょう」淡々とした口ぶりだった。「ですが、山倉さん。今さら路子のことで、あなたからとやかく言われる筋合いはないと思います」

わたしに対する嫉妬と憤りが、露呈した瞬間であった。確かに冨沢の言うとおりなのだ。ところが、彼自身そのことに気づいて、ひどく恥じ入るような素振りを示した。ほとんど悲しげな表情だった。

この時こそ、わたしは路子とのことを冨沢に謝罪すべきだったと思う。だが、何も言うことができなかった。許しを乞《こ》えば、かえって冨沢を侮辱するような気がしたからだった。いや、それはただの理屈かもしれぬ。どちらにしても、冨沢に返す言葉を自分の中に見出し得なかったのである。

気まずい沈黙を破ったのは、法月の声だった。

「冨沢さん。ひょっとして、あなたはずっと前からご存じだったのではありませんか？茂君の本当の父親が誰かということを」

「まさか」冨沢ははっきりと言った。「茂はわたしの子です」

どこまで本心なのか、見当もつかない口ぶりだった。そのまま回れ右すると、何の挨拶もなく病室を去った。

溜息をついて、法月はこちらに目を戻した。彼が口を開く前に、わたしは首を横に振ったけれど、たぶん冨沢は気づいていたと思う。少なくとも、茂が自分の子でないことは確信していたはずだ。しかし、自分がすでに知っていたとは、これからも絶対に認めないだろう。わたしならそうする。冨沢耕一も妻を心底《しんそこ》から愛している男だった。

「肝心《かんじん》の真犯人の目星はつきましたか？」気づまりな雰囲気を変えるために訊いてみた。逆効果だった。久能の顔つきが険しくなった。

「最初から茂君が狙われていたという線に沿って、冨沢家の周辺を洗っているのですが、今のところ、これという手応《てごた》えがありません。子供を殺す動機が見当たらないのです。正直言って、お手上げに近い状況です」

「あなたの立てた仮説が、誤っている可能性はありませんか？」と法月に水を向けた。

「いや、事件の構図そのものは、あれでまちがっていないはずです。問題は動機なんです。茂君を殺害する動機を持つ人間を見つけさえすれば――」法月はもの憂《う》げな表情になった。

「中野ニューハイムの密室はどうです？　解決の糸口はつかめましたか」

法月の顔に生気がよみがえった。

「ああ、それについてはひとつ考えがあるんです。山倉さんには話していませんでしたが。あれは、字義通りの密室ではないと思うんですよ」

「というと?」

「順を追って説明します。まず三浦の部屋の鍵ですが、スペアを含めて、三つしかなかったことを確認しました。ひとつは、三浦自身が身に着けていたもの。二つ目は、あなたが郵便受けから取り出したスペア。それから、マンションの管理人が保管していたものを合わせて三本です。犯人が前の二つを利用することは不可能ですし、管理人の鍵が使われた形跡もありません。もちろん、犯人があらかじめ鍵のスペアを準備しておくことはできますが、この可能性は考えに入れなくてもいいはずです」

「なぜです」

「前にも言いましたが、このケースでは〈どうやって?〉よりも、〈なぜ?〉密室が作られたのか、という観点が重要なのです。犯人が意図的にあの密室を作ったとすると、山倉さんに三浦殺しの罪を着せる以外の理由は考えられません。しかし、犯人はあなたが三浦の部屋に忍び込むことを、事前に予想することはできなかったはずです。したがって、あらかじめスペアキーを準備して、密室を作る計画を練っていたとは考えられない」

「しかし、犯人が別の理由でスペアを持っていた可能性もあります。たまたまわたしが気絶していいるのを見つけて、その場でそれを利用することを思いついたとすればどうでしょう」

「それはあり得ません」法月はきっぱりと言った。「なぜならば、もし犯人が濡れ衣《ぎぬ》を着せるつもりだったなら、あなたが意識を取り戻して、犯行現場から脱出するのを見過ごすはずがないからです。むしろ警察に匿名《とくめい》の通報をするなりして、あなたが浴室で目を覚ます前に、出口のない犯行現場で死体を発見させたでしょう。そうした時に初めて、密室を作った本来の効果が生じるからです」

「なるほど」

「同じことは、スペアキー以外の方法で密室を作った場合にも当てはまります。したがって、犯人があなたを放置して立ち去った事実は、あの密室が犯人の意図によって構成されたものでないことを示しています。犯人がやったのでないとすれば、誰が密室を作ったのか？　もちろん、山倉さん、あなたではない。すると、残る人物はただひとり、つまり被害者自身ということになります」

法月は舌の先で唇を湿して、

「現場の状況も、ぼくの考えと符合しています。犯人が立ち去った後、被害者は絶命する直前に、自分の手でドアをロックしたにちがいない。死体が玄関のドアにもたれていたのは、たぶんそのせいです。そして、施錠する余力が残っていたことは、彼が煙草をくわえていたことからも明らかです」

そう言われれば、確かに筋は通るが――。

「しかし、なぜ三浦はそんなことを」

「それはまだ、答が出ていません。恐らく、ダイイング・メッセージだと思いますが」

耳慣れぬ言葉にとまどった。

「ダイニング、何ですって？」

「ダイイング・メッセージ。死に際《ぎわ》の伝言ということです。要するに、被害者が殺人犯の名前を伝えるために、死力を尽くして手がかりを残そうとした結果が、あの密室だったのではないでしょうか」

「殺人犯の名前？」

「あるいは、鍵や錠に関係の深い人物かもしれません。今のところ、考えているのはその程度です」

法月は自信なさそうに肩をすくめた。そろそろ失礼しますと言って、二人は病室を出ていった。ベッドの上から、二人を見送った。

三十分ほど、天井をにらんでつまらないことを考えていた。すると、ドアにノックの音がした。看護婦と思って、どうぞとぶっきらぼうに言うと、ドアを開けて入ってきたのは、和美と隆史であった。

ためらう暇もなかった。

目と鼻の先に和美がいる。袖口を絞った、ゆったりしたブラウスに肩掛けを羽織《はお》ってい

た。

「おはよう」ぎごちなく声をかけた。実際は、おはようという言葉にふさわしい時刻では

なかった。

和美は唇を噛みながら、伏し目で応えた。緊張しているせいか、目が潤《うる》んでいるよう

だ。不自然に口をつぐんだまま、手提《てさ》げ鞄《かばん》から着替えの服を取り出して、ベッドサイド

のテーブルに重ねた。

反対側のベッドサイドから、隆史が顔を近づけてきた。顔つきにやつれた様子はなく、

昨日の出来事が嘘のようである。子供は回復が早い。

「パパ、大丈夫？」一人前に心配そうな声でたずねた。

「ああ」手を伸ばして、隆史の頭をなでてやった。「昨夜《ゆうべ》は怖くなかったか」

うなずいた。

「ぼく、パトカーに乗ったんだよ。サイレンも鳴らしてさ、一〇〇キロで走ったんだ」

「そうか」

「でも、病院で注射されたのが痛かった」

「泣いたのか」

「泣かないよ」急に顔つきが真剣になった。「茂ちゃんのママは、どうしてあんなことをしたの？」

「隆史に教えるのはむずかしいな」

「どうして」

「隆史」和美がたしなめた。「パパは怪我をして入院してるんだから、あんまり困らせないの」

しゅんとしてうなずいた。

和美はベッドの横の椅子を引き、すっと腰を下ろした。頬の色が青白い。化粧で隠しきれない血の気のなさだった。もともと色の白い肌だが、今日は特別である。瞼《まぶた》が腫《は》れぼったいのは、昨夜、眠れなかった証拠だろう。

「傷の具合はどう？」気遣うように言った。

「刺された時は死ぬかと思ったけど、今は痛みもそれほどじゃない。一晩じゅう、ずっと付ききりだったってね。ありがとう。心配をかけてすまない」

「いいのよ。あなたが無事でさえあれば」

「さっき、警察が見舞いに来たよ」

「冨沢さんのご主人のことは？」

「聞いた。じつは、本人も来ていたんだ。いろんなことを謝ろうと思ったけど、何も言えなかった」

「そう」

和美は口をつぐんだ。お互いに触れたくない話題の周りをぐるぐると回っている気がした。だが、いつまでもそうしていても始まらない。心を決めた。

わたしから切り出すのが筋だ。男らしく妻を正面から見つめて、口を開いた。

「本当のことを言うと、もう来てくれないかと思っていた」

「ええ」和美は気のない返事をした。

「昨日話したことは全て真実だ」ベッドの上でうつ伏せになって、頭を枕に押しつけた。「すまない。本当にすまない。他に何と言って謝ればいいのか、わからない。路子とのことは、一時の気の迷いでしかなかった。彼女に愛情めいたものを感じたことは、一度もないんだ。でも、やってしまったことを消してしまうことはできない。わたしはおまえの信頼を裏切った。おまえの信頼を取り戻すためなら、何でもする。一生かかっても、償《つぐな》い続けるつもりだ。それでも、おまえが許せないというなら、わたしはそれに甘んじよう。おまえが決めることだ。わたしはおまえに従う。もしできるなら、わたしを許してくれ」

和美は答えなかった。わたしは顔をベッドの上に伏せたまま、じっとしていた。妻の顔を見る勇気がなかった。

その時、隆史が言った。

「ママ、どうして泣いているの？」

「泣いてるんじゃないわ」と和美が答えた。

わたしは顔を上げた。和美は顔を横に向け、ハンカチで目尻を隠していた。目を合わせないまま、わたしに言った。

「お父さんが、あなたに話があるって」

「今、来ているのか」

目を伏せて、うなずいた。

「会ってくれる？　でも、もし体に障《さわ》るのなら、今度でいいのよ」

「会うよ」

「わたしと隆史は席を外すけど、いいかしら」

「そのほうがいい。もう帰るのか」

「ええ」椅子から立ち上がった。「今日は隆史と小石川に泊まるわ」

実家に帰るという含みであった。うなずいて、二人を送り出した。義父の話とやらは、ある程度予想がつく。ベッドの枕に頭を沈め、腕を組んで目を閉じた。和美の前で、もっと言いたいことがあったはずなのに、言えなかった。今、言えないことは、たぶん一生言えないのであろう。

ドアの音がした。足音が近づいて、目を開けた。義父が見下ろしていた。

「傷の具合はどうだね」

「死ぬほどではありません」

義父は突っ立ったまま、病室の中をぐるりと見回した。目の前に、さっきまで和美が坐っていた椅子があるのに、腰を下ろそうともしなかった。

「お話があるそうですね」

眉を吊り上げて、わたしをにらみつけた。

「和美から何か聞いたか？」

「いいえ」

「そんなに手間のかかる話ではない」背広の内ポケットに手を入れて、二つ折りにした白い紙切れを差し出した。

わたしは紙を広げてみた。離婚届の用紙である。妻・山倉和美の欄に必要事項が書き込まれ、捺印《なついん》もしてあった。和美自身の筆跡だった。

「これは？」

「ここに来る途中、書かせたものだ。きみの名前と印鑑をくれ。早いほうがいい」

わたしは居《い》ずまいを正して、義父をしっかりと見すえた。義父は目をそらさなかった。

「お義父《とう》さん」勇を鼓《こ》して言った。「路子とのことを、前からご存じだったのではありませんか」

短い沈黙が落ちた。

「いや」ぼそりと洩らした。それから口調を改めて言った。「――これ以上、きみを『新都アド』に置いておくことはできない。きみのこれまでの働きを考えると、酷な仕打ちだということはわかっている。もちろん、いきなり解雇というわけにはいかないし、転職先のこともあるから、来年の三月まで給与は保証する。それで勘弁してくれ」

「お義父さん」

「その呼び方も、今日限りにしてほしい」

吐き出すように言うと、踵《きびす》を返して部屋を出ていった。

2

手術後の経過は順調で、翌日の午後、予定どおりに退院した。義父に足止めされているのか、あるいは自分の意志なのか、和美は迎えに来なかった。ひとりで手回り品をまとめ、ロビーの窓口で退院の手続きをすませた。その時、義父が治療費と、二晩のベッド代を払っていることを告げられた。手切金代わりというつもりか。電話でタクシーを呼んでもらい、自宅に帰った。

誰もいないことはわかっていたが、それでもドアチャイムを鳴らす誘惑に勝てなかった。もちろん、応じる者がいるはずもない。空《むな》しく玄関の鍵を自分で開け、家に入った。

午後二時だった。家じゅうがしんと静まりかえって、薄気味悪いほどである。まるで見ず知らずの他人の家の敷居をまたいだようで、自分の家に帰ったという実感がまったく湧かなかった。これが同じわが家なのか。言い知れぬ寂寥《せきりょう》感がわたしを襲った。だが、和美と別れることが決まったら、このうそ寒い沈黙と欠落感が、人生の新たな伴侶《はんりょ》となるのだ。わたしはそれに耐えることができるだろうか。

怪しいものだ。

一度に疲れが出て、荷ほどきもせず、リビングのソファにぐったりと身を沈めた。義父に突きつけられた離婚届のことが気がかりで、昨夜は一晩じゅう、まんじりともしなかった。そのせいだろう。ついうとうととまどろんでいた。

どれぐらい眠っていたかわからない。身近にふと人の気配らしきものを感じて、目を開けた。

和美が立っている。少し腰をかがめて、うつむき加減にわたしを見ていた。

すぐに夢だと悟った。和美がここにいるはずがないからだ。実際、目に映る姿に現実感はなかった。これは夢なのだと自分に言い聞かせて、再び目を閉じようとした。

「夢じゃないわ」と夢の和美が言った。

「夢のくせして夢じゃないなんて、生意気な夢だ」

つぶやいてから、はっと目が覚めた。現実の乾いた砂浜のような手応えが、わたしの周りで一気によみがえる。ところが、どういうわけか、和美の姿はそのまま消えずに残っていた。恐る恐る手を伸ばして、腕に触れてみる。確かな手触りがあった。

「夢じゃないって言ったでしょう」和美がわたしの手を握り返した。

あっけにとられて、ぽかんとしていた。しかし、紛れもなく本人なのだ。わたしの目の前に、和美が立っている。ようやくその事実を認識した。

「どうして、おまえがここに」

「お父さんの目を盗んで、抜け出してきたの」気負いのない、普通の言い方である。「本当は、病院に迎えに行きたかったのだけれど、間に合わなくて」

「でも、どうして――」

「あなたはまだ、どうしてって訊くのね」和美は急に手を放すと、わたしから離れてソファの前を横切っていった。床に投げておいたわたしの着替えの鞄を開けると、中をごそごそと探り始める。すぐに、折りたたんだ白い紙を見つけた。

「それは――」

わたしが問いかけると、何も言わずにこちらへ広げてみせた。昨日、義父が持ってきた離婚届だった。和美はよく見もせずに紙の両端を指でつまむと、勢いよく真ん中から真っ二つに引き裂いてしまった。いささかのためらいもない、まるで稲妻が走るような早業《はやわざ》である。わたしに目を戻すと、念を押すように言った。

「これがわたしの気持ちだから」

胸に熱いものが広がっていくのを感じた。

「本当にいいのか」

和美がうなずいた。頬が少し上気していたが、顔つきは真剣そのものだった。破った紙を床に落とすと、飛び込むようにわたしの隣りに坐った。

「一晩じゅう、ずっと考えたの」和美は床を見ながら言った。「結婚してから、いいえ、あなたと出会ってから、わたしは愛されること、与えられることに慣れすぎていた。あなたがわたしを構ってくれるのが、当たり前のことだと思い込んでいたのよ。自分のことしか考えていなかったわ。でも、夫婦ってそんなものじゃないのね。わたしは——」

感情が昂《たか》ぶって、それ以上続けられなかった。顔を上げて、間近からじっとわたしを見つめた。

それは和美と知り合ってから、今までに見た一番美しい表情だった。わたしはその崇高《すうこう》な美しさの前にひれ伏すのみで、もはや表現すべき言葉を持たない。

打ちのめされていた。

和美の愛に打ちのめされていた。自分を裏切った男にそんな顔を見せてくれる女が、和美の他にいるだろうか。わたしには過ぎた妻だと思った。だが、自分の過《あやま》ちを恥じながら、同時に誇らしくもあった。

和美の喉がむせぶように震えた。唇が言葉を取り戻す前に、和美の体をいとおしく抱きしめた。

「もうそれ以上、言わないでくれ」言葉で聞くと、本当の気持ちが泡のようにはかなく消え去ってしまう気がした。「許してくれなくてもいい。おまえがそばにいるだけでいい」

やがて、和美の涙を頰に感じた。わたしにとっては、浄化の洗礼に等しかった。高揚した感情の只中《ただなか》で、今までの古い自分の内側に積もった澱《おり》が、全身の隅々から洗い流されていくさまを思い描いた。

わたしは自分から和美を求めた。

「でも、傷に障《さわ》るわ」

「傷なんて関係あるか」

邪魔さえ入らなければ、いつまでも肌を合わせていたにちがいない。だが、誰かが玄関のチャイムを鳴らした。

「お父さんだわ」わたしの胸から顔を離しながら、和美がつぶやいた。

「わたしが出る」身を起こしながら言った。「心配ない。おまえを渡さない」

「はい」

寝室のベッドから降りて、急いで服を着た。玄関に出ていくまで、しつこくチャイムが鳴り響いた。半ば腹を立てながら、ドアを開ける。ところが、外に立っていたのは、義父ではなかった。

「お邪魔します」と久能警部が言った。彼の顔を見たとたん、圧倒的に悪い予感がした。

「何のご用ですか？」

「少々お訊きしたいことがあるので、申し訳ありませんが、これから警視庁までご同行願えますか」

ずいぶんせっかちな切り口上《こうじょう》である。

「どういうことです」

「それは、向こうに着いてから説明します。話は長くなるはずですから」

あいにく久能の態度は、昨日とは別人のそれだった。三浦が殺された日、わたしに向けられた彼の眼差《まなざ》しを思い出した。あの時と似ているが、もっと険しく、取りつく島がない。最初の悪い予感が、単なる予感でなくなりつつあった。

「着替えてもいいんでしょうね？」

「どうぞ」表情も変えずに言った。

寝室に戻った。和美はベッドの上に正座して、髪を直していた。警察が来たことを告げると、顔色がいっぺんに青くなった。

「心配ない」平静を装って言った。「すぐ戻るからその間、留守を頼む」

あわただしく服装を整え、玄関に向かった。和美には送らせなかった。外に出て、久能と一緒にパトカーに乗り込んだ。背中を後部シートに張りつけると、そのまま警視庁まで連行された。久能はサイレンを回すような真似こそしなかったが、着くまで一度も口を利かなかった。

警視庁に着くと、まっすぐ取調室に連れていかれた。何の説明もないまま、スチール机の前の冷えきったパイプ椅子に坐らせられた。この一週間というもの、すっかり取調室づいている。それでわかったことだが、どこの警察の取調室も同じようにできているものだ。人間を孤立させ、卑小化《ひしょうか》し、自己嫌悪に陥《おとしい》れることを唯一の目的とした空間である。まともな人間が出入りする場所ではない。

久能は部屋の隅の椅子に腰かけて、わざとわたしのことを無視していた。掌《てのひら》を返したような態度がしゃくにさわったので、わたしも彼を見ないように努めた。お互いに神経戦の構えである。

ドアが開いて、もっさりしたグレイの背広を着た初老の男が入ってきた。上司らしく、久能と目配せを交《か》わして、わたしの向かいに腰を下ろした。

顎の角ばった顔つきで、頭のところどころに背広と同じ色の斑《ふ》が混じっている。初対面の刑事だったが、目と眉の感じに何となく見覚えがあった。知っている誰かに似ているのだ。

すぐに思い当たって、こちらから口を切った。

「失礼ですが、法月警視ですか？」

相手は虚《きょ》をつかれたようなまばたきをした。

「どこかでお会いしましたか」

「いいえ。でも、息子さんに面影《おもかげ》が」彼の態度が和《なご》むことを当てにしていた。

「なるほど。あれが聞いたら嫌がるだろう」しかし表情に目立った変化はなかった。「とにかく、息子は息子、わたしはわたしです。挨拶はこれぐらいにして本題に入りましょう。どうして急にお呼び立てしたかおわかりですか、山倉さん？」

「いいえ」

「むろん、先だっての誘拐と二重殺人についてうかがうためです」

「今さら、何を訊くことがあるんです」

法月警視は微《かす》かに首を横に振った。

「あなたは毎朝、何時ごろ会社に出勤しますか」

「何ですって」

「普段、会社に出勤する時間をお訊きしたのです」

答えないでやろうかと思ったが、黙秘権を行使していると受け取られてはまずかろう。

「——八時半です。始業は九時ですが」

「そうすると、久我山の自宅を出るのは？」

「七時四十分。京王線の電車の時間に合わせて、家を出ます」

「七時四十分、ですか」法月警視は机の上に両肘を寝かせて、わたしを凝視した。「十一月九日の朝はどうでした」

「九日の朝？」

「そう。冨沢茂君が誘拐された朝です」

緊張に身が引き締まった。油断できない。尋問《じんもん》は一気に佳境に入っている。

「なぜ、そんなことを？」

「そうやって、ひとつひとつ質問を訊き返すのは、時間の無駄というものです」

「同じですよ」憤然として答えた。「七時半に家を出て、一時間後に会社に着きました」

「確かですか」

「疑うなら、会社の勤務記録を見てください」

「その記録も調べましたよ」憐《あわ》れむような口ぶりで言った。「九日の朝のあなたの出勤時刻は、消されていました。誰かが手を加えた形跡があります」

「まさか」予想もしない言葉に面食らって、思わず腰を浮かせていた。

「あなたが自分でやったことではないですか」

「馬鹿を言わないでください」

「本気ですよ」

法月警視は冷静そのものだった。眼差しの威圧に負けて、椅子に尻を戻した。こちらの焦《あせ》りを見抜かれている。追い撃《う》ちをかけるように彼が言った。

「いずれにせよ、あなたが八時三十分に出社していたという証拠はありません」

「待ってください」ここで負けてはだめだ。「それなら、SP局の部下に訊いてみればいい。先週の金曜日なら、わたしがいつもと変わらない時刻に会社に来ていたことを、みんな覚えているはずです」

「もちろん、われわれはその点も確認しました」

「だったら、この尋問は最初から意味がない」

「ひとり合点《がてん》しないように」法月警視はぴしゃりと言った。「その日の朝に限って、あなたが定時に出社していたかどうか、誰も覚えていなかったとしたらどうしますか？」

「そんな馬鹿な」

「ところが、それが事実なんです」法月警視は上体を後ろにひねって、久能警部に目を向けた。「今日の訊き込みの結果を山倉さんに伝えてくれ」

「SP局全員の供述を取りましたが、九時以前に関しては、誰も記憶がないと言っています。もっともわたしの印象では、覚えていないというより、あなたが遅刻したことを隠すために、みんなで口裏を合わせている、そういう感じを受けました」久能は言い終えると、唇をへの字に曲げた。

「いかがですか、山倉さん？」法月警視がこちらに顔を戻した。

「何かのまちがいだ。きっと日付を勘違いしているんです」

「あなたの部下全員が？」舌を鳴らしながら、顔を左右に振った。「山倉さん。ここまで来て、見苦しい言い訳はよしませんか。金曜日の朝、会社に遅刻したことを認めてはどうです」

たじろいでいた。誰かがわたしを陥れようとしている。机の下で見えないように、両膝に強く指を食い込ませた。

「絶対に認めません」

法月警視はぎゅっと顔をこわばらせた。額《ひたい》を深い皺《しわ》が横切った。短い沈黙。余裕を示すように唇を湿すと、ひどく淡々とした口ぶりでたずねた。

「茂君を誘拐したのは、あなたでしょう」

「馬鹿も休み休みにしてください」

「わたしは真剣に訊いているのですよ」言い方は丁寧《ていねい》だが、ぞっとするような響きがあった。「あなたが二人を殺しましたね？」

その質問に対して、怒りを覚えるより先に情けない気持ちになった。なぜわたしが、こんな茶番に付き合わされねばならないのだ。見当ちがいもはなはだしい。黙って席を立ち、出口に向かった。

久能が先回りして、ドアの前に立ちはだかった。

「席に戻ってください」

「逮捕された覚えはない。いつでもこの部屋から出ていく権利があるはずです」

久能は首を横に振った。

しばらくにらみ合っていた。たちどころに、険悪なムードが広がった。

「弁護士が入用《いりよう》ですか、山倉さん」法月警視がたずねる声がした。なに、鎌《かま》をかけているのだ。

「必要ありません」きっと振り向いて答えた。「わたしは誰も殺していない」

「それなら、ノーと答えればいいでしょう。あわてて出ていくのは、罪を認めるようなものです」

これこそ、おためごかしの最たるものだ。こちらも意地になって、席に戻った。向こうの思うツボだろうが、そこまで言われて逃げられるか。

「あなたの言うことは理解できない」さっそく嚙みついた。「何の根拠もないのに、人殺し呼ばわりするのが、日本の警察のやり方ですか」

法月警視の額の皺が、また深くなった。すぐには答えず、抉《えぐ》るような視線でわたしの顔をなめ尽くした。それから、拳を口に持っていってひとつ咳をすると、沈着な声で話し始めた。

「根拠がないわけではありません。現にあなたは九日の朝、会社に遅れて出勤している。遅れた理由はいつもなら通勤電車に乗っているはずの時間に、茂君を誘拐していたからでしょう」

「さっきも言ったとおり、わたしは金曜日、会社に遅れてなどいません」

「他の人の証言がない以上、あなたの主張は取り上げられません。出勤記録に事後工作の形跡があるのも、あなたにとって不利な証拠のひとつです。金曜日の朝、何が起こったか想像してみましょうか。七時四十分、あなたはいつもどおり、自宅の玄関を出たが、駅のほうには向かわず、家のそばに身を潜めて待っていた。八時ちょうど、茂君がお宅の息子さんを誘いに来ます。およそ一分後、ひとりで門を出てきた茂君にあなたが声をかけた。友だちの父親で、見ず知らずの他人ではありません。茂君はあなたを信じて、言われるまついていった。あなたは自宅からさほど遠くない地点に、監禁用のアジトを用意していたはずだ。子供の自由を奪い、そこに閉じ込めた後、何食わぬ顔をして会社に出たのです。遅くとも九時過ぎに会社に着くためには、アジトは、久我山駅から歩いて五分以内の場所になければならない。杉並署が、該当区域をしらみつぶしにしているところです」

ひとりよがりな想像以上のものではなかった。いちいち反論する気にもなれない。

「そんなことをしても、時間と労力の無駄ですよ」

「あなたの口から、場所を教えてもらえると、一番手間が省けるんですがね」

「そんなものは知らない」いらいらして、食ってかかった。「あなたの説は端《はな》からナンセンスだ。そもそも動機がないんだ。なぜわたしが、茂君を殺さなければならないのです？」

「しらばくれてもだめですよ。関係者の中でもっとも強力な動機を持っているのは、あなたなんだ。あなた自身、よくわかっているはずではないですか」

急に気がついて、返す言葉をなくした。一昨日の騒動で、路子との関係が警察にも知れ渡っているのを忘れていた。まったくどうかしている。

法月警視がおもむろに続けた。

「七年前、あなたと、産院の看護婦だった冨沢路子との間に不倫の関係が生じた。その結果、茂君が生まれたが、あなたは当時そのことを知らず、完全に関係を清算したつもりになっていた。ところが、彼女のほうはあなたを忘れられず、虎視眈々《こしたんたん》としっぺ返しの機会を狙っていた。子供同士が同じ小学校に入ったのも偶然ではなく、あなたに近づくため、彼女が意図して引越し先を選んだそうです。何も知らないあなたには、彼女の罠を避ける手立てなどなかった。再会と同時に、彼女の攻勢が始まった。茂君があなたの子であることを打ち明けると、彼女はそれを脅《おど》しの道具に使って、関係再開を強要した。復讐心と未練が半々です。あなたにとっては青天《せいてん》の霹靂《へきれき》だったが、覚えがないわけではなかった。しかしあなたは七年前の情事で懲《こ》りていて、彼女の要求を飲むことなどできない。かといって、奥さんに真実を打ち明ける勇気もなかった。もし隆史君が、あなたがた夫婦の本当の子供だったなら、事情は変わっていたかもしれない。しかし、皮肉にもあなたの血を引いているのは茂君だけで、子供の問題に関する限り、奥さんのほうが分《ぶ》は悪かった。だからこそ、あなたは情事の秘密を隠し通す道を選んだのです。それどころか、家庭を守り、妻子の幸福を守るためなら、どんな卑劣な手段をも辞さない決意を固めていた」

いったん言葉を切って、わたしの反応をうかがった。息を殺して、その視線をはね返した。法月警視が再び口を開いた。

「あなたが、茂君の存在を最大の脅威と見做《みな》したのは、無理もないことだったと思います。無意識のうちに、冨沢路子に対する負い目を引きずっていたせいで、素直に彼女を憎むことができなかったからでしょう。その結果、屈折したジレンマの捌《は》け口が、茂君ひとりに集中してしまった。愛情が生じる余地などなく、あなたはひたすらわが子を憎んだ。そして子供さえいなくなれば、彼女の脅しも効果がなくなると強引に結論づけ、ついに茂君を亡き者にする計画に着手した。ちがいますか？」

あえて聞き流していた。最後の結論を除けば、法月警視の指摘はことごとく的《まと》を射《い》ている。ここで反駁《はんばく》することはむずかしかった。

「あなたにとって一番の危険は、冨沢路子に動機を見抜かれることだった」と法月警視が言った。詰問調が顕著になってきた。「ありきたりの方法で子供を殺せば、真っ先に彼女が気づいたはずだ。現に青梅東病院の霊安室で、彼女はあなたが茂君を殺したと繰り返したそうですね。その時はみんな、言葉の意味をまちがって受け取ってしまったが、今にして思えば、彼女は文字どおりのことを告げていたとわかります。山倉さん、あなただけが、冨沢茂を殺害する動機を持っていた。だからこそ、それをカムフラージュするために、偽装まちがい誘拐という筋書きを必要としたのです。しかも、あなたの編《あ》み出した筋書きは、恐ろしいほど巧妙なものだった」

黙っていた。

だが、頑《がん》として目はそらさない。こうなったら、向こうの気がすむまで喋らせるつもりだ。

「巧妙さの最たるものは、三浦靖史を共犯に選んだことです。かつて、隆史君の扱いをめぐって争った二人が、じつは裏で手を結んでいたとは驚きだ。あなたたち二人とも、お互いに憎み合っているふりをしていたが、実際は芝居でしかなかったとはね。広告業界でそういう修練を積んだのですか。言うまでもなく、久能警部の目の前で、派手な暴力シーンを演じたのも、彼に先入観を植えつけるためのパフォーマンスだった。それより、どうやって彼に協力を承諾させたのですか。金銭的な見返りを提案したのか、それとも、隆史君を彼に返す約束でもしたのか。わたしは後者の可能性が高いと思いますが、いずれにしろ、あなたが三浦に振り出したのは空手形《からてがた》でしかなかった。あなたは最初から、用がすんだら、彼を殺してしまうつもりだった」

それ自体、巧妙な説明である。唯一の欠点は、完全にまちがっているということだった。あいにく法月警視は、その巧妙さに目を奪われていた。

「水曜日の三浦殺しは、最初の殺人に比べてもっとアドリブ的な犯行だった。あなたは三〇五号室の玄関で待ち伏せて、三浦が戻ってきたところを刺し殺した。奥さんは何も知らずに、利用されたにすぎない。彼女を囮《おとり》にして、捜査をいっそう混乱させようとしたのです。同様の目的で、密室云々《うんぬん》というでたらめをでっち上げた。これもアドリブです。前の晩の息子との会話が頭にあったせいでしょう。ところが、あなたはその意味を充分把握しておらず、かえって自分を窮地に追い込む結果になった。あれは、あなたのポカだったのです。ところが、息子が余計な口を出したために、ありもしない密室が認知され、事件が変に複雑な様相を呈してしまった。マイナスの自乗《じじょう》が、プラスになるようなものです」

これはいただけない。法月警視の追及に、無理が見えている。調子に乗って、手の内をさらけ出しすぎたのだ。そろそろ反撃に転じる頃合いと見た。

「待ってください」

「何です」

「あなたの説明は想像でしかない。でも、この際そんなことはどうでもいいんです。一番肝心なことが無視されている。わたしには茂君を殺せない。茂君が殺された時刻、わたしは久我山の自宅から、一歩も外に出ませんでした。そのことは、杉並署の刑事さんらが証明してくれるはずだ。わたしにはアリバイがある。家から出なかった人間に、どうやって監禁した子供を殺すことができるのです?」

「方法はいくらでもあります」法月警視はさりげなく言った。「現代は、ハイテクの時代だ。簡単な機械装置とタイマーを組み合わせれば、遠隔殺人など容易《たやす》いものです」

「じゃあ、その装置とやらを見せてください」

答えられまい。苦し紛れのハッタリなのだ。正気の大人がそんなことをするわけがない。

やはり弱いところを衝《つ》いたと見えて、法月警視はむっつり黙り込んでいた。取調室で締め上げれば、すぐに自白すると甘く見ていたなら、認識不足もいいところである。無実の人間が、そうそう簡単に罪を認めるわけがないのだ。

「訊くことがないなら、帰らせてくれませんか」

わたしがたずねると、法月警視は肩をすくめた。

「それはちょっと。まだわれわれは、納得したわけではないのでね」

「納得できないのは、わたしのほうです」

「しかし、金曜日の夜のアリバイはおいても、あなたの言動には疑問な点が多い。例えば、勤務記録の件がそうです。申し訳ありませんが、もう少し付き合ってください」

そんなことを言う。身勝手な物言いに鼻白《はなじろ》む思いだったが、負けず嫌いの根性が顔を出した。こうなったら、とことん付き合ってやろう。

久能警部にバトンタッチして、再び質問が始まった。大半は今までの焼き直しで、取調べというよりお互いのメンツを賭けた根比《こんくら》べのようなものだった。代わり映《ば》えのしない質問とわかりきった答の応酬が、延々と続いた。

だが、まるきり時間の無駄でもなかったのだ。尋問の途中、久能の質問を触媒《しょくばい》として、わたしは忘れていたあることをふと思い出した。それをきっかけにして、今までばらばらだった事実の断片が、芋《いも》づる式にひとつの構図へ収斂《しゅうれん》していった。夜が更《ふ》け始める頃、わたしは冨沢茂と三浦靖史を殺した犯人の名を知った。

3

午後十時、やっと取調室から解放された。任意出頭で、勾留できないのが幸いした。向こうも違法捜査まがいのことをしてまで、自白を強要するつもりはないようだった。

犯人の正体に気づいたことは黙っていた。確信がなかったからではない。本人に会って、直《じか》に問うてみたかった。わたしの推理が正しければ、自首を勧《すす》めるつもりであった。

内堀《うちぼり》通りでタクシーを拾い、行く先を告げた。

小石川の義父の家に着いた時は、かれこれ十一時が近かった。運転手に一万円札を渡して、メーターはそのままでいいから、ここで待っていてくれと頼んだ。

車を降りると、門灯が煌々《こうこう》と点《とも》っている。鉄の門扉《もんぴ》を開けて、中に入った。寂《じゃく》として静謐《せいひつ》なたたずまいである。敷石を渡り、玄関の格子戸《こうしど》を引いた。

「ごめんください」

深夜にかかわらず、大声で呼ばわると、奥から間延びした声が応えた。はたはたと廊下を踏む足音がして、義母の美江が現われた。就寝前だったと見え、寝巻姿に部屋着を羽織っている。当惑をあらわにした目で、しげしげとわたしを見た。

「こんな遅くに、誰かと思えば、史朗さん」和美でなくてがっかりしたと言わんばかりである。

「お義父さんは帰っていますか」

「ええ」

「お邪魔します」玄関に靴を脱ぎ捨て、無遠慮に上がり口をまたいだ。義母を尻目に廊下を突っ切って、義父の書斎に直行する。

ノックもせずに、洋間のドアを開け放った。義父は机に向かって、何か読んでいた。肩越しに振り返ると、老眼鏡をかけたまま、わたしを凝視した。

「何ごとだ」

「お義父さん、お話があります」

「何時だと思っている。明日にしてくれ」乱暴に吐き捨てながら、顔をそむけようとした。

「なぜ、わたしの部下に嘘をつくよう命じたのですか？」

義父の肩が、びくんと縦に波打った。顔の半面をわたしのほうに向けたまま、姿勢が膠《こう》着《ちゃく》した。

「わたしの勤務記録をいじったのも、お義父さんの仕業《しわざ》でしょう」続けざまに言った。

手探りするように老眼鏡をつかんで、机の上に折りたたんだ。椅子を斜めにずらして、体をこちらに回した。不自然なほど目玉をひんむいている。

「何のことだ」この期《ご》に及んで、しらばくれようとしている。

背中でドアを閉め、書斎の中央に進んだ。わたしの立影《りつえい》が義父の肩口にかかった。

「さっきまで警察の取調べを受けていたのです。わたしに殺人の濡れ衣を着せようとしましたね」

「知らん」引き攣《つ》ったように激しく、首を振った。「わたしは何も知らん」

ことを」

「もう知らないではすみません。わたしは知っています――あなたが二人の人間を殺した

義父は驚きの目でわたしを見上げ、喉を鳴らした。かろうじてつぶやくのが聞こえた。

「何ということを」

「三浦が教えてくれたんです」取調室でまとめた考えを言葉に置き換えた。「彼は墓碑銘代わりに、自分を裏切った犯人の名前を刻んで死にました。それが、中野ニューハイムの密室だった。あれは犯人のトリックでも何でもなくて、被害者が死に際に残したメッセージでした。そもそも彼は、腹の底では共犯者を信じていませんでした。だからこそ、万一の場合に備えて、犯人を示すヒントを、法月綸太郎にさりげなく託しておいた。密室トリックにことよせて、『がっちりした閂《かんぬき》であることが、必要条件だ』と言い残していたのです。息絶える寸前にドアをロックしたのは、注意を喚起するためのパフォーマンスだったことになります。キーワードは、閂です。閂という漢字をどう書くか、あなたならご存じでしょう。門構えの中に、横棒の一と書くんです。門の中に一。つまり、門と壱《いち》です。わかりましたか、お義父さん。門脇了壱、三浦はあなたの名を刻んで死んだのです」

「ちがうんだ。きみは、勘違いをしている」怖《お》じ気づいた声で哀訴した。矜持《きょうじ》を忘れて、ただぶざまである。貸す耳など持たなかった。

「あなたが犯人だとわかった後は、一気呵成《いっきかせい》に事件の全体像が見えてきた。今まで気づか

なかったのが、口惜《くちお》しいぐらいです。そもそも、三浦の動きを一番詳しく掌握《しょうあく》していたのは誰だったか？　あなたです。三浦に誘拐殺人の従犯を承諾させるほど、強い影響力を持っていたのは誰か？　あなたです。二つの事件を通じて、アリバイの有無《うむ》が問題にならなかったのは誰か？　あなたです。しかも、専務取締役という地位にある人なら、いくらでも時間のやりくりができたはずです。もともと始業時間など関係ないし、仕事中にこっそり役員室を抜け出しても、誰も気づかない。関係者の中で、誘拐と二つの殺人を実行できた人物はあなただけでした」

「ちがうんだ」もうそれしか言えない。

首を横に振り、乾いた唇をなめた。

「動機もあります。周到なあなたのことだ、路子とわたしの関係に気づいていたにちがいない。茂のことも知っていたでしょう。三浦の調査報告書の下にわたしの名を冠した綴りがあるはずです。金曜日の朝、わたしを部屋に呼び、『女のことだな？』と打診したのは、お義父さんだった。路子の脅迫を知っていた証拠です。その時、父親として、わたしの力になりたいと言いましたね。あなたは、その言葉を実行したのです。しかし、本当は、わたしのことなどどうでもよかった。あなたの目的は、娘を守ることだけだった。和美を不幸にしないためだった」

義父は両手で顔を覆い、指の間から断続的なうめき声を洩らしていた。門脇了壱は、みすぼらしい老人にすぎなかった。構わずに続けた。

「あなたは、和美がわたしに向ける愛情を認めていました。さもなければ、とっくにわたしを追い出していたはずだ。そうしなかったのは、わたしこそが和美の心の支えだったからです。夫の裏切りを知れば、和美はひどく苦しんで、かつてのように精神のバランスを崩すかもしれない。あなたはそれを恐れた。路子の脅迫がエスカレートして、破局に至る前に、歯止めをかけねばならないと考えたのです。あなたの結論は、冨沢茂を殺害することでした。会ったこともない、ただ名前だけしか知らない子供を、和美の生贄《いけにえ》に捧《ささ》げることでした。もしかしたら、わたしにはあなたを非難する権利はないかもしれない。元をたどれば、このわたしが蒔《ま》いた種なのですから。だが、これだけは言わせてもらいます。あなたの選んだやり方は、あまりにも冷酷すぎる。人間にできることとは思えない。お義父さん、あなたは取り返しのつかないことをした——」

無意識のうちに声を張り上げ、肩で息をしていた。激昂した感情を抑えるため、深呼吸を繰り返さなければならなかった。義父はうなだれたまま、完全に目を閉じている。うめき声も聞こえなくなった。身じろぎすらしなかった。

かろうじて気持ちを鎮《しず》め、口を開いた。

「一昨日、本間万穂という娘と話しました。ご存じでしょう、お義父さんが、三浦の身辺調査を依頼した『昭和総合リサーチ』の女探偵です。あなたの態度に不審を覚えて、どんな報告を出していたのか、訊き出そうとしたのです。真犯人を知っている可能性もありました。ところが、彼女は頑として口を割らなかった。その時、真相に気づくべきでした。本間万穂は、あなたが三浦に近づいたことを知っていたが、厳しく口止めされていたにちがいない。その事実が明るみに出れば、真犯人の正体は一目瞭然《いちもくりようぜん》ですから。口外したら殺すとでも脅したのですか。それとも、彼女自身、最初からあなたの計画に一枚嚙んでいたのか」

「あの娘は関係ない」下を向いたまま言った。

「あなたが口止めをしたのでなければ、なぜ彼女は報告の内容を隠したのです」

義父は突然、顔を上げると、かっと目を開いてわたしを見つめた。体が小刻みに震え、目の中が潤みかかっていた。

「口止めしたことは認める。だが、それはきみが言うような理由ではないんだ」

「他にどんな理由があるというのです?」

「――答えられるものか」義父は万感を込めて、首を振った。「きみはわかっていないんだ」

話にならない。これほど、往生際《おうじようぎわ》の悪い男だったとは。もっと潔《いさぎよ》い人物だと思っていたのに。最後の最後まで、自分の犯した罪を認めないつもりか。

「もういいです。あなたのしたことは全部わかっている。動機を伏せるために、まちがい誘拐を演出したことは、前に会社で説明したとおりです。あなたにとっては、釈迦《しゃか》に説法だったかもしれないが。ただし、狭山公園でわたしに苦汁《くじゅう》をなめさせたのは、三浦ではなく、あなたの考えだった。和美を裏切ったわたしに懲罰を加えたのです。その後、口封じのため三浦を殺して、あなたの当初の目的は達成されたかに見えたが、予定外の事件が起こった。冨沢路子が和美の前で、わたしとの関係を暴露したことです。それで、全てが水の泡になってしまった。しかも、法月綸太郎が事件の構図を解き明かしつつあったので、あなたは保身のために、何らかの手を打つ必要に迫られた。路子の告白によって、和美の愛情が色褪《いろあ》せたと考えたあなたは、躊躇《ちゅうちょ》せず、このわたしに濡れ衣を着せようとした。自分の罪をなすりつけて、わたしと和美を引き裂こうとしたのです。だが、お義父さん。あなたは負けたのだ。和美は、あなたの身勝手な愛情の押しつけを逃れて、わたしの許《もと》に戻ってきました。和美はもはや父親の庇護を必要としていない。あなたの役目は終わったのです」

「きみは大きな誤解をしている」悲壮な表情で訴えた。真に迫っている分、余計に見苦しい。「あれはまだ、わたしの庇護を必要としているんだ」

そうやって、どこまでも老醜をさらし続けるがいい。それ以上、義父と話す意欲を失った。いずれにせよ、言うべきことはほとんど残っていない。あとひとつ、最後の台詞《せりふ》をたたきつけるばかりだ。

「まだこのことは警察に話していません。明日一日だけ待ちます。自首してください」

それだけ言って、義父に背を向けた。ドアに向かって歩きかけると、声がかかった。

「待ってくれ。わたしの話を聞いてくれ」

まだ言うか。全身全霊をかけて黙殺した。おまえなんか、和美の親でも何でもない。今日限り縁を切ってやる。部屋を出て振り向きもせず、ドアを閉めた。

廊下の中ほどに、義母《はは》が立っていた。

書斎の会話は聞こえていないはずだ。しかし、わたしの態度でピンと来たのだろう。見るからに、不安に打ちのめされた顔つきである。立ち姿まではかなげだった。

「隆史は？」と義母にたずねた。

おろおろして、声も出ない。黙って、東の和室を指差した。

「これから、家に連れて帰ります」

義母をそのままにして、襖《ふすま》を開けた。足下に注意して、灯りをつける。六畳の真ん中に敷いた夜具の端に、隆史の寝顔があった。枕元にしゃがんで、柔らかいほっぺたをつまんだ。

「起きなさい」

うーんと息が洩れた。瞼を開けると、まぶしそうに目をしばたたいた。

「パパ？　お帰りなさい」半分寝ている声である。

「起きるんだ。家に帰るんだよ」

自分がどこにいるのか、わかっていないような顔をした。布団《ふとん》から引っ張り出して、パジャマを脱がせ、手当たり次第にそこらへんの服を着せた。

隆史の手を引いて、玄関に向かった。義母が先回りしていた。今にも泣きそうな顔をしている。義父の姿はなかった。

「他《ほか》の荷物は後日、取りにうかがいます。夜分、お邪魔しました」

それだけ言って、頭を下げた。この人の罪ではないのに、重い悲しみを背負わせる結果を招いたことを恥じていた。元はといえば、わたしのせいなのだ。申し訳ないと思った。お義母《かあ》さん。今はあなたに謝る言葉がありません。でも、いつかきっとこの償いをします。

隆史に靴を履《は》かせ、義母の前を辞した。表に待たせていたタクシーに乗り込んで、久我山までと告げる。車が動き出して間もなく、隆史はすやすやと寝息を立て始めた。その寝顔に見とれて、深夜の渋滞も苦にならなかった。和美の待つわが家へ向かって、車がひた走った。親子三人、水入らずの時が近づいている。もう誰にも邪魔させない。

あと少しでわが家だ。

和美。長く待たせた。

今すぐ戻る。

4

久我山に着いた時は、零《れい》時半を過ぎていた。隆史を起こしてタクシーを降りると、自宅の前の道路に見慣れない車が駐《と》まっている。パトカーだった。まだ懲りずに、わたしを悩ませるつもりか。わが家に帰った喜びに、水を差されたような気がした。断固抗議する意志を固めて、門を通過した。

玄関のドアを開けたとたん、不穏な空気を感じて足が止まった。家の中の雰囲気がおかしい。隆史も敏感に反応して、上着の裾《すそ》にすがりついた。

「和美！」と叫んでいた。

返事がない。

代わりに重い足音が廊下に響いて、法月綸太郎が現われた。暗い。この上なく暗い目をしている。胸騒ぎを覚えた。

「どうして、あなたがここに？」

「山倉さんこそ、今までどうしていたんですか」

「息子を引き取るため、妻の実家に寄って来たんです。それより、和美はどこです？」

「申し上げにくいことですが――」言い渋《しぶ》って、ふと隆史の顔に目を注《そそ》いだ。「できれば、先にお子さんを休ませたほうが」

何かを匂わせるような法月の言い方だった。わたしはうなずいて、隆史に言った。

「おまえはもう寝なさい」

「ママにおやすみって言わないと」

「今日は遅いから、明日の朝にしなさい」有無を言わせず、二階に押し上げた。「おやすみ」

「おやすみなさい」

不安を募らせながら、リビングに移動した。どこにも和美の姿はない。その代わり、ソファに法月警視がひとりで坐っていた。すっかり放心して、精彩のない姿である。わたしたちに気づいて、ゆっくりと腰を持ち上げた。

敵愾《てきがい》心をよみがえらせて、法月警視をにらみつけた。しかし、返ってきたのは、彼の息子と同じ、暗く沈んだ眼差しだった。わたしの顔を見るのも、つらそうである。ついさっき、警視庁でわたしを追及した男とはまるで別人に思えて、抗議する気持ちが萎《な》えてしまった。

法月警視は何か言いかけたが、自分でかぶりを振って、言葉を飲み込んだ。目が息子のほうを見ている。父子の間で、無言の意思疎通《そつう》がなされたようだった。彼は席を離れると、息子の肩に手を触れた。それから口を閉ざしたまま、背中をすぼめて、部屋を出ていった。

二人になって、向かい合って腰を下ろしたが、法月綸太郎はまだ切り出しかねている。わたしは気が急《せ》いていた。思いきって、こちらからたずねた。

「和美の身に何かあったのですか？」

「ええ」深い間合いがあった。わたしは身じろぎもせず、続きの言葉を待った。

また長い溜息をついた。

「山倉さん」ようやく口を開いた。「あなたに残念なお知らせをしなければなりません。どうか取り乱さないで聞いてください」法月は、膝の上で両手を握り合わせた。「つまり、先ほどあなたの奥さんが、二人を殺したことが明らかになりました」

しばし言葉を忘れて、法月の顔をじっと見つめていた。

「――今、何と言ったのですか」

「あなたの奥さんが、茂君と三浦靖史を殺した犯人だと」

「馬鹿な」身を乗り出して、法月につかみかかろうとした。「きみは、何ということを」

「どうか落ち着いて」法月は苦痛に苛《さいな》まれているような表情で言った。「とりあえず、ぼくの話を聞いてください。あなたが納得するように、順序立てて説明します」

眼差しの真剣さに圧倒されて、身を引いた。だが、彼を信じたのではない。話を聞くだけだ。

「さっさときみのくだらん説明を片付けてくれ。それがすんだら、妻のところに案内してもらう」

法月の目が憐れみの色を帯びて、いっそう暗さを増した。わたしの視線を避けるようにして、説明にとりかかった。

「誘拐事件の起こった、九日の朝のことから始めます。すでに説明したとおり、茂君の誘拐はたまたま生じたまちがいではなく、犯人が予定していた行動でした。つまり、犯人は九日の朝、茂君がひとりでこの家から出ていくのを、事前に知っていたことになります。つまり、そうでないと、犯行計画の根幹である子供の身元誤認——まちがい誘拐という仮構《かこう》が成り立ちません。なぜならば、平常の朝のケース、すなわち茂君と隆史君が一緒に登校する場合、そもそもそうした誤認が起こり得ないからです。無理に誤認を装って、茂君ひとりを誘拐しても、隆史君を見逃す不自然さは否《いな》めず、かえって真の意図が見え透《す》いてしまう。したがって、誘拐当日、隆史君が学校を休んだのは単なる偶然ではなく、逆に犯行計画を支える必要条件であって、そこに犯人の作為が働いていたと考えなければなりません。では、この条件の操作が可能だった人物は誰でしょうか？

該当するのは、母親の和美さんだけです。風邪と偽って学校を休ませるぐらい、母親にとってはごく簡単なことで、それがあまりにも簡単すぎたために、われわれの盲点に入っていたのです。もっと早くこのことに気づくべきでした。十一月九日の朝、茂君はこの家の玄関で誘拐されたのです。犯人は奥さんで、茂君がひとりで出ていったという証言は、彼女の捏造《ねつぞう》だった」

呆然《ぼうぜん》として法月の話を聞いていた。混乱のあまり口が利けなかった。法月の論証に誤りを見出せなかったからだ。

「奥さんは玄関で茂君を昏倒《こんとう》させると、この家のどこか、恐らくガレージの中に監禁して、三浦からの電話を待ったのです。三浦が保険屋を使った工作をして、手《て》筈《はず》通りぼくの家から第一回の電話をかけた。午前十一時、三浦が保険屋を使った工作をして、受信通話記録を調べられた場合に備えた形式的なもので、後に奥さんが供述したような会話はなかったはずです。したがって、三浦は子供の声を準備する必要もなかった。会話の内容は、やはり奥さんが捏造したものです」

やみくもに抗議しかけると、かぶりを振ってわたしを制し、話を続けた。

「人質をこの家に監禁したことは、奥さんの計画の重要なポイントでした。なぜなら、人質の殺害もこの家の中で行なわれたのですから。結論から先に言うと、彼女は絶対に疑われることのない、完全なアリバイで身を守ろうとしたのです。身代金誘拐を偽装した、もうひとつの理由がそれでした。すなわち真の動機を隠すと同時に、アリバイ工作に好都合な条件を整える目的があったのです。これほど周到に計画された犯行は例がありません」

「たわごとだ」とうとう、法月をさえぎった。「アリバイ工作だって？　この家で子供を殺した？　そんなことは不可能です。死体は青梅市で見つかったんだ。ここから、何キロ離れているか。しかも、あの夜、和美は一度も家を出なかった。杉並署の刑事が証言してくれます。それなのに、どうやって、青梅市に死体を運ぶことができるんですか」

またかぶりを振った。同情に満ちた、ぎごちない声で、諭《さと》すように言った。

「家から一歩も出なくても、可能な方法があるのです。アリバイ工作の実際に触れましょう。彼女はまず一一〇番に通報して、警察を呼びました。今、あなたが言ったとおり、自分が一度も自宅を出なかったことを、第三者である杉並署の刑事に証言させるためです。まさか彼らも、この家の中に人質が監禁されているとは思いもしなかったでしょう。

午後八時から九時の間に、奥さんは口実を作って席を外し、ガレージで茂君を殺害する。そして、死体とランドセルをビニール袋に入れて、あなたのアウディのトランクに隠した。それだけのことをするのに、ものの五分とかからなかったはずです。何食わぬ顔でリビングに戻った時も、誰も不審を感じたりはしなかったでしょう。リビングにいた人々は、誘拐犯からの連絡が遅いことに気を取られ、彼女の出入りに注意を向ける余裕などなかった」

「――アウディのトランクに？」わたしの心臓が、激しく動悸を打ち始めた。

「そう。これが奥さんの計画で、もっとも巧妙なところです。いいですか、山倉さん。あの夜、あなたは六千万円の身代金ではなく、冨沢茂の死体を三浦靖史の手に渡すために、狭山公園までおびき出されたのです。運転中は、極度の興奮状態にあって、トランクに子供が入っていたことに気づかなかった。同じ頃、三浦はゴルフで狭山公園に先回りして、石段に罠を張った。あなたを足止めして、時間を稼ぐためです。いったん西武遊園地駅側に移動して、あなたの到着を待ち、氷川神社に身代金を持ってくるように電話で指示を与えた。指定時間までそこで待って、ライトの合図がなければ、罠が効を奏したとわかります。

あなたが車を離れ、石段から落ちて意識を失っている間に、三浦は迂回《うかい》してゴルフを駐車場に乗りつけた。そして、アウディのトランクを開け、死体を取り出して、自分の車に移しました。車のキーは、奥さんが用意したスペアです。それから、石段に仕掛けた罠を回収して車に戻り、狭山公園を去った。青梅に死体を遺棄するためです」

いっとき、考えをまとめ直すように、間合《まあ》いをはさんで、ふたたび口を開いた。

「つまり、身代金の受渡しに見せかけて、実際は共犯同士の間で、死体移動が行なわれていたことになります。したがって、あれほど三浦が警察の尾行を嫌ったのも、営利誘拐を装うポーズのみではなかった。どうしても、追跡車を追い払う必要があったからです。狭山公園の駐車場で、死体を積み替える現場を押さえられては、元も子もありません。ちなみに万一、杉並署の刑事が尾行の中止を命じなかった場合は、自宅にいた奥さんが、計画変更のために何らかの手を打っていたはずです。警察の手の内は、ずっと彼女に筒抜けだったわけですから。

以上が、最初の事件のあらましです」

スラックスの膝を握りしめて、ぶるぶる震えていた。信じられない。あり得ないことだ。しかし、法月は容赦なく、わたしの希望を打ち砕いていく。

「茂君の殺害が、綿密な計画に基づく犯行だったのと対照的に、第二の殺人、三浦殺しは大胆な決断による即席の犯罪でした。あなたが三浦のアリバイを真《ま》に受けず、彼の部屋を調べると言い出したので、奥さんは急いで共犯者の口を封じる必要に迫られました。たまたま、家捜《やさが》しに協力を求められたのを、奥さんは好機到来と考えたのです。あなたが三〇五号室を調べている間、三浦がすぐに戻ってきたのは、奥さんがそのことを教えたからです。それから一足《ひとあし》遅れて、彼女も中野ニューハイムにやってきた。あなたを襲った直後で、油断していた三浦を刺殺することは、けっして困難ではなかったはずです。犯行に要した時間は、一分にも満たなかったでしょう。着物の袖で包丁をつかんだので、指紋は残らなかった。そして、彼女は気絶している夫を浴室に残したまま、急いで現場を立ち去りました。

その後の経過は、あなたが知っているとおりです。彼女はそれ以上、何の策も弄《ろう》さなかった。夫が身を挺して、自分を守ってくれると確信していたからです。あなたは、奥さんの期待に応えました。その結果、あなたはもちろん、他の誰も、奥さんを疑ったりはしなかった」

「待ってください」一縷《いちる》の望みをかけて、法月に食い下がった。「密室に擬《ぎ》した三浦のダイイング・メッセージを忘れていませんか？　あれは、門という文字を示そうとしたものにちがいない。門と一、すなわち、和美の父が、彼を殺した犯人だと思います」

「ぼくも、一度はそう思ったのです」と法月は言った。「しかし、やはり犯人は奥さんです。あのメッセージは、和美さんを示しています」

「なぜですか」

「三浦にとって、あなたの奥さんは山倉和美である以前に、亡くなった次美さんの姉だった。つまり、門脇という旧姓のイメージが強かったのです。それだけでなく、彼は義理の姉の名前について、ささいな勘違いをしていた。平和の和ではなく、横棒の一を使った、一美という字を当てると思い込んでいたようです。かずみ、という音と彼女が長女であること、そして、妹の名前が次美だったことを思えば、無理からぬ誤解ではありました。したがって、あの密室が、三浦のメッセージだとしたら、〈門脇一美〉という名前を示すために、構成されたと考えてまちがいないのです。

同時にこのことは、和美さんが易々《やすやす》と三浦を手なずけた理由の説明にもなります。彼は奥さんに、次美さんの影を重ねていたのです。そう考えないと、三浦の行動は理解できません。彼は殺されることさえ、最初から覚悟していたふしがあります。そうした意味では、和美さんこそ、三浦にとっての〈宿命の女《ラ・ファム・ファタル》〉だったかもしれないのです」

反論の芽が次々と摘《つ》み取られ、法月の主張はいっそう確実さを増していく。わが身を削《けず》り取られるような恐怖を感じた。頭の中では、さっきの義父の台詞が新たな意味をまとって、渦巻くようにこだましていた。「きみは大きな誤解をしている。あれはまだ、わたしの庇護を必要としている」

三浦の調査報告書には、和美の名前が記されていたのではなかろうか。義父はその報告を聞いた時、二人が会っていた理由を誤解して、本間万穂に調査内容の口外を禁じた。その後、唐突にわたしに濡れ衣を着せる工作をしたのは、一昨日、偽装まちがい誘拐のからくりを知らされて、三浦の共犯者の正体に気づいたからにちがいない。義父は文字どおり、和美を守ろうとしたのだ——。

わたしは暗い予感にうち震えながら、最後に残された取り返しのつかない質問に飛びついていた。

「なぜ、なぜ、和美が?」

「これから言うことは、ぼくの想像です」朗読でもしているような、感情を抑えた口調であった。「奥さんは、あなたと冨沢夫人の関係を知っていたと思います。ただし、気づいたのは最近で、冨沢家がお宅の近所に引っ越してきた後です。成長した茂君に、あなたに似た面影を見出したのがきっかけでしょう。冨沢路子との再会以降、あなたの態度にも微妙な変化が現われていたはずです。それらの徴候から、奥さんは疑惑を覚えた。彼女の心の中で、その疑惑がどのように育っていったかは、もう誰にもわかりません。いずれにせよ、ある時点で、疑惑は確信に変わった。その瞬間に、奥さんは一線を越えてしまったのです。

それは、じつに奇妙なことが起こったからだと思います。七年前の流産の後、二度と子供ができないことを宣告された彼女の母性は、ゆがめられたエネルギーを内側に溜《た》め込んでしまいました。隆史君を引き取って育てることで、いったんはそのエネルギーが解放されたかに見えた。しかし、それは表面的な平穏にすぎなかったのです。そして、今になってあなたの裏切りを知ったことが、彼女の心の底に潜んでいた凶暴な力に火をつけたのだと思います。

ついに彼女はこう考えたのではないでしょうか。夫はわたしが流産する前から、冨沢路子と関係を持っていたにちがいない。路子はわたしに対する嫉妬から、産婦人科看護婦という立場を悪用して、わたしが流産するように仕向けた。つまり、路子はわたしの子供を殺したのだ。しかも、路子は夫の子供を手に入れた。わたしから夫の子供を奪ったのだ。わたしも路子から夫の子供を奪う権利がある。わたしは路子の子供を殺してやる――。

目には目を、というのが奥さんの方針でした。だからこそ奥さんはこの家で、息子の安否を気遣う母親の目と鼻の先で茂君を殺したのです。七年前、自分の子供が胎内で殺されたように。

もちろん、その考えは何もかも彼女の邪推にすぎませんでした。あなたと冨沢夫人の関係は、奥さんが流産して不安定な状態になった後のことですし、流産の責任を冨沢看護婦に求めるに至っては、妄想以外の何物でもありません。しかし、いかんせん、巡《めぐ》り合わせが悪すぎたのです」

完膚《かんぷ》なきまでに、打ちのめされていた。もはや返す言葉もない。わが身の愚かさを責め、和美が迷い込んだ精神の闇の深さにおののいている。膝の上に上体を屈し、嗚咽《おえつ》をこらえた。

「大丈夫ですか」法月が頭越しにたずねている。

目尻にあふれるものを拭《ぬぐ》いもせず、顔を上げた。

「和美に会わせてください。ひとりではかわいそうだ。わたしがそばに付いていてやります。今すぐ警察に連れていってください」

法月はためらいがちに、ゆっくりと首を横に振った。彼の表情に、見えない裂け目が生じていた。

言い知れぬ衝撃を覚えた。

「まさか、和美が――」

「ぼくがもっと早く気づくべきだった」と法月は言った。「結論に達したのは、つい一時間ほど前でした。とりあえず、お宅に電話をかけたのです。誰も出なかった。胸騒ぎを感じて、駆けつけました。玄関は開いていたが、家の中は真っ暗でした。奥さんはガレージで首を吊《つ》っていました。発作的な自殺だったようです。あなたが逮捕されて、帰ってこないと思ったのでしょう。ひとりきりで取り残されて、どうしていいかわからなくなって、早まったことをしたのです――」

法月の声はがらんどうの底で響いているようだったが、やがて徐々に遠ざかって、まったく聞こえなくなった。わたしは自分の内と外の区別もつかない状態で、ひたすら和美の顔を、和美の声を、和美の肌の温《ぬく》もりを思い出そうとしていた。

妻をこの腕の中で抱きしめたのは、たった数時間前のことなのだ。だが、その手応えをもう覚えていない。思い出そうとしても、わたしの五感をすり抜けて、いずこへともなく逃げ去ってしまう。

あれは、おまえの幻《まぼろし》であったのか。

あの時、おまえはもう死んでいたのか。

そうではなかった。死んでいたのは、このわたしだった。わたしという夫こそ、偽りで固めた幻影だった。わたしをだまし抜いたのは、おまえではなく、このわたし自身なのだ。わたしが原因なのだ。何もかもわたしが台なしにしてしまったのだ。わたしは呪われた人間だ。触れるもの全てを腐らせ、穢《けが》し、背徳の色に染める存在だ。不幸を呼び寄せる疫病神《やくびょうがみ》だ。

和美。おまえは、わたしを憎んで死んだのか。

わたしは未来永劫《えいごう》、おまえの憎悪を背負っていかなければならないのか。

そんなことは無理だ。

許してくれ、和美。

愚かな夫を許してくれ。

いや、わたしを許すな。わたしを憎め。わたしを愛したことを呪うがいい。わたしは罪深い男だ。愚かな男だ。おまえを愛していると言いながら、おまえの痛みに気づかなかった。おまえに苦しみを与えていながら、それに気づかぬふりをした。とうとうおまえを見殺しにしたのだ。一生をかけても、償いきれるものではない。ならば、おまえの憎しみを引き受けよう。おまえひとりではない。わたしに関わって不幸になった者、死んでいった者、全ての憎しみと怨念《おんねん》をこの身に課すがいい。

廊下に人の気配を感じた。法月が立ち上がって、ドアを開けた。隆史が入ってきた。

「眠れないのか?」とたずねた。

うなずいた。

法月がわたしに向かって、小さく頭を下げた。それから、無言で部屋を出ていった。隆史と二人きりになった。

「おいで」

　隆史がわたしの腕にしがみついた。全身全霊を打ち込んで、小さくか弱い体を包み込んだ。

「パパ？」隆史が顔を上げた。

「何だ」

「ママは死んだの？」立ち聞きしていたのだ。

　もうごまかしてはならない。

「そうだ」

「──ぼくは泣かないよ」

　だが、ぼろぼろと大粒の涙をこぼしていた。

　血のつながらぬ息子の顔を見つめているうちに、胸の底に熱いものがよみがえった。隆史よ。今はまだおまえは幼い。だが、わたしがおまえを、死んでいった者たちが遺《のこ》した思いに恥じない、立派な男に育てよう。それが、後に残された者の務《つと》めなのだ。そして、いつかは、おまえに全てを打ち明ける日が来るだろう。その時こそ死せる者に代わって、おまえがわたしを裁くのだ。

「隆史」

「なに」

「おまえはパパとママの子だ」
「うん」
「うんじゃない」
「はい——お父さん」

新書版あとがき（ノン・ノベル初版より）

ノン・ノベルからぼくの本が出るのは、これが初めてなので、とりあえず、自己紹介に代えてひとこと。本書は〈名探偵〉法月《のりづき》綸太郎《りんたろう》の登場するシリーズの四作目です（前の三作は、講談社ノベルスから出ている）。初めてぼくの本を手にする読者の方、これが気に入ったら、どうぞシリーズをさかのぼって読んでください。

なお、この後に書くことは、既知の読者を念頭に置いているので、万一、そうでない読者の気に障《さわ》ったら、ご勘弁願います。

最近、読者の方から、よくこういう質問を受けます。

「どうして一作ごとに、作風を変えるのですか?」

質問されたその場では、

「飽きっぽいから」

とか、

「マンネリに陥《おちい》らないよう、目先を変えるため」

といったような返事でお茶を濁すことが多いのですが、正直なところ、自分でも説得力がない答だと思います。

もう少し突き詰めて考えれば、まだ自分のスタイルを云々《うんぬん》するほど成熟していないので、かつて自分が幸福な読者だった時代に、強いインパクトを受けた作品を摸倣《もほう》することによって、作家修業、もとい、試行錯誤を行なっているという説明になるでしょうか？ ひょっとすると、そういう試行錯誤は、デビュー前にすませておけと言われるかもしれません。しかし、一方で、最近ミステリを読み始めた若い読者が、ぼくの本をきっかけにして、過去の名作に手を伸ばすということもあり得るので、今のやり方も一概に悪いとばかりは言えないのではないか——とりあえず、こうした全《すべ》てが、先の質問に対する現在の答だということにしておきます。姿勢が後ろ向きすぎるという批判は、甘んじて受けましょう。

さて、例によって、この新作も、新旧・内外を問わず、数々の先行作品に多くを負っています。詮索《せんさく》好きな読者の楽しみを奪わないために、ここでは引用の出所を詳《つまび》らかにしませんが、今回は特にスタイル混交の傾向が著《いちじる》しい。そこで、やはり例によって、安易との誹《そし》りを受けることを覚悟しつつ、この場を借りて申し上げます。これらの引用は全て、心を揺さぶられた作品とその作者に対するオマージュであり、ラブレターなのです。

願わくば、読者にもこの思いが届きますように。

——しかし、ひるがえって考えるに、ぼくの小説は、本当に毎回ちがっているのでしょうか？　書いている当人の言うことで、あまり当てにはなりませんが、自分の感想としては、必ずしもそうでないような気がするのです。

ただ、この問題に深入りしすぎることは、本の内容を自ら明かすのと同じなので、多くは触れられません。ここでは、今までぼくが書いた本は全て、表面的な意匠は別にして、もっと根深いところで通底していること、そしてその共通性そのものが、ぼくのミステリ観と分かちがたく結びついていることを示唆《しさ》するにとどめます。

本書の執筆に当たって、お世話になった方々に、感謝を記します。

快《こころよ》く取材に応じてくださった、『南北社』の石倉義朗氏。素人《しろうと》じみた質問ばかりして、さぞかし閉口されたと思います。

関西テレビ放送の上沼真平氏。『エンドレス・ナイト』のスタッフ及び出演者の皆さん。遅くなりましたが、八九年の琵琶《びわ》湖ツアーの思い出に。

五章の引用部分（？）は、小尾芙佐氏（ハヤカワ文庫）の訳文を参照させていただきました。

THE POP GROUP 様。『FOR HOW MUCH LONGER DO WE TOLERATE MASS MURDER?』を大音量で聴《き》きながら、最後の数ページを書き上げたので。

原稿のコピーを手伝ってくれた小澤儀徳君。くれぐれも、悪い先輩の真似《まね》をしないように。

そして、なかなか本の出ない作者に、さまざまな激励の言葉を寄せてくれた、辛抱《しんぼう》強い読者の皆さん。本当に、長いことお待たせしました。

では、また次なる冒険でお会いしましょう。

一九九一年三月

文庫版あとがき（祥伝社文庫初版より）

この長編を書いたのは、二十六歳の時、一九九〇年から翌年の初めにかけての期間である。月日のたつのは速いもので、もう五年も前のことになるわけだ。ちょうど原稿の最終追い込みの時期に、湾岸戦争が勃発《ぼっぱつ》したのを覚えている。ノン・ノベルの親本のあとがきで、ザ・ポップ・グループのＣＤが云々《うんぬん》と書いているのは、その含みがあったはずだ（今は、「Ｙ（最後の警告）」のＣＤを聴《き》いている）。

同じ頃、私は突然、煙草を吸い始めた。それまでまったく喫煙の習慣はなかったのだが、たまたまこの時ひょんなことから、煙草を吸うと頭が冴《さ》えて、原稿が速く書けるということを発見したのである。今ではすっかりヘヴィスモーカーと化している。しかし、ニコチンの作用で仕事が進んだのは、後にも先にもこの時だけであった。百害あって一利なしというのはわかっているつもりだが、やめられない。筆が遅くなったのは、煙草を吸い始めたせいだと言われたりもするけれど、私は関係ないと思っている。

この本は、すでに講談社文庫に収められた『ふたたび赤い悪夢』『法月綸太郎《のりづきりんたろう》の冒険』より前の作品である。文庫化の順序が逆になったことに関して、深い理由はない。というか、当初はノン・ノベルで『三の悲劇』が出たら、一から順に文庫に落としていこう、というような心づもりでいたにもかかわらず、いつまでたってもそれができないので、ついに編集部がしびれを切らしたというのが実情に近い。

そういえば最近、『三の悲劇』はいつ出るのですか、という質問をよく受けるようになったが、これは正直言って、私もよくわからない。たぶん、三人称・三部構成の小説になるはずで、アイラ・レヴィンの『死の接吻』のようなもの、という漠然としたイメージがあるにはある。しかし、それ以上のことは今は言えないし、言ったら嘘になるだろう。おそらく全然ちがったものになる可能性のほうが高い。というわけで、ドリス・デイも歌っているように、先のことなどわからない、ケ・セラ、セラ、というのが、すごく無責任なようだけれど、現時点でのもっとも誠実な回答ではないかと私は思う。

ホワット・ウィル・ビー、ウィル・ビー？

ところで、これははっきりと認めてしまったほうがいいと思うのだが、本書は志水辰夫《しみずたつお》氏の文体と原寮《はらりよう》氏のプロットにものすごく影響を受けている。いや、影響を受けているという言い方ではあまりにも不足であって、私は尊敬する両氏の本を虎の巻のようにして、修業中の弟子みたいに、一所懸命、この小説を組み立てていった。そのことは読み比べれば一目瞭然《いちもくりようぜん》なのだが、とりわけ原氏の『私が殺した少女』の構成に負うところが大きい。

そういう書き方をしたのは、当時の新本格バッシングの紋切り型に対する反発があったせいで、一種スタンド・プレー的なところがなかったとは言いきれないのだが——まあ、それはそれとして、今の時点でひとこと言い添えておきたいのは、この小説で採用したスタイルが、ハードボイルド文法の積極的な導入という方法論のみによって成り立っているのではないという点である。

『頼子《よりこ》のために』の構成がニコラス・ブレイクを下敷きにしていたように、本書の設定、特に人物の配置とストーリーの展開は、ポスト黄金期の本格ミステリの傑作を引用／再解釈することによって、この形に決まった。ただしここで参照した作品名を挙げると、ほとんどネタ割りになってしまうので、本文未読の読者のために伏せておくことにする。どうしても知りたいという方は、『法月綸太郎の冒険』所収の短編「土曜日の本」をチェックしていただきたい。法月綸太郎がその本を見て、にやりとする場面がある。ちなみにこの本の作者は、二人の合作によるアメリカ作家で、筆名の姓のイニシャルはQだが、エラリイ・クイーンのことではない（クイーンの引用は、言わずもがなのことである）。

これは余談だが、私はつい最近、『上院議員』（リチャード・バウカー）という本を読んだ時に、やはりこの作家のことを思い出した。主人公の置かれた状況とストーリーの転がし方が、非常によく似ているような気がしたからである。もっとも、リチャード・バウカーがそのつもりだったかどうかは定かでない（たぶん、ちがうだろう）。

どうも締まりのない文章になってしまったが、最後にもうひとつだけ書いておくべきことがある。この小説が、誘拐事件に巻き込まれた父親の一人称で語られていることの最大の理由は、端的に言って、探偵・法月綸太郎の視点から物語を書き進めることができなかったからだ。そうなったのはもちろん、『頼子のために』のせいである。彼はいったん、他者の視線にさらされなければならなかった。だからこそ、「もうひとりの西村悠史《にしむらゆうじ》の手記」が小説の全体を支配することになったのだ。したがって、本書は『頼子のために』の姉妹編であると同時に、そのアンチテーゼでもある。そして、これに続く『ふたたび赤い悪夢』という小説の骨子は、とめどなく散乱する語りの中から、もう一度探偵の視点を取り戻そうとする作家の苦《にが》い遍歴の旅にほかならないのだった。

一九九六年六月

新装版への付記

ノン・ノベル版『一の悲劇』が刊行されたのは一九九一年四月、ちょうどバブルが崩壊して第一次平成《へいせい》不況が始まった頃である。私はデビュー三年目、新人に毛が生《は》えた程度の青二才で、講談社《こうだんしゃ》ノベルス以外の版元から本が出るのはこれが初めてだった。それもあって、自分としてはだいぶよそ行きの書き方をしたように記憶している。

作中に自動車電話やポケベルが出てくるけれど、三十年前の小説だから、携帯電話やインターネットはなくて当たり前。文芸の世界ではパソコンよりワープロ専用機が優勢で、それ以上に「原稿用紙に手書き」派の圧が強く、まだ「出版不況」などという言葉は存在していなかった。いろいろと思うままにならないことも多かったが、今と比《くら》べるとずいぶん大らかで、のどかな時代だったなとあらためて思う。

さて、若林踏《わかばやしふみ》氏の解説にもあるように、本書は二度映像化されている。最初は二〇一六年に「誘拐ミステリー超傑作　法月綸太郎　一の悲劇」と題してドラマ化、フジテレビ系列の〈金曜プレミアム〉でオンエアされた。その五年後の二〇二一年、今度は韓国tvNで「ザ・ロード：1の悲劇」（全十二話）のTVシリーズが製作された。

今回の新装版はこうした映像化の恩恵にもよるものだ。作家冥利《みょうり》に尽《つ》きると言うほかないが、ドラマの設定は時代に応じてアップデートできても、原作はそうはいかない。およそ四半世紀ぶりにゲラに目を通したところ、あらかじめ想定（覚悟）していた以上に隔《かく》世《せい》の感があり、悩ましい気持ちになった。問題は携帯やネットだけではない。雇用形態やジェンダー、家族観などよく言って古風、さもなくば保守的なセンスが勝って、内容・文体ともに、現在の目で読むとかなり見苦しいところが散見するからだ。

かといって今どきの価値観に合わせると、ストーリー自体が破綻《はたん》してしまう。それではこの小説を書いた意味がないし、たとえ世間知らずの青二才だったとしても、三十年前の自分に合わせる顔もない。若書きの未熟さを認めたうえで、明らかな誤字や日本語として意味の通じないところなど、必要に応じて最低限の修正を加えるにとどめ、できるだけ執筆当時の文章のリズムや癖《くせ》を損《そこ》なわないように努めた。

なお、旧文庫版あとがきに記《しる》した「二人の合作によるアメリカ作家で、筆名の姓のイニシャルはQ」という作者は、〈パズル・シリーズ〉で知られるパトリック・クエンティン(Patrick Quentin) のこと。三十年前の小説だし、分かる人には一目瞭然《いちもくりょうぜん》だから、元ネタを完全公開してもいいだろう。参照した作品は『三一人の妻をもつ男』（大久保康雄訳、創元推理文庫）である。

二〇二二年三月

法月《のりづき》綸《りん》太郎《たろう》

（本書は、平成三年四月、小社ノン・ノベルから新書判で刊行されたものに筆者が一部手を入れて、平成八年七月に祥伝社文庫より刊行された作品を改訂し文字を大きくしたものです）

解説――一作一作が開拓精神に満ちた〈法月綸太郎〉シリーズ

書評家　若林《わかばやし》踏《ふみ》

『一の悲劇』は作者と同姓同名の名探偵、法月綸太郎《のりづきりんたろう》が登場するシリーズの第四長編である。一九九一年四月に祥伝社ノン・ノベル（新書判）で刊行された後、一九九六年七月に祥伝社ノン・ポシェット（現・祥伝社文庫）として文庫化された。今回は二六年ぶりの文庫新装版である。以下の文章では作者を法月、作中に登場する探偵を綸太郎と記《しる》す。

〈法月綸太郎〉シリーズと聞いてミステリファンがまず思い浮かべるのは、アメリカの作家エラリー・クイーンの名前だろう。推理作家の綸太郎と、父親で警視庁勤務の法月貞雄《さだお》警視が初登場した『雪密室』（一九八九年、講談社ノベルス→講談社文庫）は、親子コンビの探偵役、作中に挿入される読者への挑戦状など、クイーンの〈国名〉シリーズを模したオーソドックスな謎解き小説だった。だがシリーズ第二長編の『誰彼《たそがれ》』（一九八九年、同）において、法月は単なるクイーンへのリスペクトには留《とど》まらない一面を見せる。同作はイギリスの作家コリン・デクスターの〈モース警部〉シリーズに影響を受けたもので、綸太郎が推理を重ねれば重ねるほど事件が複雑化するという構造を持ったミステリだ。さらに第三長編の『頼子《よりこ》のために』（一九九〇年、同）では米国の私立探偵小説作家であるロス・マクドナルドの作風を用いて、名探偵を主役にした謎解きミステリが孕《はら》む問題を浮き彫りにしてみせた。古典探偵小説に限らず、古今東西のあらゆる海外ミステリにおいて使われた型や技巧を組み合わせて、謎と論理的解決の物語が持つ新たな可能性を探《さぐ》る。〈法月綸太郎〉シリーズは初期の段階から、一作一作が開拓精神に満ちたものだったのだ。『一の悲劇』もそうした試みの地平において書かれた作品である。まず注目すべきは、これまで主役を務《つと》めたレギュラー探偵を脇役に配し、予測不能な展開で読ませるサスペンスを基調とした物語を描いた点だ。

本作で語り手を務めるのは広告代理店に勤める山倉史朗《やまくらしろう》という人物であり、物語は彼の一人称によって綴《つづ》られていく。小説の冒頭で描かれるのは冨沢茂《とみさわしげる》という少年の遺体が発見される場面である。霊安室で茂の遺体と対面した母親の冨沢路子《みちこ》は、連れ添っていた山倉史朗に向って言葉をぶつける。「あなたが、茂を殺したのよ」と。

遺体発見前後の痛ましい様子が描かれた後、物語は時間を遡《さかのぼ》って会社内にいる山倉史朗の姿を映し出す。史朗が専務取締役で義父の門脇了壱《かどわきりょういち》と話している最中、妻の和美《かずみ》から電話が入る。内容は驚くべきもので、何と息子の隆史《たかし》が誘拐されたという。しかし、和美の話はどうも要領を得ない。隆史が誘拐されたと言っておきながら、当人は学校を休んで家に居る、と史朗に告げるのだ。

困惑しながら史朗が自宅に戻ると、そこには何故《なぜ》か冨沢路子がいた。ようやく落ち着いた和美の説明によると、犯人は隆史と間違えて同級生である冨沢路子の息子、茂を誘拐してしまったのだという。だが犯人は間違いに気付かず茂を隆史と思いこみ、山倉家に「警察に知らせたら子供を殺す」という脅迫電話を掛けてきたと和美は言うのだ。

以上が第一章までの大まかなあらすじである。読者の興《きよう》を削《そ》がないよう、これ以上の内容を詳述することは避ける。頁《ページ》を捲《めく》るごとに新たな事実が待ち受けており、章が変わるごとに物語は大きく様相を変えていく。その変化のうねりを存分に味わっていただきたい。

誤認誘拐を題材にしたミステリにはエド・マクベインの『キングの身代金』(井上一夫訳、ハヤカワ・ミステリ文庫)などの先例があるが、本作では錯綜《さくそう》した人間関係や時系列の入れ替えなどを用いて、より複雑で入り組んだプロットを構築することに成功している。もちろんサスペンスの要素だけでは終わらない。物語が進行するにつれて随所《ずいしょ》に様々な謎解きの趣向が現われ、パズラーとしての色彩を帯びてくるのだ。一作に投入された趣向の多さでいえばシリーズの中でも抜きんでている。

本作のサスペンスを支える要因の一つに、語り手である山倉史朗の存在がある。彼は不測の事態に翻弄《ほんろう》される主人公だが、かといって完全に潔癖《けっぺき》とは言い難《がた》い立場の人間であることが第一章第一節の時点から仄《ほの》めかされている。謎解き役を与えられたレギュラー探偵を視点人物にした作品とはまた異なる、不穏な空気が物語内に漂っていることが分かるはずだ。

文庫のあとがきなどで法月は某海外作品が本作の下敷きになっていることを明かしているが、この不穏な空気こそが某作からの最も強い影響が見える部分だろう。本格謎解き小説とサスペンスの関係について、時おり法月は笠井《かさい》潔《きよし》との対談（『ミステリマガジン』二〇〇三年十月号掲載「対談　現代本格の行方」）などにおいて、江戸《えど》川《がわ》乱歩《らんぽ》が提示した本格推理小説の定義を引き合いにしながら語っている。笠井との対談で法月は「謎が徐々に解かれていく経路の面白さを描いた文学」という乱歩の定義を踏まえたうえで「徐々に解かれていく経路」を「中段のサスペンス」と捉《とら》え、ここに注目することが謎と論理的解明の物語にとって重要なのではないか、と述《の》べている。同対談は本作品執筆の十年後に行われたものであるが、この言葉に則《のっと》れば『一の悲劇』はまさにその実践《じっせん》であると捉えることが出来るだろう。

シリーズ探偵である綸太郎が脇役として登場することは先述したが、事件への関わり方もこれまでのシリーズ作品を読んできた者にとっては意表を突くものだ。どのような登場を果たすのかは読んでからのお楽しみだが、興味深いのは綸太郎の名探偵としての評判を聞いた際に、山倉が綸太郎を胡散臭《うさんくさ》い人物ではないかと疑う場面である。

「小説を書いているだけならまだしも、進んで名探偵を自称するとなると、誇大妄想狂か性格破綻者の疑いもある。何よりこの九〇年代に、そんな人種が棲息《せいそく》していること自体、信じがたい。」

ここには語り手の探偵役に対する不信感が端的《たんてき》に表われている。詳《くわ》しくは書かないが、この綸太郎と語り手の間にある心理的距離がプロットの中で巧みに使われていることも『二の悲劇』の美点だ。同時に探偵への懐疑的な視点を通すことで、読者が綸太郎というキャラクターを突き放した地点から見つめ直す効果をもたらしている。探偵が行なう推理の内容だけではなく、探偵の存在そのものについても考えさせられるのが〈法月綸太郎〉シリーズの特徴だが、『二の悲劇』においてもその点は盛り込まれているのだ。現代の国内ミステリにおいて「探偵の存在理由」を命題として取り組む作家は少なくないが、その出発点は〈法月綸太郎〉シリーズにあると言っていい。

『一の悲劇』を刊行した後、法月は再び綸太郎を視点人物に戻して第五長編『ふたたび赤い悪夢』（一九九二年、同）を書き上げる。これは精神的なダメージを受けた綸太郎が窮《きゆう》地《ち》に立たされたアイドルを救うために、再び名探偵としての役目を果たそうとする話である。第三作『頼子のために』と直結する物語であり、本作によって〈法月綸太郎〉シリーズは名探偵の精神史を描く作品として確立した。『ふたたび赤い悪夢』から二年の歳月を経《へ》て刊行された『二の悲劇』（一九九四年、祥伝社ノン・ノベル→祥伝社ノン・ポシェット＝祥伝社文庫）は、〝きみ〟という二人称視点で綴られるパートと綸太郎が登場するパートが交互に書かれる風変わりな構成を持った小説だ。『二の悲劇』以降のシリーズ長編刊行は『生首に聞いてみろ』（二〇〇四年、角川書店→角川文庫）、『キングを探せ』（二〇一一年、講談社→講談社文庫）とスローペースになるが、いずれもパズラーに新味をもたらす力作である。前者は『頼子のために』のようにロス・マクドナルド作品を彷彿《ほうふつ》とさせる雰囲気を纏《まと》いながら、中段のサスペンスにおいて過去作とは違うアプローチを取っているのが特徴だ。同書は二〇〇五年に第五回本格ミステリ大賞小説部門を受賞している。後者は交換殺人を目論《もくろ》む犯人側の視点と、綸太郎と法月警視側の視点が交互に語られる展開がスリリングだ。

長編以外では『法月綸太郎の冒険』（一九九二年、講談社ノベルス→講談社文庫）、『法月綸太郎の新冒険』（一九九九年、同）、『法月綸太郎の功績』（二〇〇二年、同）、『法月綸太郎の消息』（二〇一九年、講談社）、『犯罪ホロスコープⅠ　六人の女王の問題』（二〇〇八年、光文社カッパ・ノベルス→光文社文庫）、『犯罪ホロスコープⅡ　三人の女神の問題』（二〇一二年、同）と、六冊の短編集が刊行されている。このうち『功績』に収録されている「都市伝説パズル」は二〇〇二年に第五五回日本推理作家協会賞短編部門を受賞している。

映像化作品について触《ふ》れておく。本作は二〇一六年九月、フジテレビ系列の「金曜プレミアム」枠において「誘拐ミステリー超傑作　法月綸太郎　一の悲劇」の題名で単発ドラマ化された。綸太郎は長谷川博己《はせがわひろき》、法月警視は奥田瑛二《おくだえいじ》が演じている。小説では脇役だった綸太郎にスポットを当てた内容になっているあたり、名探偵に主眼を置いたドラマを作りたいという制作者側の意図が伝わってくる作品だった。また、本作は韓国ｔｖＮで二〇二一年に、「ザ・ロード：1の悲劇」の題名で、全十二話で連続ドラマ化された。原作の山倉史朗に当たる主演は「宮廷女官チャングムの誓い」などで知られるチ・ジニで、日本でもＣＳチャンネル「衛星劇場」で二〇二二年三月から放送されている。舞台をテレビ報道界に変えるなど設定の改変や独自の展開を多く盛り込んでおり、どちらかといえばスリラーの要素を強めたような内容になっている。大胆なアレンジを加えた連続ドラマが原作ファンにどう受け止められるのか、その反応が実に楽しみだ。

一の悲劇

一〇〇字書評

切・り・取・り・線

購買動機（新聞、雑誌名を記入するか、あるいは○をつけてください）	
□（　　　　　　　　　　）の広告を見て	
□（　　　　　　　　　　）の書評を見て	
□ 知人のすすめで	□ タイトルに惹かれて
□ カバーが良かったから	□ 内容が面白そうだから
□ 好きな作家だから	□ 好きな分野の本だから

・最近、最も感銘を受けた作品名をお書き下さい

・あなたのお好きな作家名をお書き下さい

・その他、ご要望がありましたらお書き下さい

住所	〒				
氏名		職業		年齢	
Eメール	※携帯には配信できません	新刊情報等のメール配信を 希望する・しない			

この本の感想を、編集部までお寄せいただけたらありがたく存じます。今後の企画の参考にさせていただきます。Eメールでも結構です。

いただいた「一〇〇字書評」は、新聞・雑誌等に紹介させていただくことがあります。その場合はお礼として特製図書カードを差し上げます。

前ページの原稿用紙に書評をお書きの上、切り取り、左記までお送り下さい。宛先の住所は不要です。

なお、ご記入いただいたお名前、ご住所等は、書評紹介の事前了解、謝礼のお届けのためだけに利用し、そのほかの目的のために利用することはありません。

〒一〇一－八七〇一
祥伝社文庫編集長　清水寿明
電話　〇三（三二六五）二〇八〇

祥伝社ホームページの「ブックレビュー」からも、書き込めます。

www.shodensha.co.jp/bookreview

祥伝社文庫

一《いち》の悲劇《ひげき》　新装版

令和 4 年 4 月 20 日　初版第 1 刷発行

著　者　法月綸太郎《のりづきりんたろう》
発行者　辻　浩明
発行所　祥伝社《しょうでんしゃ》
東京都千代田区神田神保町 3-3
〒 101-8701
電話　03（3265）2081（販売部）
電話　03（3265）2080（編集部）
電話　03（3265）3622（業務部）
www.shodensha.co.jp
印刷所　萩原印刷
製本所　ナショナル製本
カバーフォーマットデザイン　芥 陽子

Printed in Japan ©2022, Rintarō Norizuki ISBN978-4-396-34802-1 C0193

祥伝社文庫の好評既刊

伊坂幸太郎
陽気なギャングが地球を回す
史上最強の天才強盗四人組大奮戦！映画化され話題を呼んだロマンチック・エンターテインメント。

伊坂幸太郎
陽気なギャングの日常と襲撃
華麗な銀行襲撃の裏に、なぜか「社長令嬢誘拐」が連鎖――天才強盗四人組が巻き込まれた四つの奇妙な事件。

伊坂幸太郎
陽気なギャングは三つ数えろ
天才スリ・久遠はハイエナ記者火尻にその正体を気づかれてしまう。天才強盗四人組に最凶最悪のピンチ！

法月綸太郎
山口雅也ほか
不条理な殺人
法月綸太郎・山口雅也・有栖川有栖・加納朋子・西澤保彦・恩田陸・倉知淳・若竹七海・近藤史恵・柴田よしき

有栖川有栖ほか
不透明な殺人
有栖川有栖・鯨統一郎・姉小路《あねこうじ》祐《ゆう》・吉《よし》田《だ》直樹《なおき》・若竹七海《わかたけななみ》・永井《ながい》するみ・柄刀一・近藤史恵《こんどうふみえ》・麻耶雄嵩《まやゆたか》・法月綸太郎

有栖川有栖ほか
まほろ市の殺人
どこかおかしな街「まほろ市」を舞台に、有栖川有栖、我孫子武丸《あびこたけまる》、倉知淳《くらちじゅん》、麻耶雄嵩《まやゆたか》の四人が描く、驚愕の謎！